북에서 왔시다

김현식 장편소설

북에서 왔시다

김현식 장편소설

1960년대를 살아낸
그때 그 사람들의 웃기고도 슬픈 블랙 코미디
새드무비 1969

달아실

프롤로그

대한민국, 하고도 강원도 인제, 인제 가면 언제 오나 원통해서 못 가겠네, 하던 그 인제가 오늘 우리가 하는 이야기의 배경이 되겠습니다. 설악산 아래, 물 맑고 공기 좋은, 홍진(紅塵)의 썩은 명리(名利)하고는 멀찍이 떨어져서 그저 신선처럼 노닐다가 우화등선(羽化登仙)이나 하면 딱 좋을 이 산골이, 그 흉악한 3년 전화(戰禍)를 피하지 못하고 염병이라도 앓은 듯 온몸에 총알구멍, 포탄 구멍 숭숭 뚫리고 나서도, 하필 머리 바로 위에서 휴전선이 딱 그어지는 통에, 땅꾼이나 약초꾼보다 위장복 입은 군인이 더 흔하고 노루나 멧돼지보다 탱크나 쓰리꼬다[1] 만나기가 훨씬 더 쉬운, 소위 군사 도시가 되었습니다.

때는 바야흐로 서기로는 1969년, 단군 시조가 신단수(神壇

---

1 적재 중량이 3/4톤이어서 쓰리쿼터라고 불렸던 군용 트럭.

樹) 아래 신시(神市)를 연 이래 4302년. 무장공비(武裝共匪) 김신조[2] 일당이 어이없게도 '박정희 목을 따러' 북악산까지 내려와서 서울을 발칵 뒤집어 놓은 지 어언 일 년여, 그러고 나서도 정신 못 차린 저 괴뢰도당(傀儡徒黨)의 124군 특수부대원, 다시 말해 무장공비가 100명도 넘게 떼거지로 몰려와 평화롭던 강원도 동해안 일대를 쑥대밭으로 만들어 놓은 지[3]는 채 1년도 되지 않은 시점입니다.

원래 피를 나눈 형제들도 일단 의가 상하면 서로 죽이네 살리네 피도 눈물도 없이 싸우는 법이라지만, 몇 천 년을 같은 말 쓰며 같은 땅덩어리에서 살아온 사람들이, 무슨 정치 바람이 불었는지 빨갱이니 파랭이니, 소련이니 미국이니, 편을 먹고 갈라서서 싸우느라, 금수강산(錦繡江山)이 불바다가 되고 억울하게 죽은 숱한 귀신들이 중천(中天)을 떠도는 대참사를 벌여놓고서도 결국 제자리. 여태껏 멀쩡한 산하에 금 쭉 그어놓고서 여기는 내 땅, 건너편도 내 땅, 넘어오지 마라, 넘어가지도 마

---

2 일명 '1·21 사태'. 1968년 1월 21일 북한 특수부대인 124군부대 소속 31명이 청와대를 습격하기 위하여 서울 세검정 고개까지 침투하였던 사건. 유일하게 생포된 김신조는 한국으로 귀순하였고, 이를 계기로 향토예비군이 창설되기도 하였다.

3 일명 '울진·삼척지구 무장공비 침투 사건'. 1968년 11월 120명의 북한 무장공비가 유격대 활동거점 구축을 목적으로 울진·삼척 지역에 침투한 사건이다. 이 당시 북으로 도주하던 무장공비들에 의해 이승복 어린이와 그 가족이 죽음을 당하기도 하였다.

라, 초등학교 갓 입학해서 같은 책상 나눠 쓰는 철수, 영희나 하던 유치한 짓을 못 버리고 있던 시절입니다.

20여 년 전만 해도 멀쩡하게 서로 오가던 이웃들이 이제는 같은 하늘을 나란히 질 수 없는 사이가 되어, 박정희 목을 따느니 김일성 주리를 트느니, 마치 제 아비 죽인 원수라도 되는 양, 으르렁대기 바빴던 그때 그 시절로 잠시 돌아가 보겠습니다.

1화

중국집 소림, 아니 난리 부르스

1969년 당시로 3천만의 영양식 짜장면이 한 그릇에 단돈 50원 하던 시절[4], 읍내 시장통에 자리 잡은 중국집 '소림반점 (少林飯店)'입니다. 겉으로 보기에는 전국 어느 도시, 어느 길거리에서나 쉽게 볼 수 있는 중국집들과 크게 다르지 않습니다. 유난히 삐걱거리는 나무문을 열고 들어서면 판자와 각목으로 엉성하게 짜 맞춘 식탁이 좌우로 두 개씩 놓여 있습니다. 마감도 제대로 되지 않은 식탁은 도대체 제대로 행주질을 한 게 언

---

4   1969년 주요 물가: 라면 14원, 박카스 50원, 짜장면 50원, 짬뽕 70원, 선데이서울 20원, 청자 담배 100원, 주택복권 100원(1등 상금 300만원), 쌀 한 가마니 5,000원, 개봉 극장 관람료 한국 영화 150원, 외국 영화 200원, 텔레비전 시청료 200원, 소주(소매가) 70원, 맥주(소매가) 160원, 조니워커 양주(소매가) 7,500원.

제인지 모를 정도로 찌든 때와 냄새에 절어 있습니다. 팔꿈치라도 얹어놓을라치면 '쩍' 달라붙어 떨어지지 않을 만큼 끈적거립니다. 정면으로는 주방이 설핏 들여다보이게 배식구가 뚫려 있는데, 그 틈으로 재바르게 프라이팬 두어 개를 한꺼번에 놀리는 주방장의 모습이 보입니다. 주방장 뒤로 보이는 풍경도 20세기 문명인들이 기대하는 '위생(衛生)' 수준하고는 거리가 있어 보입니다. 화덕 뒷벽은 연기와 기름과 튀어 오른 음식물들이 범벅이 되어, 원래 어떤 색깔이었는지 짐작도 할 수 없게 시커멓고, 바닥은 구정물인지 개숫물인지로 질퍽이는 데다 면발인지 지렁인지 둥둥 떠다닙니다. 문에서 보아 왼편으로는 작은 카운터, 그 뒤로 이층으로 오르는 좁고 가파른 나무 계단이 보입니다. 2층엔 주인장 살림방이 있어서 평소에는 진입이 금지되어 있지만, 간혹 굳이 2층에 올라가야겠다고 우기는 치들이 있으면 예외를 두기도 합니다. 대개는 외출이나 외박을 나온 이 동네 주둔 부대 병사들인데, 함께 온 애인인지 여동생인지 알 길 없는 여자들이 양장피, 팔보채, 배갈⁵ 같은 비싼 음식을 팔아주기 때문에, 주인장 입장에서는 기를 쓰고 막아야 할 이유는 없습니다. 나무 계단 밑으로는 알파벳을 어깨 너머

5   고량주(高粱酒). 수수를 원료로 하여 빚은 알코올 농도 40~60%의 중국 특산 술.

로 훔쳐 배운 듯한 좀 된 솜씨로 쓴 'WC' 표지판이 화살표하고 나란히 자리 잡고 있습니다. 카운터 뒤쪽엔 커다랗고 시커먼 고딕체로 '무찌르자 공산당 때려잡자 김일성', '매주 수요일은 분식의 날[6]'이라고 쓴 표어들이 덕지덕지 붙어 있습니다. 원래 붉은색으로 쓰였을 '공산당'과 '김일성'은 세월에 바래서 멀리서는 잘 보이지 않고 '무찌르자, 때려잡자'만 두드러져 보입니다.

자그마한 시골 중국집이지만 점심시간에는 제법 손님들이 밀려들어 분주합니다. 소림반점 주인장 장 서방은 주방에 대고 소리치랴, 배식구에서 음식을 받아다 손님상에 옮기랴, 카운터로 뛰어가 음식값 받으랴, 주문 전화 응대하랴, 홍길동이도 나는 못 하겠노라고 나자빠질 만큼, 동에 번쩍 서에 번쩍 뛰어다니느라, 흔하고 천한 말로 불알에서 방울 소리가 납니다. 물론 소림반점에서 일하는 사람이 주인장과 주방장, 두 주씨만 있는 것은 아닙니다. 지금 막 배달통을 들고 허겁지겁 뛰어들어 왔다가, 빈 그릇을 배식구 앞에 내려놓자마자 다시 짜장면, 짬뽕을 배달통에 재빠르게 담아 뛰쳐나가는 소년은, 소

6　쌀 절약을 위해 1969년 1월 23일 정부는 2월 1일부터 매주 수요일과 토요일을 '분식의 날' 일명 무미일(無米日)로 정해 오전 11시부터 오후 5시까지 쌀로 만든 음식을 팔지 못하게 했다. 1974년 11월 4일부터 '혼분식의 날'로 변경.

림반점 배달의 기수 고성길입니다. 오늘 우리 이야기의 주인공이기도 합니다.

"어이 만성이, 여기 짬뽕 두 개 어떻게 됐나? 꾸물거리지 말고 빨리 빨리!"

주문받은 사람이 돌아서서 등짝을 보이기도 전에 짬뽕 시킨 것 어떻게 된 거냐고 재촉하는 성마른 사람들도 장 서방에겐 손님입니다. 손님에게 입바른 소리를 하거나 짜증을 낼 수는 없는 노릇이고 보면 그 불똥을 뒤집어쓰는 사람은, 가뜩이나 불구덩이 속에서 썰고 다듬고 지지고 볶고 삶고 끓이느라 온몸이 땀투성이가 되어 있는 주방장 기만성입니다. 만성은 막말로다가 오줌 누고 뭐 볼 시간은커녕 오줌 누러 갈 시간도 없이 바쁜 사정 훤히 알면서 매번 저리 재촉해 대는 장 서방이 야멸스럽기만 합니다. 당장이라도 한마디 해주고 싶은 걸, 아니 당장 앞치마 벗어 던지고 뛰쳐나가 음식 재촉하는 놈의 모가지를 확 비틀어 버리고 싶은 걸 꾹 참습니다. 비록 지금은 이 시골구석에 처박혀 있지만, 만성은 전국의 중국집을 돌아다니면서 산전수전(山戰水戰) 공중전(空中戰) 다 겪은 베테랑입니다. 한때는 서울에서도 손꼽히는 일류 중국집 주방에도 있었다고 틈만 나면 '내가 옛날에는 말이야' 타령이지만, 남한테 주워들은 얘기에 슬쩍 자기를 끼워 넣은 뻥일 가능성이 높습니다. 앞치마를 벗어 던지는 대신, 만성은 면이 담긴 그릇에 침을 퉤

뱉은 후 짬뽕 국물을 부어 배식구로 내던집니다.

"짬뽕 나가요!"

짬뽕 그릇을 내놓은 만성은 내친 김에 기름 통에 걸터앉아 귀에 꽂아둔 꽁초를 빼서 불을 붙입니다. 난닝구[7]까지 벗어젖힌 만성의 상체는 온통 땀에 젖어 번들거리지만, 홀에 있는 손님들 눈에는 보이지 않습니다. 주방 안 사정을 모르는 게 그나마 다행이라고 해야 할까. 모르는 게 약이라는 조상들 말씀이 다 그만한 이유가 있는 겁니다.

1년 365일, 소림반점이 문을 여는 날은 으레 이 모양입니다. 점심시간이 지나 네 개밖에 안 되는 테이블이 비기 시작하고, 얼마 되지 않는 짜장면값을 서로 내겠다고 목소리 높이며 실랑이하던 손님들마저 물러가자, 끓는 주전자 속처럼 시끌시끌하던 소림반점도 고요를 되찾습니다. 배달하는 사람이 고성길 하나뿐인지라 아직 배달해야 할 게 남아 있긴 하지만, 커핏가루 잘못 삼킨 쥐새끼마냥 발발거리며 이리저리 좁은 홀 안을 뛰어다니던 장 서방도 이제는 카운터로 돌아가 의자에 엉덩이를 붙일 만합니다.

이렇게 홀과 주방이 한숨을 돌릴 즈음입니다. 색 바랜 군복

---

7   러닝셔츠. Running의 일본어 발음에서 유래.

차림의 사내 하나가 삐꺼덕 소리와 함께 문을 열고 들어섭니다. 바리깡[8]과 면도날을 마지막으로 구경한 게 언제인지, 제멋대로 헝클어진 더벅머리에 쥐가 파먹은 듯한 구레나룻까지, 6·25때 산속에 들어갔다가 이제야 세상에 나왔노라고 해도 크게 의심받지 않을 외모입니다. 이마엔 통통한 지렁이 몇 마리 기어가듯 깊은 주름이 패어 있고 볼은 홀쭉하니 광대뼈가 툭 튀어 나온 게, 어두운 뒷골목은 물론 중인환시리(衆人環視裡)[9] 신작로 한복판이라도 마주치는 걸 피하고 싶은 사내입니다.

"어서 옵쇼!"

촌구석 상점들을 돌아다니면서 험악한 인상과 거친 말투를 밑천 삼아 허섭스레기 같은 물건을 반강제로 떠맡기는, 그런 종류의 뜨내기장사치가 아닌가, 장 서방은 걱정부터 앞서지만 일단은 손님 대접을 합니다. 사내는 대꾸도 없이 장 서방 얼굴을 힐끗 보더니 안쪽 식탁에 앉습니다. 장 서방은 주전자와 엽찻잔을 들고 가며 사내의 표정을 살핍니다.

"여기 짜장면, 곱빼기."

---

8 머리카락을 짧게 깎는 데 이용되는 이발 기구의 하나. 우리나라에 프랑스의 바리캉 마르(Bariquand et Mare)社 제품이 처음 들어왔고, 이 회사 이름이 기구 이름으로 굳어져 '바리깡'이라 통칭되었다.
9 많은 사람들이 지켜보고 있는 중에.

휴, 손님 맞습니다. 사내가 갑자기 의족(義足)이라도 풀어서 그걸로 식탁을 내리치는 건 아닌가, 겁먹고 있던 장 서방은 가슴을 쓸어내리며 주방에 대고 소리칩니다.

"짜꿈 하나!"

그러고 보니 왠지 험해 보이는 겉모습과는 달리, 사내는 뭔가 좀 서툴고 어색해 보입니다. 자리에 앉아서도 끊임없이 주위를 두리번거리는 게 시궁창에서 머리만 내밀고 있는 쥐새끼 같습니다. 좀 전까지만 해도 혹시 삥[10]이나 뜯기지 않을까 염려하던 장 서방은 이제 그 사내가 신경에 거슬립니다.

아니, 짜장면집 처음 와보나, 왜 기분 나쁘게 남의 가게는 자꾸 두리번거리는 거야?

마침 출입문이 끼익 소리를 내고 성길이 배달통을 들고 들어옵니다. 신경이 곤두서 있던 장 서방에겐 좋은 먹잇감입니다.

"성길이 너 이노무 시키, 오늘같이 바쁜 날, 정말 그렇게 굼벵이 사촌 노릇 해야 되겠냐? 배달 밀린 거 뻔히 알면서."

"어휴, 막 뛰어갔다 오는 건데두요? 세상에 어떤 굼벵이가 발바닥에 불이 나도록 뛰어다닌대요?"

부러 걸걸한 목소리를 지어내는 장 서방이나 구시렁구시렁 말대꾸하는 성길이나, 이런 식의 입씨름이 어제오늘 일이 아닌

---

10 흔히 삥 뜯다라고 쓴다. '돈을 뜯다' 또는 '물건을 갈취하다'를 뜻하는 은어.

듯, 오가는 말의 내용과 상관없이 표정은 큰 변화가 없습니다. 시골 중국집 주인과 배달원 사이에 "수고가 많다, 힘들지?" "아이 뭘요, 제 일인 걸요." 뭐 이런 문명스러운 대화가 오가는 것도 듣는 사람 손발이 오그라들 일이지만요.

"그러게 자장구 한 대 사 주심 된다구 그렇게 말했건만, 자장구 사 줄 생각은 않고 애먼 사람 다그치기만 할 건 뭐람."

그냥 늘 하던 대로 아옹다옹하는 시늉만 하다가 넘어가면 될 것을, 성길이 해묵은 자전거 건을 굳이 들먹이자 장 서방이 폭발하고 맙니다.

"저건 뭐라 그름 꼭 그눔의 자전거 타령이네. 야, 이눔아, 손바닥만 한 데서 무슨 자전거야? 나 같음 자전거 타고 내리는 시간에 한 군데 더 얼른 뛰어갔다 오겠다, 임마. 니눔이 한눈만 안 팔고 댕기믄 그눔의 자전거 없이도 얼마든지 부지런 떨며 댕길 수 있는 데가 이 동넨 줄 몰라?"

장 서방은 어린 녀석들이 어른 말에 꼬박꼬박 말대꾸하고 뺀질거리는 게 제일 못마땅합니다. 더구나 성길이는 자기 덕 아니면 길거리에서 양아치 아니면 거지 노릇이나 하고 있을 녀석입니다. 데려다가 입히고 먹이고 재워주는 은공(恩功)은 잊고, 누가 주인이고 누가 종업원인지, 모르는 사람이 보면 헷갈릴 만큼 불평불만(不平不滿)을 쏟아내고 반항까지 할 때는 화가 아주 머리끝까지 치솟습니다. 누군 뭐 가만 앉아서 나이 들고, 하

늘에서 중국집이 떨어져서 주인 노릇하고 있는 줄 아나? 다 피
눈물 흘리고 피똥 싸가면서 전쟁통에도 살아남고 혁명도 비켜
가고, 온갖 시답잖은 인간들 비위 맞추고 허드렛일 마다하지
않으며 겨우겨우 이만큼이나마 이룬 건데, 이마에 피도 안 마
른 게 어디서 날로 먹으려구. '이래서 엽전(葉錢)들이란……' 장
서방은 저도 모르게 '엽전[11]'이란 말을 입 밖으로 낼 뻔하다가
움찔 놀랍니다.

   사실 시장통에는 장 서방이 중국 사람이라는 소문이 파다
(播多)합니다. 중국 음식점을 하는 데다 성까지 장씨라서 그런
지 애들이나 어른들이나 서슴없이 '짱깨[12]'라고 지칭합니다. 물
론, 장 씨 자신은 한 번도 자신이 중국인임을 인정하거나 확인
한 적이 없습니다.

   장 서방의 잔소리가 각설이패의 장타령[13]처럼 빤한 곡조로
이어질 즈음, 배식구에서 '탕!' 하는 소리와 함께 짜장면 그릇
이 나옵니다. 성길은 얼른 장 서방의 잔소리 공세에서 벗어나

---

11 고려·조선시대에 만들어 쓴 철전·동전 및 석전 등의 주화에 대한 통칭. 일
    제 강점기에 우리 민족을 폄하하거나 비하하는 용어로 사용되기도 했다.
12 가게 주인을 뜻하는 중국어 '장궤(掌櫃)'가 짜장면과 발음이 비슷한 데서
    유래. 중국 음식을 지칭하거나 '짱꼴라'와 함께 중국인을 비하하는 말로
    쓰인다.
13 구전 민요의 하나로 '각설이 타령'이라고도 한다. 주로 남부 지방에서 거지
    처럼 빌어먹는 사람들이 문전이나 점방 앞에서 구걸을 할 때에 부른 잡가
    로서 비애가 서린 타령조의 노래이다.

짜장면 그릇을 테이블로 옮깁니다.

안 사 주면 고만이지, 한눈을 팔긴 누가 한눈을 판다고, 맨날…… 자장구 그게 얼마나 한다구, 더러워서 정말.

짜장면을 기다리던 군복 사내가 수저통에 든 와리바시[14]를 꺼내며 성길에게 말합니다.

"야, 너 담배 하나 사다 줄래?"

왠지 모르게 엉성한 손놀림으로 와리바시를 쪼개다가 똑 부러트리고 맙니다.

"저, 지금 배달 나가야 되는데요."

성길은 손가락에 묻은 짜장을 엉덩이에 쓱싹 문대며 목소리에 슬쩍 짜증을 얹습니다.

"갔다 오는 길에 하나 사다 주면 되잖아? 야, 요즘 젤로 좋은 담배가 뭐냐?"

성길의 짜증 따위엔 아랑곳하지 않고 군복 사내는 짜장면 비비는 데만 열중입니다. 부러진 젓가락이 마음대로 움직여 주지 않아 짜장면 비비는 것도 쉽지 않습니다.

"젤 좋은 건 역시 청자죠. 청자 몰르세요?"

담배 피우는 사람이 청자를 모르다니, 사람 놀리는 건가 싶어 성길이 고개를 갸우뚱합니다.

---

14 나무젓가락의 일본어.

20

"청자? 그런 게 있어? 그게 얼만데?"

"예? 백 원인데요?"

사내는 심드렁한 표정으로 짜장면을 먹기 시작하는데, 옆에서 물끄러미 지켜보던 성길의 가슴이 콩당콩당 뛰고 얼굴이 붉어지기 시작합니다.

설마, 이 사람…… 담뱃값도 모르는 자! 그렇다면…….

그러나 사내는 이미 짜장면 삼매경(三昧境)에 빠져 성길의 반응 따위는 알아차리지 못합니다. 성길의 얼굴은 보지도 않은 채 바지 주머니에서 돈을 꺼내 들이미는데, 한눈에 보아도 지폐 다발이 꽤 묵직합니다.

화폐 단위를 잘 모르고 돈을 마구 쓰는 자……!.

성길은 눈앞이 아득해집니다.

"알아서 가져가라."

지폐 다발에서 백 원짜리 한 장을 골라내는 성길의 손이 떨리기 시작합니다.

세상에…… 이런 일이…… 진짜루……!.

"그, 금방 사다 드릴게요."

성길은 애써 침착하게 말하고 나서 재빨리 테이블에서 물러나 배달통을 챙겨듭니다. 부리나케 문을 나서는 성길의 뒤통수에 대고 장 서방이 기어이 한마디를 보탭니다.

"꾸물거리지 말고 빨리 갔다 와!"

장 서방은 따로 담배 소매업 허가라도 얻어야 되나 생각해 봅니다.

젠장, 더운데 온통 땀범벅이 되어 짜장면 볶고 굼벵이 성길을 다그쳐 가며 배달시켜 봐야 한 그릇에 겨우 50원 받는데, 유리창 한 귀퉁이 뚫어서 '담배'라고 써 붙여놓기만 하면 가만 앉아 있어도 돈이 굴러 들어온단 말이지. 겨우 50원짜리 짜장면 한 그릇 처먹는 주제에 담배 사와라 말아라, 왜 청자 사오랬더니 엉뚱한 걸 사왔냐, 종 부리듯 하는 눈꼴 시린 것들 덜 봐도 되고.

장 서방은 카운터에 앉아 점심시간에 번 돈을 세어봅니다. 얼마 되지 않은 벌이라도 꼭 주판을 앞에 놓고 한 알 한 알 수를 놓아가며 1원 한 장 틀리지 않게 단속하는 건 장 서방의 오랜 습성입니다. 워낙 타고난 성품이 꼼꼼하기도 하지만, 한푼 두푼 돈 모으는 재미 말고는 달리 인생의 낙이 없는 인사(人士)이기도 합니다.

그 사이, 군복 사내는 짜장면 곱빼기를 다마내기[15] 한 조각 안 남기고 다 해치웠습니다. 짜장면 그릇을 혓바닥으로 핥지만 않았을 뿐, 사흘은 굶은 사람처럼, 아니 짜장면 처음 보는 시골 영감처럼 아주 깨끗하게 먹어치웠습니다. 사내는 배가 부

---

15 양파의 일본어.

른 듯 부러뜨린 성냥개비로 이를 쑤시며 끄억 트림까지 해댑니다. 그깟 짜장면 한 그릇 먹고 이 쑤실 게 뭐 있겠습니까마는, 사내가 짜장면 먹는 데 걸린 것보다 훨씬 오랜 시간을 이 쑤시는 데 공을 들이고 나서야 삐거덕 문소리를 내며 성길이 돌아옵니다. 장 서방은 이맛살을 찌푸리지 않을 수 없습니다.

이걸 확 그냥! 주인이 야단을 치면 알아듣는 시늉이라두 해야지.

그래도 손님이 있는지라 큰소리는 못 내고 입술만 달싹거립니다. 성길은 장 서방의 기분은 아랑곳하지 않고 유난히 굼뜬 동작으로 주방 쪽으로 발을 옮깁니다. 어라, 그 와중에 장 서방을 보며 한쪽 눈을 찡긋해 보이기까지 합니다.

저게, 이제 미쳤나?

쫓아가 귀싸대기라도 한 방 올려붙일 참인데, 갑자기 문이 열리며 손님들이 쏟아져 들어옵니다.

"어서 옵쇼!"

장 서방은 반사적으로 벌떡 일어나 주전자와 엽찻잔을 들고 테이블로 갑니다. 한꺼번에 일곱 명이나 되는 사람들이 들어와 둘, 셋씩 테이블을 차지하고 앉습니다. 점심시간을 넘겨 한가롭던 소림반점이 갑자기 만원이 되었습니다. 성길은 배달통에서 담배를 꺼내 재떨이와 함께 군복 사내에게로 들고 갑니다.

"여기요, 청자."

담배를 건네받은 사내는 고맙다는 인사도 없이 담뱃갑을 요모조모 살핍니다. 뭔가 신기한 물건을 처음 본 듯한 모습입니다. 성길은 사내가 비운 짜장면 그릇과 다꽝[16] 종지를 주섬주섬 챙기면서 슬쩍 말을 붙입니다.

"근데, 아저씬 어서 오셨길래 담배 태시는 분이 청자도 몰르세요? 담배는 청자, 노래는 추자. 것도 몰르세요?"

"나가 어디서 왔는지는 니가 알아서 뭐하게? 노래는 추자? 건 또 뭐야, 춤을 추자도 아니고."

바쁜 사람 붙잡고 담배 사다 달라더니 사내는 포장을 뜯어 한 대 피울 생각은 않고 벽에 붙은 메뉴판을 쳐다보았다 담뱃갑을 보았다 합니다.

"하아, 이게 대관절 어떤 주둥이들이 피우는 뿌시기[17]길래, 한 갑에 짜장면이 두 그릇이다냐?"

혀를 끌끌 차는 사내를 두고 성길이 주방 쪽으로 돌아섭니다. 식탁마다 엽차를 따르느라 분주하던 장 서방이 참지 못하고 소리를 지릅니다.

"손님들 주문받아야지, 어딜 가? 인석아!"

---

16 단무지의 일본어.
17 혹은 뿌시개. '담배'를 뜻하는 은어.

성길은 돌아보며 눈만 찡긋해 보이고 주방 안으로 사라집니다.

저, 저런…… 아니, 저눔이 어디서 아폴로눈병[18]이라도 얻어왔나…… 사람 놀리는 것두 아니구, 징그럽게 왜 저 지랄이야. 어이구, 저놈의 자식을 이참에 아주 짤라버리든지 해야지, 원. 내 돈 줘가며 일 시키면서 내 복장 터트릴 건 또 뭐람.

장 서방은 속이 타지만 고개를 절레절레 흔들 수밖에요. 손님들 받는 게 우선입니다. 점심시간 넘기고 한가로울 판에 뜻밖에 많은 손님이 한꺼번에 들이닥치니 이게 웬 떡입니까. 머릿수대로 짜장면, 짬뽕만 시켜도 돈이 얼마며, 보아하니 저런 사내들이라면 대낮부터 배갈도 두어 병 해치울 듯한데, 성길이 버르장머리는 나중에 고치더라도 우선은 돈을 벌어야지요.

군복 사내는 담뱃갑을 뜯어 한 개비를 꺼내 뭅니다. 탁자 위에 놓인 유엔 팔각 성냥통을 집어 들어 담배에 막 불을 붙이려는 순간,

"덮쳐!"

누군가 외치자 테이블 세 개에 나누어 앉아 있던 사내들이 한꺼번에 득달같이 군복 사내에게 달려듭니다. 너무나 갑작스

---

18 '출혈 결막염'을 일상적으로 이르는 말. 1969년 아폴로 11호 우주선이 지구로 돌아올 무렵에 유행했다고 하여 붙여진 이름.

런 일이라 '뭐여?' 소리 한 번 내보지도 못한 채 군복은 이내 사내들에게 팔이 꺾이고 머리가 짓눌리고 맙니다. 그 난리통에 식탁 위에 놓여 있던 간장병, 양념통들이 나뒹굴고 의자가 우당탕 소리를 내며 바닥에 쓰러집니다. 깜짝 놀란 장 서방은 본능적으로 카운터로 달려가 돈통부터 껴안습니다.

어이구, 이건 또 뭔 일이랴?

강아지한테 쫓기던 꿩 제 대가리만 처박는 모양새로 두 눈 질끈 감고 카운터 밑에 머리만 들이밉니다. 눈 깜짝할 사이에 사내 넷이 바닥에 엎드린 군복의 사지를 하나씩 맡아 올라타고, 한 사람은 권총을 꺼내 군복의 머리에 갖다 댑니다. 군복은 손가락 하나 까딱하지 못하고 입도 뻥긋 못 한 채 납작 짓눌려 있습니다.

'덮쳐!'라고 소리쳤던 그 사내가 무전기를 꺼내 듭니다.

"상황 끝! 진입하라, 오바."

권총을 든 또 다른 사내가 카운터로 다가가 장 서방 어깨를 툭 치자, 장 서방이 뒤도 돌아보지 않고 양손을 번쩍 치켜 듭니다.

"하, 항복! 항복!"

아까 성길이를 야단치던 기세는 어디 갔는지 새된 소리가 목구멍에서 겨우 새어나옵니다. 치켜든 손이 부르르 떨리는 게, 그 와중에 오줌이라도 지린 건 아닌지 모르겠습니다.

"항복?"

사내는 권총을 허리춤에 꽂아 넣으며 피식 웃습니다.

"손 내리슈. 쬐끄만 중국집 털러 온 거 아니니 맘 푹 노시구."

일이 이쯤 되니 성길이 배식구로 빼꼼 얼굴만 내밉니다. 눈 깜짝할 사이에 큰 소동(騷動)이 벌어졌음에도 불구하고 성길이 얼굴엔 생글생글 웃음이 넘칩니다.

맞은편에서 소림반점 문을 쾅 걷어차며 들어서는 사람은 이 지역 방첩대장인 전 소령입니다. 뒤이어 중무장(重武裝)한 군인들이 줄줄이 따라 들어오고, 열린 문 바깥으로는 어마어마한 무장 병력이 온갖 화기(火器)로다가 이 작은 중국집을 겨냥하고 있는 모습이 보입니다. 얼핏 보아도 커다란 쇠뭉치 같은 기관총을 거치한 지프에 군인들이 가득 탄 트럭이 빙 둘러섰고, 그 뒤로 무슨 대단한 구경거리라고 동네 사람들이 옹기종기 모여서 지들끼리 중구난방(衆口難防) 떠들고 있습니다.

"공비가 나타났대요, 글쎄."

"그려? 김신조가 또 내려온 건감?"

"아니지, 김신조는 벌써 잽혔지."

"벌써 교수형 받아 죽었지요."

"교수형이 아니고 총살형이라든디."

"거러엄, 빨갱이는 무조건으루다가 총살형으루 죽여야지."

"암튼 김신조는 아니어요."

"김신조가 아니믄 김일성이가 직접 쳐내려왔남?"

"아이구 참, 영감님은 거 말이 되는 소리를 하세요."

"뭐, 임마? 김일성이가 직접 쳐내려온 게 엊그젠데, 암만 어린 놈이래두 그것도 몰르냐?"

"아니, 그건 그거구, 이건 공비잖아요?"

"그나저나 사람은 안 다쳤나?"

"아까 누가 그러든디 공비 한 놈은 수류탄 까고 그 자리서 죽었다는디."

"그려, 나두 뭐가 펑 터지는 소리를 들은 것 같구먼."

"수류탄은 펑 소리가 안 나요. 그냥 쾅 하지."

"아니, 자네가 수류탄 터지는 걸 직접 봤나? 난 이래 봬두 군대 있을 적에……."

"아이구, 펑이나 쾅이나 거기서 거기지유. 그걸로 싸우진 마셔유."

"하여간 빨갱이 눔들은 지독해."

"장 서방은 괜찮은가?"

"장 서방이야 노났죠. 간첩 한 마리 잡으면 포상금이 얼만데요? 군인들이 이렇게 많이 왔을 적에는 공비가 엄청 많단 소린데."

"서른 명도 넘는답니다."

"무슨? 서른 명이 어떻게 저 쬐만한 중국집에 다 들어가나?"

"아, 작년에, 거 뭐냐, 1·21 사태도 그렇고 서른 명, 백 명씩 몰려 내려왔잖아요?"

"근디 왜 해필 소림반점이랴?"

"혹시 장 서방이 공비랑 접선한 거 아닌감?"

"에끼, 이 사람아. 장 서방 몰라? 그 사람이 어디 간첩질할 사람인가?"

"아이고, 그건 모르는 일이지요. 간첩들이 어디 평소에 나는 간첩입네 드러내 놓고 다닌답니까? 평범해 보이는 사람들일수록 더 의심해 봐야 되는 거예요."

"그러게요. 그러고 보니 마누라도 자식새끼도 없이 이런 촌구석에 중국집 한다고 들어와 있는 게 영 수상한데."

"맞어, 맞어. 원래 이 동네 사람도 아니고 굴러들어 왔단 말이지."

"중국 화교(華僑)라는 것두 다 거짓말인겨. 설마 뙤눔[19]이 간첩일 거라군 아무도 생각 못 했잖어."

"그럼 그 주방장하고 배달하는 아이두 다 한통속인가?"

"그야, 장 서방이 간첩이라믄 물어볼 필요도 없는 것이지."

"어구구, 무서워라. 내가 저 집에서 시켜 먹은 짜장면, 짬뽕

---

19 뙤놈. 만주 지방에 살던 여진족을 낮잡는 뜻으로 이르던 말. 중국 사람을 낮잡아 이르는 말.

만 해도 몇 그릇이나 되는지 모르는디."

"독약이라도 탔을까 봐?"

어이쿠, 아무리 입이 여럿이면 쇠도 녹인다지만, 애먼 중국집 주인이 거물 고정간첩 되는 건 순식간이네요.

한편, 소림반점 안에서는 권총 든 대원이 총을 왼손으로 옮기며 거수경례를 올려붙입니다.

"제압했습니다."

전 소령은 고개만 까닥하고 나서 바닥에 엎드린 군복 사내를 발로 툭 건드립니다.

"좆도 아닌 게 공비랍시고…… 끌고 가서 조져!"

사지를 누르고 있던 사내들이 군복의 팔다리를 하나씩 들쳐 메고 나갑니다. 군복이 꿈틀거리며 뭔가 한마디 하려는 듯하지만, 권총 사내가 배를 걸어차니 축 늘어지고 맙니다. 전 소령은 천천히 소림반점 안을 둘러봅니다.

"허 참, 여기까지 와서 짜장면이 뭐냐, 후줄근하게. 하여간 저 새끼들은……."

전 소령의 시선이 아직도 부들부들 떨고 있는 장 서방의 눈과 마주칩니다.

"어이 쥔장! 빨갱이한테 식량 보급해 주면 그것도 보안 사범이야. 즉결 처분깜이라구."

"네, 뭐라구요? 보안사……."

전 소령은 얼굴이 허옇게 질린 장 서방을 보고 호탕하게 껄껄 웃습니다.

"나한테 한 번 제대로 당해보지도 않구선······."

알쏭달쏭한 말만 한 마디 남기고 들어올 때처럼 중국집 문을 발로 꽝 차고 나갑니다. 성길이 다시 두더지마냥 배식구로 머리만 내밉니다.

"보안 사범이라구요. 근데 아저씬 걱정 없어요. 다 내 덕인 줄이나 아세요!"

보안 사범이 어느 산의 호랑인지, 성길이 덕이 무슨 떡인지, 장 서방은 어안이 벙벙할 따름입니다. 대체 이게 무슨 마른하늘의 날벼락이란 말입니까?

2화

새벽이나 야간에 산에서 내려오거나
바닷가를 배회하는 자

소림반점에서 우리의 자랑스러운 국군이 공비 생포 작전에 성공한 다음 날 오후입니다. 손님을 가장하고 들어온 군복 사내가 실은 간악하기 짝이 없는 김일성 괴뢰도당이 파견한 간첩이었고, 담뱃값을 제대로 모르는 점을 날카롭게 포착한 배달 소년 성길의 신고로 근처 방첩부대원들이 재빠르게 출동, 생포하는 데 성공했다는 것을 차근차근 이해하게 된 다음에도 장 서방은 뭔가 영 개운하지 않습니다. 늘 하던 대로 주판알을 조심스레 튕기며 돈을 세지만, 출입문이 삐걱 소리만 내도 가슴이 철렁 내려앉고 테이블에서 누가 '다꾸앙!' 하고 소리만 질러도 오금이 저립니다. 혼자 짜장면을 먹으러 들어온 성인 남자가 있으면 괜히 이리저리 복색과 안색을 살피게 됩니다. 접경지역(接境地域)인지라 '무찌르자 공산당'이나 '간첩 신고는 113'이라는 구호와 표어는 하루라도 듣거나 보지 않으면 입과 눈에 가시가 돋을 지경이지만, 실상 장 서방도 진짜 간첩을 제 눈으로 보기는 처음입니다. 6·25 때도 남보다 한 발 앞서 눈치 껏 피난길에 오른 덕에 한 번도 괴뢰군이나 빨갱이랑 맞닥뜨리 지 않고 피해 넘긴 장 서방입니다. 물론 빨갱이들이 얼마나 악 랄한 자들인지, 그것들이 얼마나 지독한 짓을 서슴없이 저질 렀는지, 장 서방도 주위에서 숱하게 주워들었습니다. 그렇지 만, 멀쩡한 인간의 탈을 쓴 공비가 바로 제 가게 안까지 들어 와서 태연히 짜장면을, 그것도 곱빼기로 시켜 먹고, 이 쑤시고 담배까지 꼬나물었다는 사실은, 생각하면 할수록 소름이 끼 칩니다.

반면 성길은 신이 났습니다. 지금도 휘파람까지 불며 홀 청 소를 하고 있습니다.

사라앙이 무어냐고 무르신다며언 눈물에 씨앗이라고 말하 겠어요오.

혼자서 주방을 지키느라 점심시간을 눈코 뜰 새 없이 바삐 보낸 만성 씨도 이제 한숨 돌릴 참인가 봅니다. 물 묻은 손을 앞치마에 대충 닦으며 홀로 나옵니다. 만성은 어제 소동에 대해 그 까짓것 대수로운 일이 아니라는 듯 애써 무덤덤한 반응을 보였지만, 실은 속으로 꽤나 놀랐습니다. 만성은 입만 열면 괴뢰군도 여럿 때려잡고 베트콩[20]도 한 트럭씩 때려눕힌 귀신 잡는 해병대 출신이라고 떠벌이지만, 실은 병역 기피자입니다. 만성이 중국집 한 곳에 진득하게 붙어 있지 못하고 이곳저곳을 떠도는 것은 타고난 역마살(驛馬煞)도 있지만 병역 기피가 드러날까 봐 지레 겁먹은 탓도 있습니다.

그 빌어먹을 성길이 녀석이 주방으로 피신해 온 김에 살짝 귀띔만 해줬어도 대한 남아의 기개를 한번 보여주는 건데…… 아니, 방첩대원들 오기 전에 그 간첩 새끼를 한 주먹에 때려눕혔으면 군대 문제도 해결되고 포상금도 두둑이 받고, 그냥 탄탄대로(坦坦大路)가 열리는 건데…….

"야, 고생낄!"

어제 일을 다시 떠올리니 심술이 난 만성이 괜히 성길을 불러봅니다. 틀림없이 자기를 부르는 소리인 줄 알 텐데 성길은 대답도 하지 않고 걸레질에 열중입니다. 대답이 없자 만성은 부아가 납니다.

"아쭈? 그래 고, 성, 길, 씨! 너 잘났담마. 간첩 한 마리 잡구

20   베트남의 공산주의 노선의 독립운동단체. 베트남전쟁 때 월맹(북부 베트남)의 지원을 받아 남부 베트남군과 싸웠던 '남베트남 민족해방전선'을 일상적으로 이르는 말.

인생 활짝 폈다 이거지?"

"피긴 뭐가 펴요? 기냥 대한민국 국민으로서 할 일 한 것뿐인데."

"햐아, 요놈 봐라. 아주 신문에 낼 말까지 준비했구만 그래."

"자꾸 놀리지 말아요. 신문에 나긴 누가 난다구⋯⋯."

"그래 인제 포상금 받음 뭐 할 꺼야?"

"상금 타문 그거 갖구 서울 가서 검정고시 학원 댕길 꺼예요. 그래서 검정고시 붙으면 대학도 갈 꺼구⋯⋯."

포상금 얘기가 나오자 성길은 걸레질을 멈추고 밀대에 턱을 괴고 섭니다. 성길의 눈앞에 무지갯빛 꿈이 영롱하게 펼쳐집니다. 넓게 펼쳐진 녹색 잔디밭과 그 위에 궁전처럼 서 있는 하얀 건물, 말쑥한 양복 깃에 반짝이는 대학교 배지, 하늘하늘한 연두색 원피스 차림의 여대생과 나란히 걸어가는 의젓한 대학생 성길⋯⋯. 생각만 해도 가슴이 벅찹니다. 오래전부터 꿈꿨던 일이지만 이제는 막연한 미래가 아닌 바로 코앞의 현실이 되었습니다. 이게 다 담뱃값도 모르는 그 어설픈 간첩 덕분입니다. 천애고아(天涯孤兒)에 아무것도 가진 것 없는 중국집 배달원에게 하루아침에 팔자를 고칠 수 있게 해주는 게 간첩 신고 현상금과 주택복권 말고 또 있을까요?

"이 성님한텐 뭐 해줄 껀데?"

"학원 댕기고 대학꺼정 갈래믄 애껴 써두 모자를지 몰르는

데요?"

쳇, 벼룩이 간을 내먹지, 지는 나한테 해준 게 뭐 있다구…….
성길이 샐쭉하게 입술을 오므리자, 만성은 옆에 있던 간장병을
집어 들어 던지는 시늉을 합니다.

"으이구, 저런 의리라고는 조또 외팔이만큼도 없는 새끼. 그
래, 그 돈 갖구 너 혼자 아주아주 자알 처먹구 삐까번쩍 살다
가 확 뒈져뻐려라. 이 한솥밥 웬수 놈의 새끼야!"

"거 흰소리들 그만 하고, 양념통이나 잘 채워둬."

장 서방은 주판을 놓는 척하면서도 두 귀를 쫑긋 열어 성길
과 만성의 대화에 귀 기울이고 있었습니다.

사실 포상금 운운하는 말에 장 서방은 배가 살짝 아픕니
다. 점심시간 내내 홀을 지키며 손님들 시중든 건 장 서방 자
신인데, 어쩌다가 배달 사이사이에 잠깐 들른 성길이가 마침
그 군복의 담배 심부름을 하게 된 것인지……. 성길이 녀석이
하도 게으름을 피우고 요령을 부리는 바람에 그거 야단치느
라 그 군복 사내가 청자 담배가 얼만지도 모른다는 사실을
무심히 넘긴 게 너무 원통합니다. 성길이만 아니었다면 틀림
없이 그 군복이 수상하다는 걸 알아차리고 제일 먼저 간첩 신
고를 했을 텐데요. 그렇습니다, 이게 다 그 게으름뱅이 성길이
탓입니다.

가만, 아무리 신고를 한 건 성길이라지만, 엄연히 내 식당에

들어온 손님이고 내 식당에서 잡아 간 거니까, 포상금은 내가 받아야 맞는 거 아닌가?

장 서방은 괜히 신경질이 납니다. 포상금이 얼마인지는 모르지만, 알몸뚱이밖에 가진 게 없는 성길이 대학 공부까지 너끈히 할 수 있을 정도라면 적지 않은 게 틀림없습니다. 남들은 그렇게 쉽게 돈을 버는데, 정작 온갖 잡놈들 시중들고 비위 맞춰가며 겨우 짬뽕값으로 몇 푼씩 받고 백날 주판알 튕겨봐야 겨우 촌구석 중국집 신세를 못 벗어나니, 세상 너무 불공평한 거 아닙니까?

만성이 손에 든 간장병으로 다시 한 번 위협하는 시늉을 하는 차에 식당 문이 '끼이익' 하고 열립니다. 제 쪽으로 당겨 열어야 할 문을 누군가 억지로 밀어서 여는 통에 고막을 후비는 고약한 소리가 납니다.

"어서 옵셔! 아, 문은 편하게 땡겨서 여시지."

장 서방이 억지웃음을 지으며 일어섭니다.

'당기시오'라는 글귀도 못 읽나, 남의 집 문 망가지면 어쩔라구 저 지랄이야.

"아, 우리, 손님 아닙니다."

맞춰 입은 듯 똑같은 잠바 차림에 워커를 신은 두 사내가 들어섭니다. 그중 한 명이 장 서방에게 다가가 잠바를 슬쩍 젖혀 여는데 권총이 얼핏 보입니다.

38

"방첩대에서 나왔습니다."

장 서방은 아무 잘못도 없는데 괜히 덜컥 겁부터 납니다. 장 서방이 잘은 모르지만 방첩대라면 대한민국에서 몇째 안 가는 끗발을 자랑하는 높은 곳이란 건 압니다. 무슨 일로든 거기하고 엮여서는 사는 게 피곤해질 것만 같아 움츠러들 수밖에요. 겉으로는 태연한 척하지만 정말로 가슴이 철렁 내려앉은 사람은 실은 병역 기피자 만성입니다. 만성은 최대한 자연스러운 동작으로 슬금슬금 주방 쪽을 향해 몸을 옮깁니다. 방첩대에서 나왔다면 분명 어제 일과 관련된 것이겠지만, 그래도 사람 일이란 알 수 없는 것, 엉뚱하게 만성의 병역 기피 사실이 드러나기라도 하면 그야말로 낭패(狼狽)입니다. 반면 방첩대라는 말에 성길의 가슴이 고동치기 시작합니다. 드디어 올 게 왔습니다.

잠바 입은 사내는 장 서방에게 몇 마디 묻고 나서 성길에게 다가옵니다.

"니가 고성길이냐?"

"네, 그런데요……."

"짜아식, 이제 보니 아주 똘똘하게 생겼네."

옆에 서 있던 다른 대원이 엉너리[21]를 칩니다.

---

21   남의 환심을 사기 위하여 어벌쩡하게 서두르는 짓.

"니가 어제 신고한 거 말인데……."

"담뱃값을 잘 모르는 놈, 그거 수상하니까 신고해야지. 암만, 신고해야 되구 말구."

"근데 말이야, 그치가 그게 간첩이 아니라 깜빵 갔다가 5년만에 나온 길에 군대 간 지 동생 면회 온 거래."

"깜빵에 5년이나 처박혀 있다보니, 청자가 새로 나왔는지, 값은 얼만지 몰랐던 거구."

둘은 겉모습만 서로 닮은 게 아니라, 말하는 데도 고춘자·장소팔 콤비[22]마냥 죽이 척척 맞습니다.

"그러니까, 그게 그렇게 된 거구……."

"니가 오해한 거지."

"간첩이 아닌 사람을 간첩이라구……."

"물론, 네 잘못은 아니야."

"그놈이 오해받을 만했어. 수상한 짓을 했거든."

"그놈이 간첩은 아니구, 너도 잘못한 게 아니구……. 그냥 그렇게 된 거지."

"뭐, 굳이 말하자면, 우리가 헛수고를 한 셈이긴 한데……."

"그야 뭐, 그게 우리 일이니까, 니가 미안해 할 일은 아니

---

22   6·25전쟁 이후 1960~1970년대를 풍미했던 만담 콤비. 한국 스탠딩 코미디의 원조. 특유의 속사포 만담으로 인기를 끌었다.

구······."

"그래, 우리 일인 걸, 뭐."

"그건 그렇구, 방금 니 주인아저씨한테 들었는데, 너 검정고시 공부한다며?"

"그래, 아주 장하구나."

"암, 사람이 아무리 처지가 힘들어도 노력하면 다 잘 되게 되어 있어, 세상이."

"하늘은 스스로 돕는 자를 돕는 거란 말도 있지."

"앞으로도 수상한 사람 보면 열심히 신고하구."

"자, 부모님, 아니 참, 너 고아원 출신이라지. 어쨌든 어······ 주인아저씨 말씀 잘 듣구 공부도 열심히 하구 그래라, 응?"

"이건 우리 대장님이 특별히 주시는 거다."

방첩대의 고춘자와 장소팔은 마치 대본 연습이라도 미리 하고 온 듯 주거니 받거니, 다른 사람 끼어들 틈도 주지 않고 제할 말만 주욱 읊고 나서, 각각 주머니에서 공책과 연필을 꺼내 성길에게 안겨주더니 휑하니 나갑니다. 이번에는 밀어야 할 문을 억지로 당기느라 또다시 '끼이익' 하는 소리가 아주 지랄 맞습니다. 장 서방이 얼른 달려가 출입문을 살펴봅니다.

"저런 싸가지하고는······ 가만있는 문짝하고 무슨 웬수가 졌길래 지랄이야, 지랄이."

정작 당사자가 있을 때는 입 밖으로 내지 못했던 불평을 등 뒤에 대고는 잘만 퍼붓습니다.

성길은 또다시 멍한 얼굴을 하고 서 있습니다. 아까 대학생이 된 자신을 상상할 때와는 달리 아예 넋이 달아난 표정입니다. 엉겁결에 받아든 공책과 연필이 스르르 손아귀를 벗어나 바닥에 떨어집니다.

"간첩이 아니라구…… 그럼 포상금은?"

포상금 받아 쥐고 가는 길에 길거리에서 날강도를 만나 다 빼앗긴 듯한 얼굴입니다. 대체 이게 무슨 날벼락입니까? 아니, 덥수룩한 머리에 낡은 군복 차림, 물가도 잘 모르면서 돈뭉치를 가지고 다니는 자가 간첩이 아니라면, 대체 간첩은 어떤 모습을 하고 있다는 말입니까? 새빨간 몸뚱이에 머리엔 뿔이 나고 손에는 시커먼 창을 들고 다니는 게 간첩입니까? 아니면 우리 평범한 대한민국의 백성들하고 똑같은 모습을 하고 제 정체를 꽁꽁 숨기고 있단 말입니까? 그렇다면 무슨 수로 간첩을 식별하고 어떻게 신고 포상금을 받을 수 있다는 말입니까?

좀 전까지도 혹시나 방첩대원들이 병역 수첩을 내놓으라고 할까봐 한구석에서 조마조마 가슴 졸이던 만성이 터지는 웃음을 억지로 참습니다.

"그럼 그렇지. 니 복에 먼 간첩이다냐. 간첩이 등신 할아부지냐, 너 같은 붕신한테 걸리게. 괜히 여러 사람 피곤하게 일이나 벌이구……. 으이구, 니눔 하는 일이 다 그렇지, 뭐."

만성이 대놓고 타박을 하는데도 성길의 귀에는 한 마디도 들어오지 않습니다.

"그리고 인석아, 사람이 맘씨를 곱게 써야 하는 거야. 당장 팔자 바뀔 거 같으니까 성님이고 뭐고 나 몰라라 하는 그런 심뽀를 가진 놈한테는 복이 굴러들어 오다가도 딴 길로 새는 법이야."

문짝을 쓰다듬던 장 서방이 카운터로 돌아가며 성길의 뒤통수를 툭 칩니다.

"야, 생길이. 그 난리 피우느라 손님도 못 받고 동네에 뒷말만 많아지고, 너 땜에 아주 내가 미친다 미쳐. 그 간첩, 아니지 그 손님 짜장면 곱빼깃값은 니 봉급에서 깐다이?"

만성이의 심보 타령도 장 서방의 핀잔도 성길의 귀에는 아득한 먼 곳의 소리처럼 들립니다.

깜방…… 간첩이 아니라구…… 그럼, 내 포상금은 어쩌구? 설마…… 이것이야말로 꿈이 아닐까?

성길의 머릿속은 아폴로 11호[23]가 지나간 자리마냥 흰 연기만 뭉게뭉게 피어납니다.

소림반점 주방 뒤편에 있는 쪽방이 성길과 만성의 스위트홈

---

23 1969년 7월 20일. 미국의 아폴로 11호가 달에 착륙한 내용이 전 세계 텔레비전에 방송되었다.

입니다. 창문도 없고 코딱지만 한 방이지만 세간이라곤 아무 것도 없어 휑해 보이기까지 합니다. 그나마 구석에 아무렇게나 개켜놓은 이불이 여기가 사람 사는 곳임을 알려주지만, 그것도 도대체 공장에서 나온 이후 햇볕을 한 번이라도 본 건지 알 수 없을 만큼 눅눅합니다. 벽에 듬성듬성 아무렇게나 박아놓은 녹슨 못에 땀에 전 옷가지 몇 벌이 걸려 있습니다. 홀아비 냄새 진동하는 건 두말할 필요도 없습니다. 1개 소대 병력이 집단으로 생활하는 내무반보다 더 지독합니다.

성길은 뒤집어 놓은 사과 궤짝을 책상 삼아 통신 강의록을 펼쳐놓고 검정고시 공부를 하고 있습니다. 성길의 눈이 가닿는 맞은편 벽에는 'Boys, Be Ambitious!'라는 문구가 붙어 있습니다. 성길이 언젠가 영어 공부를 하다가 '이거다!' 싶어 자신의 좌우명(座右銘)으로 삼기로 작정한 문구입니다. '소년이여, 야망을 가져라!' 일본인이라든가 미국인이라든가, 성길은 이 말을 한 사람이 마치 성길의 처지를 훤히 알고서 성길의 귀에 대고 직접 말해준 듯한 착각이 들 만큼 이 문구의 매력에 빠졌습니다.

그렇습니다, 성길은 야망을 가진 소년입니다. 고아 출신이라는 것, 중국집 배달원이라는 신분, 무일푼에 중국집 쪽방에 얹혀사는 처지, 이 모든 게 미래의 성공을 더욱 빛나게 해줄 일시적인 시련에 지나지 않습니다. 성길은 자신의 처지를 비관하거나 좌절하지 않고, 굳센 의지를 가지고 자신의 운명을 개척해 나가야 한다고 믿습니다. 그렇게 하기 위해 노력하고 그렇게 될 수 있다고 확신합니다. '하늘은 스스로 돕는 자를 돕는다'라는 문구는 '소년이여 야망을 가져라!'라는 멋진 문구를, 그것도 영어 원문으로 발견하기 전까지, 쪽방 벽에 붙어 있던 성길의 또 다른 좌우명입니다. 사람이란 현실에 안주해서도 안 되고 자신의 운명을 탓하기만 해서도 안 되며, 분명한 목표를 가지고 성실하게 한 발 한 발 옮겨야 한다는 게 성길의 믿음입니다.

바로 옆에서는 만성이 낡은 군용 담요를 펼쳐 놓고 화투짝을 만지고 있습니다. 만성으로 말하자면, 성길과는 닮은 점이 눈곱만큼도 없는 인간입니다. 나이도 벌써 서른씩이나 되었다는 사람이 삶을 어떻게 살아가겠다거나, 무엇을 이루겠다거나, 하는 구체적인 목적의식(目的意識)이 없습니다. 성길이 보기에는 이런들 어떠하리 저런들 어떠하리, 이래도 흥 저래도 흥, 하며 그저 하루하루 나이만 먹어갈 뿐입니다. 허튼 장난에 시시껄렁한 농지거리로 하루를 때우고, 일 끝나고 방에 돌아오면 혼자서 화투짝으로 재수보기나 떼면서 시답잖은 옛날이야기나 늘어놓는, 아무짝에도 쓸데없는 삶입니다. 열 살도 더 어린 성길이 보아도 한심하기 짝이 없습니다.

그런 만성이지만, 꿈(?)이 없는 것은 아닙니다. 주방장 만성의 꿈은 중국집을 차려서, 아니 빼앗아서, 중국집 주인이 되는 것입니다. 얼마 안 되는 시골 중국집 주방장의 월급이나마 계획성 있게 착실하게 모아서 조그마한 중국집부터 시작한다는, 그런 성실하고 현실성 있는 계획이 아닙니다. 매일같이 화투 기술을 연마해서, 돈 많고 얼빠진 중국집 주인을 만나거든 하룻밤 사이에 한탕 크게 해먹을 수 있다는 꿈입니다. 성길이 보기에는 그런 터무니없는 꿈이 실현될 리가 없습니다.

가뜩이나 눈탱이가 밤탱이라 책에 쓰인 글자가 흐릿한데 화투짝 부딪치는 소리까지 '딱, 딱' 신경을 거스르니 영 공부에 집중하기가 힘듭니다. 그렇지만 자수성가(自手成家)를 꿈꾸는 의지의 대한 소년 성길에겐 이따위 방해는 아무것도 아닙니다.

가만, 눈탱이가 밤탱이라?

만성이 혼자서 킥킥대다가 기어이 성길의 눈앞에 머리를 들이밉니다.

"그 인간 그거 빵잽이[24]라더니 손이 어지간히 매운 모양이지?"

아주 놀려먹으려고 작정을 하고 나서는데, 이럴 때 대꾸를 해주면 만성에게 말려들 뿐이라는 걸, 성길은 오랜 경험을 통해 잘 압니다. 성길은 만성의 눈길을 피해 사과 궤짝을 안고

24　수감 경험이 있는 사람들을 뜻하는 은어.

몸을 틉니다.

"우리 대한의 용감한 반공 소년 고, 성, 길, 씨가 간첩 따위한 테 얻어맞고 다녀서야 쓰남. 진짜든 가짜든 간첩이라믄 아주 혼구녕을 내줘야지."

그렇지 않아도 억울한 심정 하소연할 데가 없어 답답한 터에 만성의 이죽거리는 얼굴을 들여다보니 성길이는 미치고 팔짝 뛸 지경입니다. 그렇습니다. 그것도 죄라면 국가 시책에 충실히 따르고 신고 정신이 투철한 죄밖에 없는 모범 시민 성길이가 그 군복 사내에게 시퍼렇게 멍이 들 만큼 얻어맞고 들어온 게 오늘 저녁의 일입니다.

시장통 철물점에 짬뽕 국물하고 소주를 갖다 주느라 배달통을 들고 소림반점을 나서는데, 골목길 전봇대 뒤에 몸을 감추고 있던 그 군복 사내가 눈앞에 떡하니 나타납니다. 왼손 검지를 까딱대며 성길을 부르는데, 겁이 덜컥 나지만 도살장에 황소 끌려가듯 끌려갈 수밖에 없습니다. 사실 따지고 보면 잠깐 오해가 있었을 뿐, 성길이 크게 잘못한 건 없습니다. 아니, 담뱃값을 잘 모르는 사람은 신고하라고 나라에서 포스터까지 만들어서 골목골목 집집마다 붙이지 않았습니까? 사실 1·21 사태다 울진·삼척지구 공비 사건이다 해서 세상이 발칵 뒤집힌 걸 모르고 의심받을 짓을 하고 다닌 사람이 잘못이라면 잘못이지요.

　성길은 군복에게 다가가며 "아저씨, 미안해요, 그런데……"
로 시작해서 이런 이야기를 하고 싶었지만, 픽! 다짜고짜 눈에
서 불꽃이 번쩍 튑니다.

　"야, 이 호로 새끼야. 니가 나 간첩이라고 신고했냐?"

　짝! 짜작! 솥뚜껑만 한 데다 거칠기 짝이 없는 군복 사내의
손이 거침없이 성길의 뺨을 유린합니다. 성길은 순간 눈물이
핑 돕니다.

　"씨바, 빵쟁이는 중국집에서 지 돈 내고 짜장면도 못 사 먹
는 게 대한민국이냐? 아님, 그깟 담배 심부름 하는 게 그렇게
억울하던? 하기 싫으믄 사내새끼답게 그 자리에서 하기 싫다
그러지, 치사하게 방첩대에 꼰질러?"

　사내는 아예 한 손으로 성길의 머리채를 움켜쥐고 연달아
주먹질을 해댑니다.

　"아프냐? 아퍼? 이건 좆도 아녀, 임마. 내가 방첩대 새끼들한
테 어떻게 당했는지 알어? 내가 경찰서, 형무소라믄 내 집 안방
보다 더 자주 들락거려 봤지만, 그렇게 다짜고짜 무식하게 쥐
패는 놈들은 첨 봤다. 씨바, 밖에서 맞장 뜨자고 하믄 꼬리 내
리고 삼십육계(三十六計) 놓을 것들이 지들 세상이라고 길길이
날뛰는데, 어이구야."

　사내는 방첩대에 끌려가서 정말로 곤욕을 치른 듯싶습니다.

그러고 보니 사내의 얼굴도 퉁퉁 부은 데다 퍼런 멍자국도 보입니다.

"이것들이 입도 뻥끗 못 하게 찍어 누르고 실컷 패고 나서, 간첩 같은 건 듣도 보도 못 했다니까, 또 달려들어 다구리[25]를 놓고, 나중에는 왜 간첩이 아니라고 미리 얘기 안 해서 자기들 고생시키느냐고 또 패더라. 내가 소싯적부터 험한 동네는 다 돌아댕기믄서 온갖 꼴통들을 만났지만, 이것들은 아예 급이 달러. 그냥 이유도 없이 패는데, 나중에는 내가 진짜 간첩인가, 진짜 간첩인데 머리에 총 맞아서 잊어버린 건가, 뭐 이런 생각까지 들더라니까."

사내는 성길을 때리는 것도 지친 듯 이제 하소연 모드입니다.

"그러니, 이 새끼야. 멀쩡한 사람 아무나 찍어서 간첩 신고 같은 거 하지 말라고. 알었어?"

"근디, 멀쩡한 게 아니고 아저씨가 청자도 모르고 담뱃값도 모르고 해서……."

"모를 수도 있지! 모를 수도 있는 거 아녀! 너 아는 사람 중에 담배 안 피는 사람 없냐? 그 사람한테 함 가서 물어봐라. 청자 얼마냐고. 내가 정말, 소싯적에 할아버지 곰방대 몰래 한 번

25　'몰매' 혹은 '패싸움'을 뜻하는 은어.

빨았다가 뒤지게 처맞은 후로, 담배 피운 걸 이렇게 후회해 본적이 없다. 내가 이참에 담배를 싹 끊을란다. 이 주둥아리에서 다시 연기가 나믄 내가 우리 엄마 아빠 자식이 아니고 니 새끼다, 내가. 아주 싹둑 끊는다."

사내는 화가 치솟는지 열을 냅니다.

"뭐, 담배 끊으면 건강에도 좋고 지저분하지 않아서 좋지요."

"뭐라구?"

눈치 없는 성길의 대꾸가 가뜩이나 열난 사내를 드디어 폭발시키고 맙니다. 사내는 이제 주먹을 움켜쥐더니 그대로 스트레이트를 쭉 날립니다.

"쬐끄만 새끼가 사람 열 받는데 놀리는 것두 아니구…… 뭐, 건강에 좋아?"

스트레이트 결정타 한 방에 성길은 몸이 축 늘어지며 그 자리에 주저앉습니다. 원…… 투…… 쓰리…… 뭐, 곁에 심판이라도 있었다면 이미 티케이오 선언을 했겠지요. 아울러 성길의 주둥이도 케이오가 되었습니다.

낫살이나 먹은 사람이 오해로 빚어진 일을 가지고 굳이 어린애한테 앙갚음을 하러 찾아오다니 쫌팽이 같은 면이 없지는 않지만, 사실 군복 사내 입장에서 보면 아닌 밤중에 홍두깨요

마른하늘에 날벼락 격이라, 오랜만에 사회 복귀해서 짜장면 한 그릇 먹어보려다가 큰 봉변을 당한 셈이니 억울하기도 하겠지요. 뭐, 그래도 담배를 끊기로 했다니 다행이긴 합니다. 성길이 말대로 건강도 좋아질 테고 어디 다른 데 가서 담뱃값 때문에 또 간첩으로 몰릴 위험도 없구요.

"야, 이 세상에 허무명랑하기가 무쌍한 놈아. 세상에 간첩이 그렇게 엉성헐 리가 있냐? 걔들은 훈련도 안 받구 내려온대디? 니 같은 놈한테 잡힐 놈들이믄 삼팔선도 못 넘어오고 죄다 잡혔지."

38선이 아니고 휴전선이라구!

성길은 한 마디 쏘아붙이고 싶지만 부글부글 끓는 속을 꾹 누르고 억지로 책을 들여다봅니다. 성길이 아무런 반응을 안 보이자 만성은 귀에 꽂아놓았던 꽁초를 빼어 물며 2차 도발을 감행합니다.

"야, 거 책 좀 치워봐라. 눈태이 밤태이 돼갖구 글씨가 보이기나 하냐?"

성길에게 달려들어 책을 획 낚아챕니다.

"아이, 책은 왜 뺏고 그래?"

깜짝 놀란 성길이 책 한 쪽을 붙들고 실랑이를 벌여보지만 이내 손을 놓아버립니다. 쥐꼬리만 한 월급 아끼고 아껴서 산 책인데 찢어지기라도 하면 큰일이니까요. 둘이 책장을 붙들고 줄다리기를 하는 와중에 책갈피에서 전단 한 장이 툭 떨어집니다.

"어쭈? 이게 뭐다냐?"

만성이 얼른 집어 듭니다.

"이리 줘요! 왜 남의 걸 함부루……."

빼앗으려 달려드는 성길을 한 손으로 제지하며 큰 소리로 읽습니다.

"간첩 신고 요령? 하나, 새벽에 산에서 내려오는 사람……."

그러니까 그 전단이라는 게 다음과 같은 사람이 주변에 보이거든 신고하라는 내용이 담긴 것입니다. 그 시절엔 동네 어디서나, 더구나 이런 접경지역에선 흔하게 볼 수 있었던 것이지요.

* 새벽이나 야간(夜間)에 산에서 내려오거나 바닷가를 배회(徘徊)하는 자
* 계절(季節)과 유행(流行)에 맞지 않는 양복(洋服)을 입고 다니는 자
* 자주 이사(移徙)하거나 자주 변장(變裝)하는 자
* 한밤중에 북괴(北傀) 방송(放送)을 듣는 자
* 정부 시책(政府施策)을 은근히 비난(非難)하고 북괴를 지지(支持), 찬양(讚揚)하는 자
* 동무, 쟁취(爭取), 호상(互相) 등 좌익(左翼) 용어(用語)를 무

의식(無意識) 중에 사용하는 자

* 돈을 많이 써서 주민등록증을 발급(發給)받고자 하는 자

* 미화(美貨) 또는 일화(日貨)를 은닉(隱匿)하거나 바꾸는 자

* 남한의 물가시세(物價時勢)나 지리(地理)를 잘 모르는 자

* 야간에 밥이나 식료품(食料品)을 훔쳐 먹거나 훔치는 자

* 6·25 당시 행방불명(行方不明)됐다가 최근에 나타난 자

* 모자(帽子) 밑까지 기른 머리

* 이북(以北) 말씨를 구사(驅使)하거나 Kg으로 쌀을 구매(購 買)하는 자

* 등산객(登山客) 차림으로 산업시설(産業施設)이나 고속도로 를 사진 찍는 자

* 사방(四方)이 잘 보이는 곳에서 밥을 지어먹는 자

* 검문소(檢問所)를 앞두고 버스에서 내리거나 가족인 척 하는 자

* 마을 사람들의 환심(歡心)을 사기 위해 금품(金品)을 뿌리 는 자

* 건전지(乾電池)를 다량(多量)으로 사는 자

* 일정한 직업(職業) 없이 돈을 많이 쓰는 자

* 공동변소(共同便所)나 다리에 낙서(落書)를 하는 자

* 굴뚝이나 빨랫줄에 철사(鐵絲)를 매어 라디오를 듣는 자

만성은 두어 줄 읽다 말고 전단을 성길의 코앞에서 흔들어 댑니다.

"이제 아주 맘 먹구 나섰구나, 나섰어."

무슨 대단한 꼬투리라도 잡은 듯 성길을 놀리지만, 성길은 여전히 아무 대꾸도 하지 않습니다.

"검정고시 공부하는 줄 알았더니, 간첩고시 공부 중이었냐? 간첩 신고 요령 달달 외우믄, 뭐 판검사라도 시켜준다대?"

말도 안 되는 꼬투리를 잡아보지만 성길이 아무 대꾸도 하지 않으니 만성도 흥미를 잃습니다. 만성은 엉덩이걸음으로 한 발 물러나 벽에 기대더니 담배 연기를 길게 내뿜습니다.

"야, 고생낄! 사람이 좀 착실하게 살 생각을 갖구 노력을 해야지, 그렇게 황당무계획적으루다가 허망한 꿈이나 꾸면 되겠냐? 간첩이 뭐 뉘 집 애 이름인 줄 알어? 멀쩡하던 애가 이거 하룻밤 새에 확 베려버렸네."

성길은 방구석에 있던 깡통 재떨이를 얼른 만성 앞에 밀어줍니다. 재가 방바닥에 떨어지기라도 하면 어차피 치우는 건 성길이 몫일 테니까요.

"뭐, 맨날 간첩이나 쫓아댕기겠다는 것두 아니구, 오며가며 혹시 수상한 사람이 있나 보는 건데, 뭐가 황당무계(荒唐無稽)예요?"

"야, 간첩 잡아서 그 포상금으로 팔자 고치겠다는 생각 자체가 황당무계획한 거야, 임마. 세상에 간첩이 그렇게 흔하냐? 아니, 간첩이 있다 한들, 이 쬐끄만 시골에 뭐 주워 먹겠다고 나타날 것이며, 또 왜 너 같은 놈 앞에 나타나 '나 잡아가 줍쇼' 하겠냐?"

"간첩이 많이 나돌아 다니니까 나라에서 이렇게 포스터랑 전단이랑 만들어서 나눠주는 거 아녜요? 포상금도 주구⋯⋯."

"아, 글쎄, 입때껏 하던 대로 착실하게 일하고 공부해서 차근차근 돈도 모으고 학교도 갈 생각을 해야지, 왜 갑자기 헛바람이 들어서 간첩 잡아 포상금 타겠다고 지랄이냐고? 모름지기 사람이란 게 제 분수에 맞게 성실하게 살아야 되는 벱이야."

허어, 만성의 입에서 착실하게 일하라느니 분수에 맞게 성실하게 살라느니 하는 얘기가 나오니 영 이상합니다, 이거.

"형은 뭐 맨날 나한테 순 요상한 음식이나 맹기러 주고 먹으라 그러고⋯⋯ 아님 맨날 화투장만 만지작거리믄서⋯⋯."

"허, 이런 배은망할 근로 청소년 좀 봐라! 이 형님이 온갖 고생해 가며 특별히 맨들어 준 음식이 뭐? 요상하다구? 넘마, 그름 지난번 개고기 탕수육은 왜 다 처먹구 더 없냐 그랬어?"

"그건 다 먹은 담에 형이 말했잖아? 내가 무슨 고긴 줄 어떻게 알아? 그르면 먼저 짜장 냉면은 뭐야? 영양가 많다구 울면에다가 뻔데기 넣은 거는? 같이 먹다가 형이 먼저 웩 했잖아?"

성길은 생각해 보니 아직도 비위가 상한다는 듯 웩 하고 토

하는 시늉을 해보입니다.

"허, 넌 공부한다는 놈이 시행착각이란 말두 못 들어봤냐? 이것저것 연구 개발하다 보믄 가끔 실패작두 나오구 그러는 거지, 뭘. 짜식이 따지기는. 실패는 성공의 어머니! 몰라?"

괜히 무안해서 주먹을 쥐고 성길에게 알밤을 먹이는 시늉을 합니다. 성길은 반사적으로 팔을 들어 막습니다.

"무슨 엄마가 애들보담두 훨씬 많은 법이 어딨다구……."

잠깐 고개를 갸우뚱하더니 농담조로 말합니다.

"근데 형, 그럼 성공은 실패의 딸이야, 아들이야? 아버진 어딨구?"

"뭐라구? 새끼 이빨 까는 거 봐. 자식이 주둥아리만 발라당 까져갖구 말은 잘해요."

갑자기 말문이 막히니까 성길의 말솜씨를 탓하기 시작합니다. 전단을 꼬투리 삼아 성길이를 좀 놀려먹으려던 게 이상하게 꼬였습니다.

"참나, 그래, 너 잘났다. 니 똥 굵다, 임마. 내가 어쩌다 이 세상에서 제일루다 잘난 놈하구 같이 한 방에서 사는지…… 아주 복장이 터져요, 복장이."

진짜로 복장이 터지기라도 하는 듯 만성은 아예 주먹을 들어 제 가슴을 쾅쾅 치는 시늉을 해보입니다.

"글구 화투두 그래. 내가 할 짓이 없어서 허구헌날 화투짝

연구허는 줄 알아? 얘가 뭘 몰라두 한참 몰라요. 넘마, 음력설지나믄 짱껫집 주방장하구 주인이 싹 바껴버리더란 얘기두 못 들어봤냐? 짱꼴라²⁶ 그것들이 평소엔 돈이래믄 일 원 한 장에 바들바들 떨다가두, 일단 노름판에만 앉으면 누깔이 뒤집혀서 아예 마누라까지 잽혀먹는 거, 몰라? 그렇게 잘난 놈이?"

"그거야 그냥 하는 소리들이지, 그딴 얘기를 진짜루다 믿구 맨날 화투 연습이야?"

아까는 분수가 어떻고 착실하게 사는 게 어떻고 잘난 체만 하더니…….

성길은 만성이 아주 한심하게 여겨집니다.

"글구 중국 사람들이 무슨 화투야, 화투는. 그 사람들은 다 마작이래는데…….

"허어, 애가! 똑똑한 체해봐야 둘은 알고 하나는 모르는 놈. 넘마, 어릴 때 딱지치기 안 해봤어? 딱지 잘 따먹는 놈이 구슬치기, 연필 따먹기, 이런 거 다 잘하는 거야."

만성은 성길이 진심으로 답답한 모양입니다.

"임마, 세상의 모든 노름은 다 통하게 돼 있어. 화투, 마작, 도람뿌²⁷, 바둑, 장기서껀 몽땅 똑같은 이치라구. 이기든가 지

---

26 일제 강점기에 중국 사람을 낮잡아 부르던 말.
27 정식 명칭은 플레잉 카드(playing card)이다. 트럼프(trump)라는 말은 카드 용어로서 으뜸패를 뜻하므로 잘못된 호칭이다.

든가. 그게 다지 딴 게 뭐 있어?"

"그래두 그르치. 장가두 안 가구 형이 일 년에 한 군데씩 돌
아다닌 중국집이 벌써 열 군데가 넘는대메……."

"어라? 얘가 한솥밥 먹구 한 이불 덮구 자는, 지 직속상관을
여엉 파악 못 하구 있네. 너 내 이름 몰라? 기. 만. 성. 이게 무슨
뜻이냐? 기만성, 바로 대기만성(大器晚成)의 준말 아니냐? 엉?
대기만성 몰라? 오래 대기하다 보믄 만사가 다 성사된다, 이거
야. 바루 대기만성! 기만성! 대. 기. 만. 성. 마! 이렇게 돌아다니
다 보믄 딱 걸리게 돼 있어. 아, 조선 바닥에 중국집이 얼매나
많냐?"

"아무리 그래두 중국집보단 간첩이 훨씬 더 많을 껀데……."

성길은 간첩 잡는 일에 대한 미련이 영 가시지 않는가 봅니
다. 주택복권[28]인가 뭔가가 나온다고 전국적으로다가 입맛을
다시는 사람들이 쌔고 쌨지만 거기 당첨되는 게 마른하늘에
날벼락 맞는 것보다 더 가망 없는 일이라는데, 게다가 복권 한
장 값이 청자 담배 한 갑 값이라는데, 거기 비하면 동네 오가
는 사람들 유심히 살펴보다가 조금이라도 수상한 낌새가 보이
면 재깍 신고하는 게 밑천도 안 들고 훨씬 확률도 높은 거 아

---

28 한국에서 발행된 정기발행 복권의 효시다. 1969년 9월 15일 한국주택은행
    법에 따라 처음 발행되었다.

닌가. 천애고아에 중국집 배달원 신세인 성길이 팔자를 손바닥 뒤집듯 확 바꿀 수 있는 길은 이것 말고 또 없을 터. 막말로 아무 가진 것 없는 성길이 같은 놈한테 성공할 기회를 주느라고 김일성이가 고맙게도 간첩을 내려보내 주는 건 아닌가 싶을 만큼, 성길에겐 간첩 잡는 일이 매력적입니다. 하늘에서 내려준 튼튼한 동아줄인 듯싶습니다. 그 동아줄이 어디 있는지 찾아내서 단단히 붙드는 게 문제일 뿐.

성길이 문득 생각난 듯 한 마디 던집니다.

"형, 근데 금방 조선 바닥이라 그랬어?"

응? 갑자기 그건 또 먼 소리랴?

잠깐 이맛살을 찌푸리던 만성이 "어휴, 이 화상!" 하며 냅다 발로 성길의 옆구리를 내지릅니다.

"그래, 얼른 신고해라, 신고해! 내레 북조선에서 왔시다, 그래 어카갔시요? 이 악질 남조선 반동분자 종간나 새꺄!"

3화

반공 소년의 탄생

성길이 한 번 간첩 잡는 일을 제 삶의 동아줄로 삼기로 마음먹자, 이 좁은 강원도 산골 마을에 날이면 날마다 비상 사이렌 소리가 그치지 않습니다. 본업이 짜장면 배달인지 간첩 색출인지 성길이 자신도 헷갈릴 만큼, 틈만 나면 전화통을 붙들고 113을 돌려대느라 바쁩니다. 성길이 간첩 신고를 하면, 근처 군부대 상황실이 북새통이 되는 건 당연지사(當然之事), 전화기가 그물에 갇힌 망둥이마냥 팔딱대고 군인들 군화 밑창에선 생고무 타는 연기가 나고 비상벨은 가뜩이나 뻘건 얼굴이 더 시뻘겋게 달아올라 응애응애 울어댑니다. 동네에 낯선 사람이 들어왔다 하면 쪼르르 달려가 신고를 해대는 성길이 탓에 그나마 있던 면회객들마저 끊겨서 장사 말아먹게 생겼다고, 동네 사람들은 애꿎은 장 서방에게 삿대질입니다. 잃어버린 지 에미 애비가 돌아와도 간첩이라고 신고부터 할 거라나요. 하긴 제 부모 얼굴도 모르는 성길에게 누군가 찾아와 '내가 니 애비다!' 하고 팔을 벌리면, '6·25 당시 행방불명되었다가 최근에 다시 나타난 자'로 분류되어 당장 방첩대에 끌려갈지도 모릅니다.

"하, 참, 내 기가 막혀서 정말……."

지난번엔 장하다며 성길이 머리를 쓰다듬어 주었던 고춘자 방첩대원이 이제는 성길이 머리를 쥐어박고 있습니다. 성길은 아픈 시늉도 못 하고 그저 연신 머리를 조아릴 뿐입니다.

"무전취식(無錢取食) 신고한다는 게 습관이 돼서 저절로 113을 돌렸다구?"

장소팔 대원은 권총을 빼기라도 하듯 괜히 품속에 손을 넣었다 뺐다 하며 무력시위를 벌입니다.

"아항! 지난번에 웬 미친놈이 113에 전화 걸어서 미장원 전화번호를 물어 봤대더니 그것도 니가 한 짓이지?"

"야, 이거 이러다 우리 부대에 소방차까지 갖다 놔야 되는 거 아냐? 이젠 어디 불이 나두 113부터 찾을 텐데."

고춘자와 장소팔은 정말 답답해 미칠 지경입니다. 눈치코치 모르는 벽창호에 쇠고집이기까지 한 성길을 어르기도 하고 달래기도 했지만 소용이 없습니다. 간첩 신고 번호 113을 없애버릴 수도 없고요.

"어이구, 이 화상. 우리가 니 똘마니냐?"

"야, 제발 좀 봐주라. 내가 너 땜에 하루에도 몇 번씩이나 군복 확 벗어버릴까 싶은 마음에 환장할 지경이다."

진심어린 얼굴로 하소연하지만, 성길은 여느 때처럼 당당하기만 합니다.

"그러다 진짜 간첩이믄 어떡해요?"

"야, 임마! 너 아니래두 간첩 잡을 사람 많아! 이 동네 사람들 죄다 빨갱이래믄 뱃속까지 훤히 들여다보는 사람들이구, 우리는 멕시코 올림픽[29]에 나가서 간첩 사냥 금메달 따온 사람들이야. 너까지 나서서 설레발치지 않아두 된다구."

이번에는 정말 화가 난 듯 군홧발로 쪼인트를 먹입니다. 청춘 한 때, 군대 짬밥 좀 먹어 본 사람들은 기억하겠지만, 쪼인트 그거 무지 아픕니다. 특히 잘못한 것도 없는데 억울하게 쪼인트 까이면 무척 서럽습니다. 성길은 '으앙' 하고 울음이라도 터뜨릴 듯합니다.

"앞으로 나 안 보이거든 니 덕에 옷 벗고 고향 가서 농사짓는 줄 알아라, 응?"

돌아서면서까지 기어이 알밤을 한 대 더 먹이고서야 두 방첩

---

29 1968년 멕시코의 멕시코시티에서 개최된 제19회 하계 올림픽 경기 대회.

대원은 물러갑니다.

"치이…… 간첩 잡으러 다니라고 세금으로 월급 주는데, 간첩 잡으러 오랬다고 못 살겠다 그러믄 어떡해?"

성길은 억울한 마음이 들지만 이내 잊어버립니다.

그래, 간첩 잡는 게 그렇게 쉬우믄 내 차례가 오기도 전에 다른 사람들이 다 잡아버릴 테고, 그러면 포상금 받아서 대학교 가겠다는 계획이 틀어지겠지. 간첩아, 제발 남의 눈에는 띄지 말고 내 눈 앞에만 나타나렴. 기왕 잡힐 거 내 손에만 좀 걸려다오, 인간적으루다가……. 남들은 꿈에 조상님을 뵙고 산삼을 캐기도 했다는데…… 울 할아버지도 꿈에 나와서 간첩 있는 데를 가르쳐 주면 좀 좋을까…….

엉뚱하게도, 치사하게 꿈 출연을 거부하는 할아버지를 원망하다가 성길은 금세 착잡한 심경이 됩니다. 한 번도 본 적 없는 할아버지의 얼굴을 설사 꿈에 본들 알아볼 리가 없을 테니까요. 할아버지는커녕 아버지 얼굴도 기억 못 하는 게 성길입니다.

그렇습니다. 성길은 한국전쟁이 낳은 10만 명의 전쟁고아 중 한 명입니다. 전쟁이 고아를 '낳는' 건 아니니 어폐가 좀 있군요. 더구나, 세상 어느 누구도 처음부터 '고아'로 태어나는 건 아니니까요. 아무튼 전쟁의 소용돌이 속에서 태어나, 엄마 얼굴을 채 알아보기도 전에 성길 자신도 기억하지 못하는 경로로 춘천에 있는 고아원에 맡겨졌습니다.

사실 국민학교에 들어가기 전만 해도 성길은 자신이 고아원에 들어오게 된 경로에 대해 소상하게 이야기할 수 있었습니다.

성길의 아버지는, 저 간악한 일본 제국주의의 마수가 동아시아 전체를 집어삼킬 듯 뻗어나가던 시절, 백척간두(百尺竿頭)에 선 민족의 운명을 두 어깨에 짊어지고 낯설고 거친 만주 벌판에서 풍찬노숙(風餐露宿)하며 조국의 광복을 위해 싸우던 광복군 출신입니다. 1945년 드디어 조국이 광복을 맞자 만주에서 돌아온 아버지는 새롭게 창설된 국군에 투신, 새 나라의 청년 장교로서 조국과 민족에 대한 헌신을 이어갑니다. 그리고 배치받아 근무하던 춘천에서, 운명적으로 만난 아리땁고 순박한 소양강 처녀와 나눈 순수한 사랑의 결실이 바로 성길이었던 것입니다.

문제는 성길이 고고성(呱呱聲)[30]을 울리기도 전, 저 흉포한 북한 괴뢰 집단이 한반도 적화 야욕을 실천에 옮겼고, 군인이었던 아버지는 부대를 따라 이동할 수밖에 없었던 것. 머리 허연 대통령 할아버지 말씀대로 하루 이틀이면 공산도당을 박살내어 이 땅에 평화도 되찾고 전쟁 나간 남편도 되찾을 수 있으리

---

30 아기가 태어날 때 우는 소리.

라고 기대했던 어머니는 피난 갈 염도 내지 않고 집을 지켰습니다. 그렇지만, 아뿔싸, 재 너머까지 포탄 소리가 밀려들고 지치고 다친 국군 병사들이 떼 지어 남쪽을 향해 가는 모습을 보고, 어머니는 중대한 결심을 하지 않을 수 없었습니다. 집에 남아 남편을 기다리는 일도 중요하지만, 뱃속에 든 새 생명의 안전을 먼저 도모해야 했던 거지요. 그래서 어머니는 피난 대열에 끼지 않을 수 없었고, 그 와중에 배가 점점 무거워지던 어느 밤, 주인이 피난 가서 비어 있는 어느 시골집의 외양간에서 긴 산고 끝에 성길을 낳았습니다. 외양간 출신이라고 크게 모양 빠지는 건 아닙니다. 하나님 아들이라는 성인 예수도 마구간 출신이라고 하지 않습니까? 그렇게 보면 천한 출생이 아니라 위대한 탄생이라고 할 수 있지요. 뭐, 따지고 보면 전쟁과 피난의 와중에 따뜻하고 깨끗한 산부인과 병동에서 고고성을 울린 사람이 몇이나 되겠습니까마는, 그래도 성길은 자신의 출생 과정만큼은 예수와 동급이라고 믿었습니다. 그만큼 비범한 출생에는 비범한 운명이 깃들어 있을 거라는 확신도 있었고요.

어쨌거나, 그렇게 피난길 외양간에서 고단한 인생살이를 시작한 성길은, 불행하게도 젖도 떼기 전에 엄마를 잃고 말았습니다. 유엔군이 인천에 상륙했다는 소식을 듣자마자, 남보다 앞서 집에 돌아가려고 서두르던 어머니가 글쎄 산골짝에 매복해 있던 괴뢰군 잔당의 총탄에 숨을 거두고 만 것입니다. 어머니는 마지막 숨을 거두면서도 악착같이 성길을 맨몸으로 감싸 안았고, 옆에 있던 낯선 사람에게 성길을 맡겼습니다.

"춘, 천……."

어머니가 마지막으로 그 낯선 사람에게 남긴 말이라고 합니다. 아마도 집 주소를 말하려고 했던 모양인데, 안타깝게도 하늘은 성길에게 제집으로 돌아가 제 아버지를 찾을 수 있는 단서를 허락하지 않았습니다. 낯선 사람에게 맡겨진 성길은 불행 중 다행히도 춘천까지는 돌아올 수 있었지만, 젖도 못 뗀 아이가 어머니 뱃속에서 살았던 동네나 집을 기억할 리가 없었습니다. 결국 고아원에 맡겨졌고, 처지가 비슷한 다른 아이들과 섞여 자라면서도 성길은 언젠가는 아버지가 멋진 군복 차림에 가슴에는 훈장을 수십 개나 단 늠름한 모습으로 자신을 찾아올 거라는 믿음을 버리지 않았습니다.

아버지는 엄마나 내가 무슨 일이 있어도 춘천으로 돌아올 것이라는 걸 알고 있다. 당장은 전쟁이 끝나지 않아서 부대를 떠날 수 없지만, 전쟁이 끝나기만 하면 한 걸음에 나를 찾아 달려올 것이다. 전쟁이 끝났지만 아버지가 워낙 중책을 맡고 있어서 시간을 낼 수 없는 거다. 광복군 출신이고 하니 아버지가 지금쯤은 장군이 되고도 남을 터, 나라가 어느 정도 안정되고 사람들이 좀 살 만해지면 아버지가 큰 지프에 선물을 가득 싣고 날 찾아올 거다. 그러니 훌륭한 아버지만큼이나 나도 의

젓하게 아버지를 기다려야 한다. 딴 애들처럼 코나 질질 흘리고 머리는 땜통투성이인 채 어느 날 찾아오실 아버지를 실망시켜서는 안 된다……

그러나 구세주의 재림을 기다리는 열성 신도의 신앙과도 같은 성길의 믿음은 좀체 실현될 기미가 보이지 않았습니다.

"야, 이 병신 새끼야, 니 아부지가 국군 장교믄 우리 할아부지는 맥아더 장군이다, 임마!"

"니가 고아원에 있는 걸 알믄서두 여태껏 안 찾아온다구? 얌마, 그것두 말이 안 되지만 그게 사실이라믄 더 웃긴 거지. 니 아빠란 작자가 널 버린 거야, 것도 몰라?"

"하여간 구라를 쳐도 뭐 앞뒤가 맞어야지. 고아원 들어올 때 젖먹이였다믄서 니 엄마 아빠 일을 어떻게 그렇게 잘 아냐?"

"생긴 대로 논다구, 아주 멍청하게 생겨가지고 멍청한 소리 좀 작작해라, 임마!"

성길이 엄마 아빠 얘기를 꺼내기만 하면 고아원 아이들은 이렇게 빈정거렸습니다. 그래도 성길이 굽히지 않고 아버지의 재림을 설파하면, 거친 아이들 몇이 나서서 성길을 두들겨 팼습니다. 그렇지만 폭력이 진실을 이길 수는 없는 법! 성길은 한 번도 자신이 알고 있는 진실을 굽히지 않았습니다. 그러다 보니 성길의 이마엔 늘 혹이 나 있고 몸에는 멍이 가시지 않았습니다.

어느 날 보다 못한 원장 선생이 성길을 불러들였습니다.

"성길아, 다른 애들처럼 그냥 가만 있으믄 되는 걸, 왜 군이 니 아빠 얘기는 꺼내서 허구헌날 얻어터지냐? 딴 놈들 지 엄마 아빠 들먹이는 거 봤어? 다 같이 고아원에 빌붙어 사는 처지에 아빠가 광복군 출신이라는 둥, 국군 장교라는 둥, 이딴 헛소리 지껄이는 거 들으믄 기분 좋겠냐?"

상이용사 출신인 원장 선생은 의수를 들어 성길에게 꿀밤을 먹였습니다.

"제발 말썽 좀 부리지 말아라. 가뜩이나 말썽부리는 놈들 많아서 환장할 지경인데, 왜 너까지 나서서 그러냐. 조용히 좀 살자, 응?"

"암만 그래두 거짓말을 할 수는 없잖아요? 우리 아빠는 저 낳기도 전부텀 국군 장교였다구요."

"너 태어나기도 전 일을 니가 어떻게 알아?"

"제가 확실히 들었어요."

"누구한테? 응? 언제, 누구한테 들은 거냐? 말해 준 사람이 누군지 기억나?"

어린 성길은 갑자기 멍해졌습니다. 그러고 보니 엄마 아빠에 관한 얘기를 분명히 어디선가 들은 것 같기는 한데, 언제 어디서 누구한테 들은 건지는 까맣게 기억나지 않습니다.

"그건, 제가 하도 어릴 때 일이라 기억이 안 나지만요. 그래도 그 이야기는 전부 사실이잖아요? 원장님도 잘 아시면서."

"내가 뭘 알아? 난 듣도 보도 못한 일인데……."

"원장님까지 왜 이래요? 애들이 그렇게 싫어하믄 내가 인제 다시는 말 안 하믄 될 거 아녜요? 그러믄 될 일인데 왜 원장님까지 거짓말을 시켜요?"

성길은 너무도 뻔한 사실을 부정하는 원장 선생이 원망스러워 소리를 바락바락 지르며 대들었습니다. 성길이 달겨드는 모습에 화가 난 원장은 참지 못하고 버럭 소리를 질렀습니다.

"야, 이 바보 새끼야. 거짓말은 무슨 거짓말이야? 니 얘기야말로 구라투성인 거 몰라? 니 이름 고성길. 고자, 성자, 길자, 이거 누가 붙인 건지 알기나 해? 젖먹이로 고아원에 버려진 거, 이름도 없이 '갓난쟁이'로 불리던 게 너야. 니 이름 고성길이는 호적 만드느라고 내가 지어 붙인 이름이라구. 니 에미가 누군지 니 애비가 누군지 세상에 누가 알겠냐, 엉? 지 성씨 하나도 제대로 모르는 주제에 어디서 바락바락 대들어?"

성길은 갑자기 해머로 뒤통수를 얻어맞은 듯 큰 충격을 받았습니다. 더 이상 화가 나지도 않고 소리를 지를 기운도 없었습니다. 그렇다고 크게 슬프거나 절망적이지도 않았습니다.

고, 성, 길…… 내 이름도 엄마 아빠가 지어준 게 아니라구?

성길은 절로 고개를 푹 숙였습니다.

그럴 리가 없어. 울 아빠 얘기 들으믄 딴 애들 괜히 기죽어서 심술이나 부릴까 봐 원장님이 거짓말하는 거야…….

원장은 성길이 갑자기 말문을 닫자 당황스러워졌습니다. 홧김에 내뱉긴 했지만, 어린 아이에게 그런 식으로 충격을 줘서는 안 되는 것이니까요.

"저…… 성길아…… 그러니까, 내 말은…….'

성길은 원장의 얘기에는 이미 관심이 없는 듯 고개를 푹 숙이고 제 발끝만 내려다볼 뿐입니다.

"너도 알다시피 큰 전쟁이었잖니? 여기만 봐도 알겠지만 너 같은 전쟁고아도 숱해 쏟아지고. 너는 오히려 운이 좋은 편이야. 나처럼 총 맞아서 팔다리 잃은 사람이 얼마나 많으며, 이쪽 저쪽에서 쏜 총탄에 맞아서 죽고 아니면 굶거나 얼어서 죽은 사람은 또 얼마나 많았냐? 너 같은 젖먹이가 그 난리통에 죽거나 다치지 않고 다행히 이 고아원이라도 찾아온 게, 뒤집어 생각하면 니 복이야, 복."

성길을 달래자고 꺼낸 말인데, 이야기를 하다보니 원장은 자기 신세가 한심스럽습니다. 그래도 자기 본분을 잊지 않고 어른으로서 할 말을 해야 합니다.

"내 말은, 그러니까, 지금 현실에 충실하자는 거야. 니가 여기서나마 착실하게 공부하다 보면 나중에 훌륭한 사람이 돼서 성공할 게고, 성공해서 유명해지믄, 니 진짜 부모님이 누구든 널 찾아올 수 있지 않겠냐? 지금이야 너도 니 부모님도 서로 얼굴도 이름도 모르는 처지인데, 찾아올래야 찾아올 수가 없는 거지. 그러니까, 우선은 괜히 애들한테 말썽거리 주지 말고, 너 다치지도 말고, 조용하고 착실하게 살면 되는 거다, 응?"

그날 이후, 성길은 아버지 이야기를 꺼내지 않았습니다. 대신 착실하게 공부해서 성공하겠다는 목표를 세웠습니다. 고아원 친구들이 고아원을 벗어나자마자 아무 데도 기댈 데 없고 제 입 하나 풀칠하기 힘들어 범죄의 세계에 빠져들기 십상이었던 현실에서도 성길은 흔들리지 않았습니다. 중국집 배달원 일이나마 착실하게 하면서 대학에 진학해 성공하겠다는 큰 포부를 품고 있는 것만 보아도 성길은 참으로 훌륭한 소년이라 하지 않을 수 없습니다. 하늘은 스스로 돕는 자를 돕는다고 했거늘, 하늘이 정말 제정신이라면 이렇게 훌륭한 소년에게 어찌 통통한 간첩 하나 점지해 주지 않을 수 있단 말입니까?

4화

한여름 밤의 꿈

성길이 고춘자와 장소팔에게 쪼인트를 까이고 있는 그 시각, 소림반점에서는 또 다른 작은 소동이 벌어지고 있습니다.

동네 지서에서 나온 김 순경과 박 순경이 테이블 옆에 서서 앉아 있는 사내를 내려다보고 있습니다. 누더기가 된 꾀죄죄한 두루마기 차림에 다 헤진 삿갓을 푹 눌러쓴, 타임머신을 잘못 타고 현대로 날아온 왕조 시대 인물이거나 아니면 미친놈이라고 할 수밖에 없는, 범상치 않은 외모의 사내입니다. 성길이 괜히 쪼인트 까이게 만든 무전취식의 주인공입니다.

김 순경이 뭔가 휘갈겨 쓰인 종이를 사내 눈앞에 들이대며 흔듭니다.

"뭐? 산에서 무술 수련을 십 년 했어? 중국집 주인 중에 숨어 있다는 십팔기 고수(高手)를 찾아다닌다구?"

김 순경이 코앞까지 종이쪽을 들이미는데도 삿갓은 마치 부동지(不動地)[31]에 든 싯다르타인 양 미동도 없습니다. 삿갓의 주민등록증을 살펴보던 박 순경이 삿갓의 어깨를 툭 칩니다.

"이 사람 이거, 무협지 쓰는 거야, 뭐야? 글구 무협지를 쓸램 제대루다 써야지, 뭔 놈의 고수가 남의 식당에서 밥 처먹고 나서 나하고 겨뤄서 이기면 밥값을 내겠다 그래? 함 붙을래믄 정식으루다 도전장을 보내든지 삼거리에 팻말을 내다 걸지. 증말 무협지두 안 보나?"

김 순경과 박 순경이 번갈아가며 타박을 놓는데도 사내는 아무런 반응이 없습니다. 테이블 위에 가지런히 포개진 짜장면 그릇만 응시할 뿐입니다. 으잉? 근데 짜장면 그릇이 다섯 개입니다.

"이거 당신 혼자 다 먹은 거야? 거 참, 고수는 고수네. 몸피도 별로 안 큰 사람이 짜장면 다섯 그릇을 얻다 집어넣었다냐?"

"그것도 다 곱빼기라네요."

"십 년 동안 산속에서 짜장면 신공 익힌 거여?"

"거, 어느 산인지 말이나 한번 해보셔. 설악산이여, 계룡산이

---

31   불교 십지(十地)의 여덟 번째 단계. 모든 것에 집착하지 않는 지혜가 끊임 없이 일어나 결코 번뇌에 동요하지 아니하는 단계.

여? 아님, 노루모산[32]인가?"

"크크, 그거 말 되네. 노루모산, 활명수[33] 계곡에서 수련한 솜씨로구먼."

삿갓은 눈을 반쯤 내리깔고 가만히 앉아 있을 뿐입니다.

"당신 타구봉법(打狗棒法)[34]두 하나? 근데 몽둥이는 어딨어?"

"글구 고수가 될램 사람 보는 눈부터 키워야지. 아무리 눈이 삐두 그렇지, 장 서방 저 배 나온 거 안 보여? 강호에 고수가 다 지난겨울에 얼어 죽었나? 원, 그렇게 고수랑 붙고 싶으면 아예 장충체육관 가서 김일[35]이한테 한판 붙자고 그래봐. 왜 애먼 중국집 켠 갖구 그래? 우리까지 괜시리 애멕이구."

"어떤 서양 촌놈이 지가 기사랍시구 비루먹은 망아지 한 마리 타고 다니믄서 온 동네 사고를 치고 다녔다더니, 그게 남의 나라 미친놈 얘기만은 아닌갑네요."

"맞어, 그 이름이 뭐더라…… 동까슨가 똘끼호랭인가 하는 놈 말이지? 술집에서 작위 받는다고 똥폼 잡고 풍차헌티 덤벼

---

32 1957년 일양약품이 개발 판매한 소화제.
33 1897년부터 동화약품이 개발 판매한 마시는 소화제.
34 일명 개를 패는 막대기란 뜻. 중국의 걸인들의 문파인 개방에서 쓰는 절기로 구걸을 할 때 짖는 개를 패서 쫓아내는 데서 비롯되었다고 함.
35 1929~2006. 한국의 프로레슬링 선수. 일본으로 건너가 역도산 문하생으로 레슬링을 배워 1960년대부터 1970년대 중반까지 일본과 한국에서 박치기 왕으로 최고의 인기를 누렸다.

75

들었다는 눔?"

"그러게, 당신두 어디 가서 물레방아헌티라도 도전장을 내봐. 이 좁은 동네서 시끄럽게 굴지 말구."

두 순경은 사건 처리는 뒷전이고 자기들끼리 쫑고 까부는데 재미를 들인 듯합니다. 물 맑고 산 좋은 이 동네에 성인군자(聖人君子)는 다 어디 가고 고춘자, 장소팔 콤비가 왜 이리 많은 걸까요? 애가 탄 장 서방이 보다 못해 끼어듭니다.

"서양 촌놈은 서양 순경더러 잡으라구 하구, 이 인사 밥값이나 좀 받고 내쫓아 줘요. 아이구, 가뜩이나 장사는 안 되고 성길이 눔이 말썽부리는 통에 아주 죽을 맛이구면. 나중엔 별 괴상한 인물이 다 꾀어드네."

낄낄대며 저희들끼리 농지거리를 주고받던 두 순경이 장 서방 투정에 무안해집니다.

"당신 괜히 돈 없이 밥 먹고 통박[36] 재는 거지? 돈 있어 없어? 있음 어서 밥값이나 내구 꺼지라구. 아님, 우리랑 같이 가서 메칠 콩밥이나 자시며 도를 더 닦으시든지……."

어디 먼 데서 개가 짖나 하는 표정으로 미동도 하지 않던 사내가 그제야 삿갓을 천천히 벗습니다. 물 구경한 게 언제인지 알 수 없을 만큼 기름기가 덕지덕지 앉은 머리카락이 출렁하

---

36 잔머리 굴린다는 뜻의 은어.

고 늘어집니다. 사내는 서두를 것 하나 없다는 듯 느릿느릿 삿갓 속에서 꼬깃꼬깃 접힌 지폐 몇 장을 꺼내 탁자 위에 놓습니다.

"어? 이 냥반 이거, 돈두 많으면서 먼 짓이래? 날두 더워 죽갔구만."

"남의 동네 다니면서 이런 장난하고 그럼 안 돼요, 엉! 공권력을 이런 식으루다가 낭비하고 그럼 안 되지. 우리가 여기서 당신 상대하는 동안 어디 간첩이래두 나타나믄 어쩔 거여?"

"장 서방, 이 냥반 먹은 거 얼마야? 빨리 챙기구 끝내자구."

장 서방이 슬금슬금 다가와 조심스레 밥값을 챙깁니다. 짜장면 곱빼기 다섯 그릇을 혼자 해잡수다니, 세상에! 외출이나 휴가 나온 병사들이 곱빼기 두 그릇쯤 뚝딱 해치우는 건 자주 봤지만, 중국집을 호구지책(糊口之策)으로 삼은 이래 이런 괴물은 처음 봅니다.

"됐지? 당신두 어여 인나서 가봐. 남은 돈 갖구 가서 우선 안경이나 하나 사 끼라구. 장 서방 저 사람이 고수면 나는 왕우(王羽)[37]가 와서 사부님 하겠네. 원, 애도 아니고…… 쭝국 영화가 사람 여럿 베렸다니까, 쯧."

---

37 홍콩 영화계에서 활약한 대만 출신의 액션 배우. 이소룡, 성룡에 가렸지만 1960~1970년대 홍콩 무협 영화의 대표적인 배우였다.

두 순경이 비아냥대건 말건, 사내는 천천히 삿갓을 챙겨 쓰고 일어납니다. 보퉁이를 어깨에 걸치고는 박 순경 손에 들려 있는 주민등록증을 낚아채더니 밖으로 나갑니다. 나가는 길에 영화 속 박노식[38]마냥 뒤를 한 번 돌아보며 헤진 삿갓 사이로 제법 날카로운 눈빛을 장 서방에게 보냅니다. 표표히 걸음을 옮기는 사내의 주위에서 '황야의 무법자' 주제 음악이라도 바람에 실려 오는 듯합니다. 아니지, '황야의 무법자'가 아니고 '돌아온 외팔이[39]'라고 해야 하나.

마침 밖에서 들어오던 성길이 삿갓을 보고 멈칫합니다.

"점소이!"

삿갓은 문을 잡고 서 있는 성길을 지나치며 음산한 목소리로 말합니다. 문을 나서면서 어깨 너머로 엄지손가락을 들어 성길을 가리키더니, 뒤도 안 보고 사라집니다. 뭐 저런 사람이 다 있나 싶어 성길이 고개를 내밀고 내다봅니다. 좌우를 살펴보지만 방금 나간 삿갓은 자취도 없습니다. 고개를 갸우뚱하다가 홀 안으로 들어옵니다. 요새 성길이 눈에는 수상한 사람 투성이지만, 저 삿갓이야말로 의심스러운 구석이 한두 군데가

---

38 1960~1970년대 한국 영화계의 대표적인 액션 배우. 「마도로스 박」, 「청일 전쟁과 여걸 민비」, 「돌아온 팔도사나이」 등 총 500여 편의 영화에 출연하였다.

39 1969년 개봉한 홍콩 무협 영화. 감독 장철, 주연 왕우.

아닙니다.

"점……소오이? 아예 벙어린 줄 알았더니 기껀 한다는 말이? 정말 점소이 같은 말만 하구 자빠졌네."

"점소…… 그게 뭔데요?"

성길은 여전히 어리둥절합니다.

"아, 뭐긴 뭐야. 칼쌈하는 영화 보믄 주막집 같은 데서 심부름하는 애 부르는 소리지."

박 순경이 무협 영화도 안 보느냐는 투로 타박합니다.

"저치 저거, 진짜 끝까지 골 때리는 친구네. 지가 무슨 왕우야 로례(羅列)[40]야?"

"그래두 뭔가 달라 보이지 않나요? 진짜 장풍(掌風) 같은 거 막 쏘면서 휙휙 날아다니는 강호의 숨은 고수가 아닐까요? 뭔가 있어 보이기두 하구……."

"어이구 이런, 젊은 친구가…… 왜? 당신두 따라가지 그래? 아예, 싸부님, 이 못난 소인을 제자로 받아주십시오, 하면서."

김 순경은 박 순경이 한심합니다. 쯔쯧…… 요새 젊은 것들이란 그저……. 영화가 애들이고 어른이고 다 망쳐놓았다니까, 현실인지 그림자인지 구별을 못 하니, 원.

---

40 인도네시아 화교 출신의 홍콩의 무협 배우. 홍콩식 발음으로 로례(Lo Lieh)라고 불렸다. 출연작으로 「심야의 결투」, 「철수무정」, 「죽음의 다섯 손가락」 등이 있다.

"정신 차려, 이 사람아! 지금이 때가 어느 땐데. 자네, 아폴로 11호가 달나라 내리는 것두 못 봤어?"

박 순경은 우물쭈물, 한마디 한 걸 가지고 괜히 애도 있는 앞에서 그러서, 라는 표정입니다. 그렇지만 성길에게는 두 사람 얘기가 이미 들리지 않습니다.

"점소이? 남한에서 쓰는 말이 아닌데……."

요즘 들어 하루도 잠잠한 날이 없는 소림반점에도 한낮의 소동이 다 가라앉고 어느덧 밤이 깊었습니다. 식당 문을 닫은 지는 이미 오래. 불 꺼진 홀과 주방은 달빛조차 없어 컴컴한 데다 쥐새끼 신음소리도 들리지 않습니다.

어둠 속에서 검은 그림자 하나가 날렵한 몸짓으로 날아 들어옵니다. 중국 무협 영화에서 흔히 보던 것처럼 옷자락 스치는 소리도 내지 않고 깃털처럼 가볍게 내려앉습니다. 잠시 좌우를 살피는 듯 웅크리고 있다가 스프링처럼 뛰어 올라 발끝으로 가볍게 전등 스위치를 차 올립니다. 환한 전등 빛 아래 드러난 주방 안은 설거지며 청소를 대충 시늉만 낸 듯 엉망입니다. 위아래 모두 검은색 옷차림을 한 의문의 존재는 다시 춤을 추듯 몸을 놀리기 시작합니다. 개수통에 대충 포개져 있던 그릇들이 손가락으로 퉁 튀기자 선반으로 날아올라 차곡차곡 쌓이고, 무쇠솥이 젓가락질 한 번에 뒤집어집니다. 발길질로 벽을 한 번 가볍게 툭 밀자 프라이팬들이 일렬종대로 가지런히 서고 밀가루 포대가 발끝에서 춤춥니다. 뒤도 안 돌아보고 손바닥 한 번 쥐었다 펴니 젓가락들이 구석으로 휘익 쏜살처럼 날아가 어둠 속에 숨죽이고 있던 쥐새끼들의 목을 어김없이 꿰뚫습니다. 그야말로 찍 소리 한 번 못 내보고 지옥행 급행열차를 탑니다. 그림자가 두 바퀴쯤 공중제비를 돌다 봄날 벚꽃이 파리처럼 가볍게 바닥에 내려앉자, 엉망진창이던 주방이 반도호텔 프린세스 홀만큼 말끔하게 정돈됩니다.

그제야 그림자의 주인공이 야릇한 미소를 지으며 돌아서는데, 아뿔싸, 장 서방? 아니, 그 둔하고 배 나온 늙다리 중국집 주인 장 서방이?

하지만, 장 서방은 우리가 알던 그 장 서방이 아닙니다. 손가락에 침 발라가며 주판알을 튕기고 지폐를 헤아리던 모습은 간데없고, 대신 무협 영화에서나 보던 절정 고수의 날카로운 눈매와 그윽한 표정. 장 서방이 어디 고수로 보이느냐며 눈이 삐어도 단단히 삔 거 아니냐고 삿갓 사내를 다그치던 김 순경이 보면, 겁에 질려 바짓가랑이에 오줌을 질질 흘릴 만큼 살벌합니다.

주방 정리를 끝낸 장 서방은 본격적으로 무공을 펼쳐보이기 시작합니다. 두 팔이 빠르게 허공을 가르더니 장 서방의 몸이 공중으로 솟구쳐 빙글 돕니다. 팔을 절도 있게 펴고 한 다리를 뒤로 쭉 뻗어 외발로 선 모습, 한 마리의 날렵한 학입니다.

한편 소림반점 문밖에서는 삿갓 하나가 땅에서 솟아오르듯 서서히 나타납니다. 삿갓을 쓴 사내는 눈에 힘을 잔뜩 주고 앞을 노려봅니다. 한참을 노려보다 고개를 획 쳐들자 삿갓이 벗겨져 어둠 속으로 날아갑니다.

"동무들, 알가서? 오늘에 작전 목표이 고조 고놈에 악질 반동 아새끼레 콱 붙잡아서리 고조 아가리를 쫘악 찢어놓는 거이야."

삿갓 사내가 허리춤에서 대검을 꺼내 공격 채비를 하자, 아무도 없는 것 같던 깜깜한 어둠 속에서 미끄러지듯 또 다른 사내들이 나타납니다. 저마다 손에 무기를 하나씩 움켜쥐고 돌격 자세를 취하고 있습니다. 그들의 목표물은 뚜렷합니다. 다름 아닌 소림반점!

"셋을 세면 날래들 돌입하라우. 자, 하나…… 두울……."

'셋' 하는 소리와 함께 삿갓을 비롯한 사내들이 순식간에 땅속으로 꺼집니다. 그 순간입니다. '펑!' 소리를 내며 조명탄이 터지고, 굉음을 울리며 등장한 헬리콥터에서 강한 서치라이트 불빛이 쏟아져 내립니다. 소림반점 주위의 건물 지붕과 창문으로 셀 수 없이 많은 총구가 보입니다. 모두 소림반점을 겨누고 있습니다. 소림반점의 간판 뒤, 지붕, 창문 가릴 것 없이 유리와 문짝이 한꺼번에 와장창 소리를 내며 부서지고, 무수히 많은 총구가 튀어나옵니다. 대한민국 60만 대군이 모두 한 자리에 모인 듯합니다. 이 많은 사람과 무기가 대체 어떻게 어둠 속에 숨어 있을 수 있었을까요?

"꼼짝마라! 너희들은 독 안에 든 쥐새끼다. 순순히 무기를 버리고 투항하라!"

라우드스피커[41]가 쩌렁쩌렁 울릴 만큼 카랑카랑한 목소리로 경고 방송을 하는 사람은 방첩대의 전 소령입니다.

"너희들은 완전 포위되었다. 순순히 무기를 버리고 투항하면 귀순 용사 대우를 해주겠다. 저항하면 개죽음뿐이다."

이 정도 병력이 물샐 틈 없이 꽉 틀어막고 있는 상황이라면 마술사 후디니[42]라도 빠져나갈 방법이 없습니다. 쥐새끼, 아니 간첩이 아닌 선량한 백성이라도 두 손 두 발 몽땅 쳐들고 나가 '살려줍쇼!' 하고 바닥에 넙죽 엎드려야 할 만큼 살벌합니다.

"지금부터 셋을 센다. 하나아, 두울……."

거 참, 공비나 공비 잡는 사람들이나 왜 이리들 셋 세는 걸 좋아할까요? 왜 둘이나 넷은 안 되는 건지……. 아무튼 전 소령이 목소리 피치를 점점 올리는 것에 맞추기라도 하듯 요란

---

41 확성기.

42 해리 후디니(Harry Houdini, 1874~1926)는 헝가리계 미국인으로 위기 탈출 마술사, 스턴트 맨, 배우, 연기자였다.

하게 소림반점 문 앞을 훑고 다니는 서치라이트 불빛들의 움직임이 더 빨라집니다. 연옥(煉獄) 한복판이라도 된 듯 시끄럽게 울려대던 사이렌 소리도 잠시 숨을 죽인 그 순간, 역시 '셋'을 완성하기 직전, 삐거덕 소리를 내며 소림반점의 문이 빼꼼 열리고, 허연 천 쪼가리를 매단 대걸레 자루가 하나 조심스레 머리를 내밉니다.

"하, 항복……."

목이 졸아붙은 듯 모기 소리로 앵앵거립니다. 전 소령이 급히 오른손을 들어보이자 금방이라도 방아쇠를 당길 듯 가늠자를 들여다보고 있던 병사들이 총을 내립니다. 전 소령은 위엄 있는 목소리로 단호하게 명을 내립니다.

"지금부터 양손을 머리 위로 바짝 들고 한 놈씩 나오는데, 조금이라도 허튼짓을 할 시에는 몸뚱아리에다 벌집을 내주겠다. 알아듣겠나?"

대답 대신 백기를 매단 대걸레 자루가 고개를 까딱까딱합니다.

"실시!"

대걸레 자루를 든 사내가 조심스레 문을 열고 밖으로 나옵니다. 아랫도리는 국방색 바지를 입었는데 위는 알몸입니다. 아마도 급하게 난닝구를 벗어 백기를 만든 모양입니다. 쏟아지는 서치라이트 불빛 때문에 눈을 제대로 뜨지 못하고 엉거주춤하는 사이, 어느새 문 앞으로 다가간 방첩대원 하나가 사내의 뒤통수를 후려갈깁니다.

"똑바로 걸어, 이 빨갱이 새끼야!"

전 소령은 흡족한 표정으로 권총을 꺼떡대며 손들고 나오는 공비들 숫자를 셉니다.

"한놈, 두시기, 석삼, 너구리, 오징어[43]……"

전 소령의 지프 뒷좌석에선 또 다른 사람이 하나라도 놓칠세라 두 눈을 부릅뜨고 공비들 숫자를 셉니다.

"열 서이요, 열 너이요…… 우와! 이게 벌써 얼마너치래?"

그렇습니다. 우리의 배달 소년, 아니 반공 소년 성길이가 이 삿갓 공비 일당을 일망타진(一網打盡)하는 데 혁혁한 공을 세운 것입니다. 공비 한 명당 포상금 액수를 곱하는 성길이 입은 저절로 함지박만큼 벌어집니다.

저놈은 내 대학 등록금, 저놈으론 집 한 채 사고, 저놈으론, 헤헤, 장가들고…….

성길이 장밋빛 앞날을 꿈꾸며 김치 국물을 신나게 들이켜고 있는 바로 그때, 얌전히 열을 지어 트럭에 오르던 공비들 가운

---

43 동네마다 조금씩 다르지만, 아이들이 술래잡기를 하면서, 하나에서 열까지 이렇게 세곤 했다. '한놈 두시기 석삼 너구리 오징어 육개장 칠칠이 팔팔이 구두쇠 영감' 혹은 '한놈 두놈 식구 작구 유자 탱자 말뚝 박고 털 털' 혹은 '무 궁 화 꽃 이 피 었 습 니 다'.

데 하나가 번개같이 몸을 솟구쳐 성길에게 날아듭니다. 그렇지 않아도 헤벌어져 있던 성길의 입 안에 양손 엄지손가락을 쑤셔 넣더니 좌악 찢어버릴 기세입니다.

"이 간나아 새끼!"

코앞에 들이민 얼굴을 보니 삿갓을 썼던 그놈입니다. 곁에서 감시하던 병사들이 재빨리 달려들어 삿갓 사내의 등짝과 뒤통수를 개머리판으로 마구 내리찍습니다. 삿갓은 비명을 지르고 몸부림치면서도 성길의 얼굴에서 손을 떼지 않습니다.

"이 아가리를 찢어 죽일……."

"아악!"

성길은 제 손으로 목을 감싸 쥐고 비명을 지릅니다. 양팔을 허우적거리다 벌떡 일어나 앉습니다.

사방이 고요하고 컴컴합니다. 어딘가에서 희미하게 귀뚜라미 우는 소리만 들립니다. 삿갓 사내는 물론 군인들과 공비들, 서치라이트며 지프, 헬리콥터도 순식간에 사라지고 없습니다. 성길은 입가에 흐른 침을 손으로 훔치고 주위를 둘러봅니다. 어둠 속에서 희미하게나마 서서히 윤곽이 드러나는 걸 보니 소림반점 골방입니다. 먹다 남긴 엽기 요리 접시며 사과 궤짝 위에 놓인 통신 강의록, 공책, 벽에 붙은 각종 격언들까지, 성길이가 자고 공부하고 간첩 잡을 궁리도 하는 골방이 맞습니다. 성길은 두 손을 들어 자기 볼을 어루만집니다. 왠지 입과 턱이 얼얼하지만, 찢어지거나 얻어맞은 것 같지는 않습니다.

"휴우⋯⋯."

비로소 안도의 한숨을 내쉬지만, 뭔가 아쉽습니다.

아, 그 공비들 열 마리도 넘었는데⋯⋯ 틀림없이 내가 신고한 거였는데⋯⋯ 그것들 포상금을 다 합치면, 아⋯⋯.

5화
오오오 간첩 신~고는 113으로

대낮에도 소쩍새 울음소리가 들리는 깊은 산중입니다. 소대 규모의 위장한 무장 군인들이 한껏 소리를 죽여가며 한 걸음씩 나아가고 있습니다. 다들 잔뜩 긴장한 표정입니다. 그도 그럴 것이 이건 실전 상황이니까요.

성길이 손짓을 하자 앞서가던 소대장이 주먹을 치켜들어 부대의 전진을 막습니다.

"저기예요."

모기 소리처럼 낮게 속삭이며 성길이 손가락을 들어 한 곳을 가리킵니다. 소대장은 망원경을 들어 성길이 가리키는 곳을 살핍니다. 커다란 바위가 있을 뿐, 무성한 나뭇잎에 가려서 특별히 눈에 띄는 것은 없습니다.

"저 바위 밑에 숨어 있었어요."

성길이 나지막하지만 자신 있는 목소리로 말합니다.

"제가 이 두 눈으로 똑똑히 봤다니까요."

소대장은 다시 한 번 망원경을 들여다보고 성길의 얼굴을 봅니다.

"부대 산개(散開)!"

나지막한 소리로 지시를 내리자 병사들이 재빠르게 사방으로 흩어집니다. 멀리서부터 바위를 커다랗게 에워싸고는, 풀잎에 바짓가랑이 스치는 소리라도 날세라 조심스레 한 걸음씩 좁혀 들어갑니다.

소대장은 입 안이 바싹 마르고 손바닥에 땀이 납니다. 명동 한복판에서 문희, 남정임, 윤정희[44]를 한꺼번에 마주치기라도 한 것처럼 심장이 쿵쾅거리지만, 침착함을 유지하기 위해 애씁니다. 워낙에 고성길이 헛다리 짚기로 유명하지만, 혹시라도 정말 공비라도 한 마리 잡는 날에는 앞길이 훤히 열리는 겁니다. 별 하나 다는 건 떼놓은 당상이고 잘 하면 참모총장, 아니 누구처럼 군인 출신 대통령도 하지 말란 법이 없으니까요.

"넌 여기서 기다려."

"저도 같이 가믄 안 돼요? 공빈지 아닌지는 제가 보믄 금방

---

[44] 문희-남정임-윤정희 트로이카. 1960년대 중반부터 1970년대까지 한국 영화계를 휘어잡았던 세 명의 미녀 배우.

아는데.”

“글쎄, 위험하니까 여기 가만히 있으라구. 괜히 군 작전에 민간인이 끼면 걸리적거리기나 하지.”

“근데, 아저씨, 작전 끝나믄 꼭 나 부르셔야 돼요. 그냥 가버리믄 안 돼요.”

“어허, 아저씨가 뭐야, 이놈이……”

소대장이 인상을 찌푸립니다.

“아니, 저기, 소대장님…….”

별수 없이 성길은 뒤에 남아야 합니다. 공비가 몇 놈인지 세어봐야 되는데…… 성길은 입술을 삐죽거립니다.

“끽소리 내지 말고 있어. 고개도 쳐들지 말고. 쟤들이 눈치채고 달아나기라도 하면, 네놈이 대신 잡혀 갈 줄 알어.”

소대장은 성길을 꽁꽁 단속한 다음 조심스레 걸음을 뗍니다. 바위 가까운 곳까지 접근하니 검은 물체들이 어른거리는 게 확실히 보입니다. 실제로 군복 차림에 총기를 걸쳐 멘 거동 수상자 세 명이 밥을 먹고 있습니다. 소대장은 마른침을 한 번 꿀꺽 삼키고 나서 주위를 면밀히 살핍니다. 완벽하게 위장하고 있어서 눈에 띄지는 않지만, 평상시 잘 훈련받은 소대원들이 저마다 나무와 바위 뒤에 몸을 숨기고 소대장의 신호만 기다리고 있습니다.

침착하자…… 아무리 특수 훈련을 받은 놈들이라고 해도 저

들은 겨우 셋이고 우리는 소대 병력이다. 더구나 포위당한 줄
은 꿈에도 모르고 밥 먹는 데 정신이 팔려 있으니…… 일도필
살(一刀必殺), 단칼에 끝내자…….

소대장은 숨을 한 번 크게 들이쉰 후 나뭇잎을 헤치고 나가
총을 겨눕니다.

"꼼짝 마, 움직이면 쏜다!"

생도 시절 구령 연습을 할 때 익힌 대로 배에 힘을 주어 벽력
같이 소리칩니다. 조용하던 산골짜기에 소대장의 목소리가 메
아리가 되어 울려 퍼집니다.

쏜다…… 쏜다…… 다…… 다…….

소대장의 목소리를 신호 삼아 사방을 에워싸고 있던 소대원
들이 한꺼번에 총을 들이대며 나타납니다. 군복 차림의 수상한
사내들은 깜짝 놀라 어리둥절한 표정으로 군인들을 살핍니다.

"어서 두 손 바짝 들어, 이 공비 새끼들아!"

소대장이 위협적으로 권총을 흔들며 다시 한 번 명합니다.
사내들은 이제야 사태 파악이 된 듯 잠시 서로 눈짓을 교환하
고는 피식 웃습니다. 들고 있던 밥그릇과 숟가락을 천천히 내
려놓고, 소대장이 시키는 대로 손을 들어 올립니다.

"이야아, 이거이 뉘기래? 남조선 국방군 동무들 아니겠슴
메?"

"수고가 많시다래. 어케 용케두 찾아왔구만."

공비들은 능청스런 표정으로 요란한 반응을 지어보입니다.

"아니, 공비 새끼들이 어디서 허튼 수작이야? 손 똑바로 못 들어!"

소대장은 대한의 남아, 배달의 기수답게 늠름한 목소리로 호통을 칩니다.

"아이구, 무서워라. 왜 소리는 지르구 그러심네까? 애 떨어지는 줄 알았슴메."

"거 교양 있는 양반이 좋은 말 얻다 두고 새끼는 또 뭐래?"

말은 그렇게 하지만 하나도 겁이 안 난다는 표정으로 엉너리를 칩니다.

"근데 이 새끼들이 사태 파악을 못 하고……."

화가 치솟은 소대장이 권총을 쳐들어 공비 한 놈의 대갈통을 갈기려는 순간, 눈 깜짝할 새에 공비가 소대장의 팔을 꺾어 권총을 빼앗더니 소대장 목 밑에다 갖다 댑니다.

"이게, 보자보자 하니까 얻다 대구 헛손질이야? 너야말로 사태 파악이 안 되지?"

주위에 서 있던 병사들이 소스라쳐 놀라며 일제히 공비들을 겨냥하지만 소대장이 인질로 잡힌 터라 아무 짓도 할 수가 없습니다. 갑작스레 처지가 180도 달라진 소대장은 얼굴이 파랗게 질렸습니다.

"다 뒈지기 싫으면 총을 내려놓는다, 실시!"

소대장 목에 권총을 들이대고 있는 사내가 벽력같이 소리를 지릅니다. 병사들은 이러지도 저러지도 못하고 우물쭈물합니다.

"이것들이 아직도 똥오줌을 못 가리고…… 야, 우리가 누군 줄 알고 지금 까부냐?"

사내가 소대장의 뒷머리를 확 잡아당겨 목을 젖힙니다.

"고, 공비…… 아닙니까?"

"뭐? 공비 아닙니까?"

"아주 환장하겠네. 지금, 우리가 공빈 줄 알고 이 난리 부르스를 추고 있다 이 말이여?"

"아니, 우리가 그깟 공비 새끼들로밖에 안 보이냐? 그렇게 눈깔이 삐어갖구 공비는 어케 잡았다구……."

"그, 그럼…… 당신들 뭐요……, 뭐……세요?"

"뭐세요?"

사내들이 어이없다는 듯 피식 웃습니다.

"야, 이 새끼야, 공비들이 우리 보면 할아부지 오셨소 한다, 임마."

"촌구석에 쌍박혀서 병정놀이 하느라 에치아이디[45]가 뭔지 들어보지도 못했나 부지?"

---

45 육군첩보부대로서 Headquarters of Intelligence Detachment의 약자이며 6·25 전쟁이 일어난 뒤 공작 작전을 수행하기 위해 창설되었다.

"에이치아이디? 그, 그럼……."

다리가 후들거리는 건지 긴장이 풀린 건지 소대장이 맥없이 제자리에 주저앉습니다.

"얼씨구! 아니, 대한민국 정예 육군 장교께서 모가지에 쇳덩이 하나 들어왔다고 그렇게 질질 싸믄, 고향에 계신 어머니, 아버지, 우리 꽃순이는 누굴 믿고 발 뻗고 주무시나?"

"이 새끼 이거 완전히 영창감 아녀? 아니 총살감인가?"

"다들 총 내려놓고, 여기 나무를 기준으로 이열종대 집합한다, 실시!"

사내 하나가 말을 내뱉자마자 소대원들이 일제히 후다닥 총을 내려놓고 뜁니다. 그 모습을 보던 다른 사내 하나는 기가 막히다는 표정입니다.

"야, 이 종간나 새끼들. 완전히 당나라 군대구만, 이거. 이래 가지고 빨갱이는 어케 무찌르고 김일성이는 어케 때려잡갔네? 누구는 목숨 내놓고 총탄, 포탄 쏟아지는 삼팔선을 제집 문지방 넘나들 듯 왔다 갔다 뻥이 치는데, 권총 한 자루에 라이방[46] 하나 쓰고 좆나 똥폼만 잡으면서, 뭐, 조국의 안녕과 국민의 생명은 어케 지키겠다는 거야?"

---

46 선글라스 즉, 색안경을 뜻하는데 레이반(Ray Ban)이라는 상품명에서 나온
    말이다.

"이 새끼들 오늘 아주 정신이 확 들게 해줘야겠구만."

"저기 아래 보이는 바위를 우에서 좌로 돌아 선착순 1명, 실시!"

'실시!'라는 말이 떨어지자마자 병사들의 몸이 파블로프의 개처럼 자동적으로 움직입니다. 우르르 바위 쪽으로 밀려가는데 지들끼리 밀고 당기고 자빠지고 깨지고 아주 생난리입니다. 곶감 소리 들은 호랑이처럼 덜컥 겁먹고 주저앉았던 소대장은 자기도 선착순에 끼어야 되나 싶어 엉거주춤입니다. 그 모습을 본 권총 든 사내가 소대장의 뒤통수를 갈깁니다.

"아저씬, 여기 계세요. 명색이 지휘관이라는 놈이 채신머리없기는……."

소대장은 저도 모르게 무릎을 꿇고 앉습니다. 솥뚜껑만 한 사내의 손길이 얼마나 매운지 눈물이 쏙 빠질 지경입니다.

"근데, 우리가 여기 있는 건 어케 아셨남? 지나가다 하도 산좋고 물 맑길래 기냥 여기서 요기나 하고 갈까 했는데……."

"시, 신고가 들어와서, 화, 확인차……."

"신고?"

"네."

"아니, 워뜬 시러베[47] 아들 눔이 이 깊은 골짝까지 들어와서,

---

47 실없는 사람을 낮추어 부르는 말.

조용히 밥 먹고 있는 사람들을 신고했다는 거여? 산속에서 밥 먹으믄 다 공빈감?"

"그, 그게 아니구, 그놈이 워낙에…… 신고를 많이 해요…… 식당에서 밥 먹는 사람도 신고하고……."

"그러니까, 밥만 먹으믄 죄다 공비다 이거여? 아니, 그러믄 대한민국 국민은 아무데서건 밥도 먹으믄 안 되는겨?"

"그게 아니라요……."

"그게 아니믄 뭐여? 아, 대체 워뜬 놈이길래……."

"고, 고성길이라고, 우리랑 같이 왔는데……."

"그놈 어딨어? 다시는 밥을 못 처먹게 주둥아리를 확 조져버 릴라니까."

그 사이 제일 앞장서서 돌아온 병사가 헉헉거리며 먼저 번호 를 붙입니다.

"하나!"

뒤이어 다른 병사들이 죽기 살기로 달려와 앞다투어 번호를 외칩니다.

"둘!"

"셋!"

"넷!"

…….

"자, 1번 열외. 나머지는 다시 저기 좌측에 보이는 소나무를 좌에서 우로 돌아 선착순 1명, 실시!"

사내는 병사들 기합 주는 데 재미를 붙였나 봅니다. 이때 갑자기 바위 뒤에서 뭔가가 불쑥 튀어나옵니다.

"다 잡았어요? 몇 마리예요?"

"엄마야, 놀래라! 넌 또 뭐야?"

사내가 아까 소대장이 불쑥 뛰어들 때보다 더 놀랍니다. 성길입니다. 하나, 둘, 숫자 외치는 소리를 듣고 잡은 공비 숫자 헤아리는 소리인 줄 알고 한걸음에 뛰어내려 온 것입니다.

"너 뭐하는 새끼냐고?"

근데, 이거 영 상황이 이상합니다. 소대장은 권총도 빼앗긴 채 무릎을 꿇고 앉아 있고, 병사들은 산골짜기에서 난데없는 뜀박질입니다. 공비라면 안성맞춤일 험상궂은 사내 하나가 성길의 코앞에 대검을 들이댑니다.

"어이, 그 새끼 좀 데려와 봐."

소대장을 붙들고 있던 사내가 성길을 가리키며 손짓합니다. 성길에게 대검을 들이대던 사내가 성길의 엉덩이를 군홧발로 걷어찹니다.

"절루 가!"

성길이 주춤거리며 다가가자 권총 든 사내가 다짜고짜 정강이를 걷어찹니다. 성길은 투우사의 창에 찔린 황소 주저앉듯 그 자리에 푹 쓰러집니다.

"똑바로 무릎 꿇어, 새꺄. 두 손 바짝 올리고."

성길은 정강이의 아픔을 느낄 새도 없이 두 손을 번쩍 듭니다.

"아저씨세요? 우리를 공비라고 신고하신 거룩한 분이?"

성길은 겁에 질려 두 눈이 둥그레집니다.

"네."

"아~아주 잘했어요, 참 잘했어요, 네? 근데 댁은 뭐하는 새끼ㄴ데 이런 산골짝까지 올라오셨대요?"

성길은 대답을 하지 못하고 숲 쪽을 힐끔 봅니다.

"댁 혼자 산삼 캐러 온 것두 아니실 꺼구……."

사내는 성길의 손을 낚아채더니 요리조리 살펴봅니다.

"나무꾼도 아니시구…… 이 새끼 이거 진짜 의심스런 종자시네. 너 정체가 뭐세요? 대체 뭐하는 놈이신데 뭐 빨러 이 더운데 여기까지 기어올라 오셨나? 너 진짜 혼자 맞으세요?"

성길은 입술만 달싹일 뿐 대답을 하지 못합니다.

"어쭈? 이 새끼 곤조[48] 봐라? 대답 안 하셔? 나랑 놀자 이거지?"

사내가 성길의 가슴을 무자비하게 걷어찹니다. 성길은 가슴이 탁 막혀서 순간적으로 숨이 멎는 듯합니다.

---

48 근성(根性), 성깔을 가리키는 일본어.

"그래, 놀지 뭐, 놀아. 놉시다, 우리. 그래 우리 아주아주 재밌게, 어디 한 번 가슴 아프게 놀아봅시다. 응?"

사내가 권총을 내려놓더니 날렵한 동작으로 발목에서 대검을 꺼내 듭니다. 시퍼렇게 날이 선 대검은 쇳덩이라도 한 방에 벨 듯합니다. 보기만 해도 성길은 소름이 돋고 머리칼이 쭈뼛섭니다. 사내는 대검 날을 입으로 가져가더니 혀로 핥으며 성길의 뒤통수를 잡아당깁니다.

"우선 헤또라이또부터 하나씩 뽑아드려 보실까?"

사내는 대검을 들어 자신의 눈 하나를 가리는 시늉을 합니다.

"요거이 애꾸눈 해적 놀이!"

다시 대검으로 성길의 양쪽 눈을 가립니다.

"그리구 쪼끔 있다가는 심봉사 놀이."

성길은 자신도 모르게 두 눈을 질끈 감습니다.

"그거 아아주 재밌겠지, 그지요? 자, 어디? 어느 쪽부터?"

성길은 대검을 쥔 사내의 손목을 붙들며 다급하게 소리칩니다.

"저, 저 중국집 배, 배달이에요. 나, 나 혼자구요."

"배달? 아하, 그러니까 짱깻집 영업 사원님? 그러서? 그래서?"

사내는 어이없다는 표정입니다.

"근데 여긴 뭐하러 오셨대? 누가 짜장면 시키셨나? 이 산꼭

대기루?"

성길은 다시 아무 말도 못 하고 고개를 푹 숙이고 있습니다.

"산신령님들이 바둑 두다 출출하셨대? 아님, 탕수육 내기 하셨대? 배갈이랑? 어디 말씀을 해보시지요, 영업 사원님."

내내 빈정대던 사내가 갑자기 칼자루로 성길을 내리치는 시늉을 합니다.

"이걸 그냥 확!"

성길은 반사적으로 팔을 들어 칼자루를 막으려다 제풀에 엉덩방아를 찧습니다.

"배, 배달이 아니라요, 오늘 노는 날이래서……."

"노는 날이래서? 아아, 노는 날? 그래서? 아, 그래서요?"

사내는 칼날을 제 손바닥에 두드리며 위협합니다.

"그래서…… 그냥……."

성길은 말을 잇지 못하고 숲 쪽만 힐끗거립니다.

"그냥 뭐요? 네? 그냥 뭐냐구요. 아, 말씀을 하셔야죠."

"그냥…… 그냥요……."

"허, 참나. 이 새끼 이거 말이 되는 말씀을 하셔야지. 짱깻집 배달하시는 분께서 노는 날이시라구 이런 산꼭대길 혼자, 몸소, 그냥 맥없이 기어올라 오셔? 아항, 댁은 우리가 뭐하는 놈들인 줄 모르시지? 우리가요, 뭐냐 하면요, 저어기 약간 수고들 하고 계시는 용감한 국군 장병 아저씨들 보이지?"

사내는 대검을 들어 군인들을 가리킵니다. 병사들은 계속되는 선착순과 쪼그려뛰기에 거의 사색이 되어 있습니다. 훈련소 졸업한 후 처음 겪는 호된 기합입니다.

"저분들도 우리가 '놀자!' 그럼 바로 꼬랑지예요, 아시겠어요? 우리가 바로 김일성이 모가지 따러 다니는 분들이에요. 근데 이게 어디서 구라를 쳐? 짱깻집? 노는 날? 혼자? 누가 너랑 만우절 놀이 하재? 그런 거 말구 우리 진실 게임 하자니까, 진실 게임, 응?"

사내가 입맛을 다시며 성길의 뒤통수를 잡고 대검을 눈 가까이 들이대자 성길은 진저리를 칩니다. 사내는 웃음을 참으며 손가락으로 살짝살짝 성길의 얼굴을 여기저기 건드려 봅니다. 성길은 이제 정말 바지에 오줌이라도 지리기 직전입니다.

"스도옵!"

갑자기 숲 쪽에서 날카로운 외침이 들립니다. 사내들이 반사적으로 몸을 움츠리며 소리가 나는 쪽을 향해 칼을 겨눕니다. 제법 높은 나무 위에서 누군가 펄쩍 뛰어내리더니 다급히 달려옵니다.

"잠깐! 잠깐만 스돕이요!"

진선미 미장원의 보조미용사 선미입니다. 선미는 양팔을 머리 위로 들어 크게 휘젓습니다. 에이치아이디 사내들은 물론 쪼그려뛰기를 하느라 정신없던 군인들까지 모두 선미의 갑작스런 등장에 놀라지 않을 수 없습니다. 당황한 사내들이 미처 막아설 새도 없이 선미가 성길에게 뛰어들더니 성길을 얼싸안고 엉엉 웁니다.

"이건 또 뭐냐……."

"아, 이놈의 촌동네는 어찌된 게 놀랠 노짜 연속이냐?"

"아, 씨바, 내가 첨부터 여기 터가 안 좋다 그랬지!"

사내들은 이젠 기도 안 찬다는 표정으로 바라보기만 할 뿐, 제지할 염도 못 내는 것 같습니다. 총과 칼, 땀과 눈물이 어우러진, 대낮 강원도 숲 속의 한판 소극(笑劇), 아니 부조리극은 선미의 초현실적인 등장과 더불어 갑작스레 막을 내릴 판입니다.

지치고 맥빠진 소대원들이 터덜터덜 산을 내려갑니다. 아까 위세도 당당하게 무장공비 잡으러 가던 모습하고는 천양지차(天壤之差)입니다. 뒤도 돌아보지 않고 맨 앞에서 땅바닥만 내려다보며 걷는 소대장은 뒤통수가 간지러워 죽을 지경입니다. 부대 돌아가면 당장 전역 신청이라도 해야지 남새스러워[49] 앞으로 부하들을 어떻게 볼지 머릿속이 터질 듯 복잡합니다. 공비 때려잡아서 그 공적으로 별도 달고 참모총장도 되겠

---

49 '남세스럽다'의 강원도 사투리. 남에게 놀림과 비웃음을 받게 되다는 뜻.

다던 꿈은 남가일몽(南柯一夢)이 되고, 자칫 영창이라도 가게 되지 않을까 걱정입니다. 소대장이 그 지경이다 보니 열(列)도 오(伍)도 없고 구령도 군가 제창도 없습니다. 다들 빡센 유격 훈련이라도 받은 듯 흙과 땀으로 범벅이 된 모습입니다.

대열 뒤로 멀찌감치 성길과 선미가 따라옵니다.

"으이그, 저 웬수!"

병사 하나가 성길을 노려보며 이를 갑니다.

"야, 관둬라. 우리두 첨엔 진짜 간첩인 줄 알았잖아."

"그러게 말이야. 아까 바위 밑에 있는 놈들 첨 봤을 때는 정말로 그 짱깨시키 덕에 훈장 달구 잠자리비행기 타구 고향 가는 줄 알았네."

"허기사 누가 봐도 무장공비지. 그것들이 간첩 아님 뭘로 보이겠냐?"

"야아, 근데 에치아이디 그 새끼들 독종은 독종들이더라. 그렇게 다구리루 갑자기 총을 들이대두 눈 하나 깜빡 안 하는 거 봤지?"

"그러게. 그치들 말대루 이북 왔다 갔다 한다는 거 진짠가 봐. 눈깔들 보니까 장난 아니던데."

"그나저나 짱깨 저 씨댕이는 뭐 빨러 거기까지 기어 올라간 거래?"

"야, 보믄 모르냐? 사내시끼가 까이[50] 달구 으슥한 데 갈 땐 뻔한 거지. 지들이 무슨 토깽이라고 물 먹으러 깊은 산속 옹달 샘 찾아갔겠냐?"

"어유, 씨발 새끼가 떡을 치러 다녀두 꼭 지 같은 데만…… 어이구……."

"그래두 에치아이디 그치들 복귀하믄 진짜 뺑이칠 거야. 어쨌든 침투 훈련은 실패한 거잖아?"

"걔들도 그래서 더 빡친 거지. 영창도 안 보내고 그 자리에서 반 죽여놓을 텐데."

"야, 우리가 남 걱정해 줄 형편이냐. 우리 꼬라지를 좀 봐라."

"에이, 씨발! 만날 이게 뭐야? 울진, 삼척 때보다 더 꼽이네[51], 이거!"

"아, 저 꼴통 새끼. 한두 번도 아니고, 앞으로 또 이런 짓거리 안 한다는 보장이 어디 있냐고?"

"그 씹새 내 쫄따구로 안 오나? 확 기양 말뚝 박구 기다려?"

"아, 내가 미친다, 진짜."

다들 고개를 절레절레 흔드는데, 성길과 선미는 병사들의 푸념과 원망이 들리는지 마는지 자기들끼리 손을 꼭 붙들고

---

50 여자 친구를 속되게 이르는 말. 같은 뜻의 말로 '깔치'도 쓰임.
51 꼽이다. 몇 배는 더 심하다.

있습니다. 선미는 아직도 놀라움과 설움이 덜 풀렸는지 이따금 코를 훌쩍댑니다.

6화
고성길 신고 무마 작전

사태가 이쯤 되니 대책을 강구하지 않을 수 없습니다. 방첩대 회의실에는 기다란 회의 탁자를 가운데 두고 전투복을 입은 야전군 장교들과 탱크 잠바 차림의 방첩대 간부들, 경찰, 관련 기관장 등, 십여 명이 앉아 있습니다. 방첩대장 부관이 괘도(掛圖)를 넘겨가며 진지하게 보고 중입니다.

"지난 2개월간 저희 위수 지구에서 거수자[52] 및 대공 용의자 신고 접수 건은 총 130건. 그중 무려 102건이 고성길 1인이 신고한 것으로 80%에 가까운 수치입니다."

부관은 지시봉으로 도표를 짚어줍니다.

"그 새끼 그거 사람이야? 구신이지, 구신, 우리 잡으러 온."

---

52 거동 수상자.

야전군 장교 한 사람이 옆에 앉은 장교에게 속삭입니다.

"전생에 우리한테 다구리 당해 죽은 놈이 환생했나 봐."

부관의 보고가 계속됩니다.

"따라서, 본 방첩부대원 및 인근 위수부대 5분 대기조, 지원부대, 경찰관서 요원 및 향토 예비군은 평균 이틀에 세 번꼴로 비상 출동하느라 수면 부족, 소화 불량, 노이로제, 치질 환자가 속출하고 있는 실정입니다. 아, 참, 무좀 환자 발생율도……."

"그마안!"

갑자기 책상을 쾅 내리치며 소리를 지르는 사람이 있습니다. 머리가 반짝, 오늘 회의를 주재하고 있는 방첩대장 전 소령입니다.

"거, 여기 앉은 사람들 다 아는 얘기만 하지 말고, 뭔가 대책을 내놔야 할 거 아냐!"

"옛! 그렇지 않아도 그걸 강구하고자 오늘 이 자리에……."

부관이 말을 채 맺기도 전에 전 소령은 다시 지휘봉으로 책상을 탕하고 내리칩니다.

"거 참, 똑똑한 놈 없나, 이거?"

회의실에 앉아 있던 사람들이 전 소령의 눈치를 살피더니 저마다 한 마디씩 하기 시작합니다.

"그 새끼 그거 완전 또라이 아냐? 어디 정신병원 같은 데 처넣을 수 없나?"

"그냥 확 차 사고로 뒤져버리게 오도바이나 한 대 사 줌 안
되나?"

"아님, 걍 십 분 간격으로 짜장면을 계속 시켜버릴까? 오줌
싸고 뭐 볼 시간두 없게스리 뺑뺑이 돌려 버려? 지풀에 지쳐서
못 해먹겠다구 얼루 날라버리게."

"아니, 지서장님은 그 녀석 뒤 좀 캐봤어요? 탈탈 털면 먼지
가 한 줌은 나올 텐데, 아예 소년원 같은 데 처넣어 버리죠."

저마다 한 마디씩 하느라고 회의실 안이 웅성거립니다.

"혹시 그 새끼가 빨갱이 아냐? 거 이수근[53] 같은 놈 있잖아,
이중간첩!"

전 소령이 단서를 잡은 양 열을 올립니다.

"김일성이가 우리들 몽땅 돌아버리게 해놓고 쳐들어올라구
미리 내려보낸 놈 아니냐구? 어이 부관, 그 새끼 그거 신원 조
사는 확실히 한 거야?"

"옛! 춘천에 있는 고아원에서부터 확실히 훑어보았습니다.
대공 용의점은 발견되지 않습니다."

---

53 북한 조선중앙통신사 부사장이었던 이수근은 1967년 남측에 귀순하였으
나 국가기관(중앙정보부)에 의해 이중간첩으로 몰려 1969년 7월 3일 사형
에 처해졌다.

"근데 그거 왜 그 지랄이래? 어? 지가 뭐야? 이승복[54]이가 지 형이야 동생이야? 도대체 뭐냐구?"

"옛! 주변 인물들의 진술에 의하면, 포상금을 타면 서울 가서 검정고시 공부를 하고 대학을 다니기 위해 열심히 그 지랄, 앗 죄송합니다, 신고를 한다고 합니다."

"어휴, 대가리 쥐나네, 이거. 빨갱이 잡겠다는 놈, 뭐라 그럴 수도 없고……. 그냥 내가 확 군복을 벗어버리구 말어?"

앗, 이때 자기 성질대로 군복을 확 벗어버렸으면 훗날 숱한 목숨 원통하게 잃을 일도 없었을 텐데요……. 근데 전 소령이 군복을 벗어버리겠다는 데도 누구 하나 나서서 말리는 시늉이 라도 하는 사람이 없습니다.

"요샌 괴뢰군 송장두 하나 안 떠내려와요. 싱싱한 거 하나 건지면 그냥 그 새끼한테 확 앵겨주구 말 텐데……."

방첩대 장교 하나가 구시렁거립니다.

그때 회의실 문이 벌컥 열리며 당번 완장을 찬 하사 하나가 급히 뛰어듭니다.

"방! 첩! 거수자 출현. 방금 신고 접수하고 대기조 출동 자동 발령했습니다."

---

54 1968년 10월 울진·삼척지구에 침투한 무장공비 잔당은 '공산당이 싫다'는 이승복(당시 진부의 속사초등학교 계방분교 2학년) 어린이와 그 가족을 잔인하게 살해하였다.

"뭐야? 어딘데? 아니 누군데?"

전 소령이 따져 묻습니다.

하사는 무슨 뜻인지 몰라 대답을 하지 못하고 머뭇거립니다.

"야, 이 멍청아, 신고한 놈이 누구냐고?"

부관이 야단을 칩니다.

"옛! 신고자는 고, 성, 길, 이라고 접수했습니닷!"

회의실에 앉아 있던 사람들이 일제히 한숨을 내쉬며 머리를 감쌉니다. 전 소령도 머리를 움켜쥐고 신음소리를 내다가 흠 칫 놀라 머리카락을 조심스레 가다듬습니다.

이러다간 오래 못 가지, 이거…….

뭔가 특단의 조치가 필요합니다. 융통성이라곤 눈곱만큼도 없는 저 철부지한테 하릴없이 끌려만 다니다가는 얼마 가지 않아 머리가 폭격 맞은 민둥산 꼴이 될 게 뻔합니다. 대체 전생 에 무슨 원수를 졌기에 이렇게 진드기처럼 철썩 붙어서 못살게 구는지 모르겠습니다.

그래, 진드기! 이에는 이, 눈에는 눈! 진드기한테는 진드기가 쥐약이지.

전 소령의 단단한 머리에 매우 드물게 섬광이 번쩍입니다.

가만…… 근데, 어디서 진드기를 구해 온담…….

전 소령에게는 철썩 달라붙은 진드기 같은 존재가 하나 더 있습니다. 생도 시절부터 동네 골목대장 쫓아다니는 코흘리개

마냥 전 소령 뒤만 졸졸 따라다니면서 여차하면 우는 소리, 잃는 소리를 해대는 아주 징글징글한 친구입니다. 임관 후에도 어쩌면 그렇게 귀신같이 전 소령 뒤만 따르는지, 전 소령이 여태껏 맡은 보직을 고대로 물려받아 왔습니다.

"회의 끝! 원, 암만 촌구석에서 탱자탱자 놀기 바쁜 사람들이라지만, 머리들을 쓸 줄 알아야지."

회의실을 메우고 있는 인사들의 무능력에 넌더리가 난다는 듯 전 소령은 자리를 박차고 일어서지만, 실은 절친 노 소령에게 자신의 기막힌 아이디어를 전할 생각에 마음이 급합니다.

고성길 대책 회의가 별다른 성과 없이 끝난 며칠 후, 늦은 밤 방첩대장 전 소령의 관사입니다. 응접실 테이블 위에는 무전기가 두 대 놓여 있고, 사진이 몇 장 흩어져 있습니다. 그 옆으로는 반쯤 남은 조니워커 위스키 병과 양담배가 보입니다. 듬직한 체격의 사내 하나가 전 소령의 맞은편에 서 있습니다.

"이봐, 거기 편히 앉아. 오느라 수고했어."

사내는 허리를 90도로 꺾어 절을 하고 나서 소파에 엉덩이를 걸칩니다. 앉아서도 허리를 꼿꼿이 세우고 긴장을 늦추지 않습니다.

"그래, 자네 대장은 잘 있지? 노 소령은 생도 시절부터 나하고 아주 각별한 사이야. 그 친구가 추천했으니 자네도 틀림없겠지?"

사내는 품에서 서류 봉투를 꺼내어 두 손으로 공손하게 바칩니다. 전 소령은 서류를 펼쳐 들고 대충 훑어봅니다.

"음, 최대한이라…… 이름도 참 군인답구만."

이름은 최대한, 계급은 중사. 대한민국 육군 방첩대의 정예 대원입니다. 이름 지어준 할아버지가 생전에 크게 한을 품은 게 있어서 대한이라는 이름을 붙였을 리야 아닐 테고, 아마도 대한의 아들로서 크게 애국하라는 뜻인가 봅니다.

전 소령은 좌우를 한 번 둘러보더니 손짓으로 최 중사를 가까이 부릅니다. 최 중사는 허리를 깊이 숙여 귀를 전 소령 쪽으로 기울입니다.

"이제부터 내가 하는 말은 자네하고 나만 아는 거야. 무슨 말인지 알지?"

최 중사는 대답 대신 절도 있게 고개를 한 번 숙여보입니다. 전 소령은 다른 봉투에서 사진을 꺼내 최 중사에게 보여줍니다.

"이 화상 이거, 잘 봐둬. 읍내에 있는 소림반점이라는 짱깻집에서 배달하는 녀석인데, 요새 내가 얘 때문에 머리칼이 다 빠질 지경이라구. 이눔아 이게 순진한 건지 멍청한 건지, 동네 지나가는 똥강아지도 거수자라고 신고를 해대는데, 어이쿠야, 우리 대원들은 말할 것도 없고 5분 대기조, 경찰 애들까지 오

줌 누구 뭐 털 시간도 없이 허구헌 날 비상 출동에 죽어난다
구. 그렇다구 신고가 들어왔는데 출동 안 할 수도 없구 말이
야. 나중에 혹시 감사라도 나오면 뭐라고 할 거야. 아니, 재수
없는 놈은 엎어져도 뒤통수 깨진다고, 만에 하나 진짜 공비가
떴는데 출동 안 하고 넘어갔다가 그놈이 잡히기라두 하면, 너
나 할 것 없이 다 죽는 거라구."

전 소령이 푸념을 늘어놓자 최 중사는 '대장님 말씀이 무조
건 다 옳습니다'라는 듯이 고개를 주억거립니다.

"그래서 말인데, 자네 임무는 이 고성길이라는 놈을 밀착 감
시하는 거야. 이 새끼 밥은 뭘 처먹는지 똥은 어디서 싸지르는
지 귀신처럼 몰래 따라다니면서 일거수일투족(一擧手一投足)을
지켜보라구. 조살 시켜보니 딱히 수상한 구석은 없다는데, 그
래두 혹시 모르니까. 어디 수상한 놈들하고 접촉하진 않는지,
이상한 물건을 갖구 있지는 않은지 감시하고, 무엇보다도 이
눔이 거수자라고 신고하는 대상들을 잘 보고, 정말 간첩인지
아니면 이 새끼가 또 지랄 발광하는 건지 파악해서 나한테 재
깍 보고하란 말이야. 알아들었지?"

전 소령은 고성길의 사진을 옆에 놓여 있던 무전기와 함께
봉투에 넣어 최 중사에게 건넵니다.

"고성길이 113에 신고하는 기미가 보이면 곧바로 나한테 무
전을 쳐."

전 소령이 최 중사의 어깨를 한 번 툭 칩니다.

"제대로 해야 돼."

최 중사는 대답 대신 다시 한 번 고개를 깊이 숙입니다. 전 소령이 건네주는 무전기와 사진이 든 서류 봉투를 품에 넣더니 뒷걸음질로 물러나 어둠 속으로 사라집니다. 닌자(忍者)[55]가 등장하는 칼싸움 영화를 꽤 본 듯합니다.

전 소령은 흡족한 표정으로 사내가 사라진 쪽을 바라봅니다. 아무리 생각해도 묘안이 아닐 수 없습니다. 고성길한테 미행을 붙여서 아예 신고를 원천 봉쇄해 버리는 것, 이 정도 아이디어는 아무나 낼 수 있는 게 아닙니다. 전 소령은 괜히 으쓱한 기분이 드는데 이렇게 좋은 일을 누구한테 자랑할 수도 없으니 좀 답답하기는 합니다.

옛날 학교 시절, 자기를 가리켜 돌대가리라고 놀려대던 아이들의 얼굴이 문득 떠오릅니다. 학교 다닐 때 늘 우등상을 받는 부류에는 끼지 못했던 건 사실입니다. 그렇지만 맨날 코나 질질 흘리고 다니면서 소매가 반질반질해질 때까지 콧물을 닦아대던 녀석들보다는 훨씬 똑똑한 축에 속했습니다. 그럼에도 불구하고 돌대가리라는 별명을 얻어듣게 된 데는 두 가지 정

---

55 가마쿠라 시대부터 에도 시대의 일본에서 다이묘나 영주에 소속되거나 독립하여 첩보활동, 파괴활동, 침투전술, 음모, 암살 등을 일삼았던 개인이나 집단. 둔갑술에 능하다.

도의 이유가 있습니다. 하나는 어릴 적부터 동네 아이들과 어울려 축구를 하게 되면 누구보다도 머리를 잘 썼던 탓입니다. 아, 물론 전술 전략에 능했다는 게 아니고 헤딩을 잘했다는 말이지요. 공이 멀리서부터 날아오면 얼른 달려가서 상대편 선수를 어깨로 슬쩍 밀치고 머리로 힘껏 받아내곤 했습니다. 생도 시절엔 포지션이 골키퍼였는데, 골문 앞으로 날아오는 센터링을 죄다 펀칭이 아닌 헤딩으로 막아냈습니다. 그러다 보니 자연히 돌대가리라는 별명이 생겼지요. 또 다른 이유는 전 소령의 성격이 저돌적이라는 데 있습니다. 옳든 그르든, 싫든 좋든, 한 번 어떤 식으로든 결정이 내려지면 전 소령은 뒤도 돌아보지 않고 밀고 나갑니다. 한 마디로 말해 무데뽀[56]지요. 그러다 보니 윗사람들의 신뢰를 쉽게 얻었습니다. 다른 사람들은 이리 재고 저리 재며 망설이거나 이러쿵저러쿵 토를 달기 일쑤인 일을 전 소령에게 맡겨놓으면 군말 없이 불도저처럼 해치우니까요. 전 소령을 시기하는 축들은 전 소령이 무식하다느니 돌대가리라느니 손가락질하며 비아냥거리느라 바쁘지만, 전 소령은 까라면 까는 게 군인정신이라고 믿습니다. 말 많은 놈들, 토 다는 놈들은 죄다 빨갱이랑 똑같은 거구요.

---

56 일본어. 일의 앞뒤를 잘 헤아려 깊이 생각하는 신중함이 없음을 속되게 이르는 말.

이것들, 언젠가 내 손에 걸리기만 해봐라, 그냥, 확!

아무튼 동기들 중에서도 제일 잘나가고 앞날도 창창하다는 평가를 받고 있는 전 소령은 돌대가리 소리를 듣는 게 가장 싫습니다. 가뜩이나 머리털 빠지는 것도 짜증스러운 판에 머리가 나쁘기까지 한 것은 여간 큰 콤플렉스가 아닙니다.

전 소령은 소리를 지릅니다.

"어이, 당번병!"

당번병이 주방 쪽에서 부리나케 뛰어나옵니다.

"부르셨습니까?"

"너, 방금 왔다간 놈, 최대한, 못 본 거야. 알아들었어? 아니, 오늘 여기 아무도 안 왔다간 거야. 만약 어디다 까발렸다간 알지? 바루 철책선 앞에 말뚝 박는 거다. 넌 모르는 일이야, 알았지?"

"옛, 알았습니닷!"

당번병이 허리를 꼿꼿이 세우며 차렷 자세로 대답합니다. 전 소령이 인상을 찌푸리며 눈을 치뜹니다.

"이 자식이 말귀를……."

"앗? 옙! 몰랐습니닷! 절대루 모르겠습니닷!"

강원도 산 좋고 물 맑은 거야 두말하면 잔소리. 울창한 여름 숲 사이로 시원하게 계곡물이 흐릅니다. 산천경개(山川景槪)

좋은 곳에서는 모름지기 고요히 도나 닦아야 하는 법. 세상 사람들이 피서다 바깡스다 여름이면 산으로 계곡으로 몰려가서 물놀이를 합네, 천렵(川獵)⁵⁷을 합네, 갖은 난리굿을 벌이는 통에 그 수려한 금수강산이 상처투성입니다. 그나마 이곳 인제 산골은 워낙 오지인데다 군 작전 지역이라 사람의 발길이 뜸한 편, 아직은 감탄사가 절로 나오는 아름다운 풍경들이 그대로 보존되어 있습니다.

허, 그런데 냇가 너럭바위에 나란히 걸터앉아 꼼지락거리는 저 요상한 중생들은 무엇인고?

군복 윗도리는 어디다 벗어뒀는지 난닝구만 달랑 걸치고 바지를 무릎까지 걷어 올린 것만도 볼썽사나운데, 무슨 신주 단지라고 모자는 또 안 벗고 있담. 짐작하겠지만, 이 모자의 주인공은 전 소령이고, 그 옆에 라이방을 낀 채 발로 물장구만 살랑살랑 치고 있는 여인은 진선미 미장원의 주인 진선이올시다.

"아이, 대장님두. 암만 바쁘셔두 그렇지. 이렇게 가까운 곳에 이런 좋은 데가 있는 줄 알고 계셨으면 진즉에 한번 데려오시지. 정말 너무하셨네요."

나름 애교를 부린다고 그러는지 샐쭉한 표정을 한 번 지어 봅니다.

---

57 냇물에서 고기잡이하는 일.

"나 바쁜 거 임자가 몰라 그래?"

전 소령은 검지를 들어 진선의 볼을 한 번 꼬옥 눌러주고는 바위에 벌러덩 누워 팔을 쭈욱 뻗습니다.

"아아, 좋다. 이런 데선 역시 도를 닦아야 되는 건데."

"호호, 대장님이 무슨 도 타령이에요, 안 어울리게?"

"아니야, 이 동네가 그냥 촌구석 같아두, 도 닦는 데는 왔다라구. 저 우에 있는 절이 꽤 유명한 절이야. 그 누구더라…… 하여간 꽤 유명한 스님이 있던 데라구. 한…… 뭐더라? 거, 들었는데, 이름이 생각이 안 나네."

전 소령은 고개를 갸웃거리며 이름을 떠올리려고 애씁니다.

"어쨌든 나랑 꽤 닮은 스님인데, 머리 스타이루가……."

"어머? 스님 머리 스타일이램……."

진선이 새삼스레 전 소령의 머리를 살핍니다.

"아항! 그럼, 그래서 늘 그 모자를 쓰구 계시는 거예요? 난 아무렇지도 않은데……."

진선은 약간 실망이라는 듯 입을 삐죽 내밉니다.

"어? 뭐? 으음……."

전 소령은 스님 이름을 생각해 내느라 진선의 얘기를 못 들은 건지 아니면 딴전을 피우는 건지, 모자 운운에 대해서는 대꾸를 하지 않습니다.

"아, 맞다. 생각났다. 한하운, 그래. 만해 한하운!"

으이그, 머리카락만 모자란 게 아니고 정말로 머리 자체가 한참 모자라다네요. 돌대가리라는 별명이 괜히 붙은 게 아닙니다. 만해[58]와 한하운[59], 한국 현대시사(現代詩史)의 위대한 시인 두 분을 한 방에 보내드리는 저 용감 무식함이라니.

"야, 참, 나도 벌써 나이가 들었나. 만해 한하운이 얼른 생각이 안 나지? 그 냥반이 거 왜정 때 유명한 스님인데, 저 우에 절에 들어가서 시도 쓰고 도도 닦았다는 거 아냐? 하아, 나도 홀홀 벗고 저 절에 들어가 도나 닦을까?"

뭐 앞날을 내다보고 한 말은 아니겠지만, 그 절에 들어가 도를 닦고 싶다더니 한참 후에 원을 이루긴 했네요. 제대로 된 도를 닦은 게 아니라 36계를 닦은 게 좀 어이없는 일이긴 하지만.

"아이, 그 까짓것. 스님들 이름이야 뭐면 어때요?"

부창부수(夫唱婦隨), 아니 이 경우엔 뭐가 되지? 아무튼 그 나물에 그 밥이라더니, 연놈이 용감 무식하기가 심산유곡(深山幽谷)에 고요히 깃든 산신령 혼자만 보기엔 아깝습니다그려.

---

58 한용운(1879~1944). 독립운동가 겸 승려, 시인. 1905년 백담사에서 불교에 귀의하였고, 1910년 조선불교유신론을 탈고. 잡지『유심』발간.
59 본명 한태영(1919~1975). 열일곱 살에 나병을 앓고, 문둥이라는 이유만으로 모든 굴욕과 수모를 견디며 시를 썼던 천형의 시인.

"그리구, 난 율 부린너[60] 그 사람 넘 멋있기만 하더라. 어디 봐요."

애먼 율 부린너까지 강원도 산골에 불려 와서 홀라당 벗겨진 머리통을 들이밀고 나니, 전 소령도 약간 우쭐해진 모양입니다. 이 틈에 진선은 손을 뻗어 장난스럽게 전 소령의 모자를 벗기려 하고 전 소령은 모자를 놓치지 않으려고 양손으로 머리를 감싸 쥐고서 가벼운 실랑이를 벌입니다.

이 남녀가 낮살이나 주위 경치와 전혀 어울리지 않는, 1960년대 고무신 관객들 코 묻은 돈 홀라당 울궈먹던[61] 천막 극장 멜로물의 판에 박힌 장면 하나를 서투른 재연배우(再演俳優)들처럼 연출해 내고 있던 바로 그때, 전 소령이 벗어놓은 군복 상의 위에 놓인 무전기가 찌르르 소리를 냅니다. 전 소령은 얼른 일어나 앉으며 무전기를 집어 듭니다. 그 와중에도 잊지 않고 손가락을 진선의 입에 갖다 댑니다.

"쉿!"

진선은 '피이!' 하는 표정을 지어보지만, 전 소령은 이미 진선의 반응 따위엔 관심이 없습니다.

---

60 Yul Brynner(1920~1985). 러시아 블로디보스톡에서 태어난 미국의 연극 배우이자 영화배우. 대머리가 트레이드 마크이며 카리스마의 상징이기도 하다. 「왕과 나」, 「황야의 7인」, 「대장 부리바」 등 다수의 영화에 출연.
61 '우려먹다'의 함경도 사투리. 재탕 삼탕 해먹는다는 뜻.

"어, 보고해. 어…… 어…… 그래?"

진선은 소리를 내지는 않은 채 입 모양만으로 전 소령 흉내를 냅니다.

"응. 알았어. 어, 좋아. 자알 했어, 최대한. 계속 수고하라구."

흡족한 표정으로 무전기를 내려놓은 전 소령이 소리를 칩니다.

"어이, 운전병!"

어디선가 병사 하나가 득달같이 뛰쳐나오더니 전 소령 앞에 섭니다.

"부르셨습니까, 대장님!"

전 소령이 운전병의 무전기를 받아들고 다시 손짓으로 멀리 보냅니다. 자리에서 일어나서 숲 쪽으로 걸어가며 양손의 무전기를 번갈아 귀에 대고 뭐라고 열심히 이야기를 합니다.

저 깊은 설악산 계곡에서 전 소령이 양손에 떡 든 놀부처럼 무전기 두 대를 다급하게 들었다 놓았다 한 지 얼마 지나지 않아, 그 계곡물이 흘러드는 산 아래 마을에 자리한 소림반점에는 '손님 아닌 손님', 그러나 이제는 단골이 되다시피 한 손님들이 또 찾아왔습니다. 장 서방은 언제나처럼 카운터에 앉아 있고 주방장 기만성은 주방에서 분주한 척 하지만, 실은 둘 다 홀을 향해 귀를 우주선 안테나마냥 쫑긋 세우고 있습니다. 소림반점의 단골손님 고춘자, 장소팔 두 방첩대원이 성길을 붙들고 이야기를 하는 중입니다.

"성길아, 니가 간첩이라고 신고하려던 사람들 있잖아……."

"우리가 지금 여관 가서 확인하고 오는 길인데……."

"간첩이 아니야."

"그니까 니가 여관방에서 은밀하게 돈다발 주고받는 거 보구 수상하게 여겼다, 이거잖아?"

"그게 실은 이렇게 된 거야."

"그 돈을 준 사람은 말이야, 소장수야."

"그니까 시골에서 키운 소를 사다가 도살장이나 다른 농가에 파는 거간꾼이지."

"돈을 받은 사람은 소 주인이고."

"원래 다른 사람한테 넘기기루 약속이 돼 있던 건데……."

"그 소장수가 웃돈 얹어줄 테니 자기한테 팔라고 꼬신 거래."

"그래서 여관까지 데려가서 술 받아주며 설득한 거고."

"요는 간첩이 공작금을 건넨 게 아니라……."

"소장수가 솟값 치른 거라구."

"니가 탕수육, 배갈 배달하느라고 방문을 열었을 땐, 딱 돈다발 건네는 모습만 본 거구."

"왜 돈다발이 오가는지는 몰랐던 거지."

"뭐, 나도 보니까, 워낙에 그 인간 인상이 좀 더럽긴 하더라만⋯⋯."

"글쎄, 소장수가 아니라 소도둑놈이래두 할 말 없게 생기긴 했지."

"그치만, 신원 확실하고⋯⋯."

"나름 건실한 자유 대한의 국민이더라구."

"간첩이 아니라⋯⋯."

"공비도 물론 아니고."

"그니까 이번에도 니가 헛다리 짚은 거야."

"암, 제대로 헛다리지."

"그러니까, 앞으론 제발 잘 좀 알아보고 신고를 하렴."

"제대로 알아보고."

고춘자와 장소팔은 제법 젊잖게 타이르고는 잘 있으라는 인사도 없이 휑하니 나가버립니다. 두 사내가 나가자마자 주방 안에서 귀를 쫑긋대고 있던 만성이 흥얼흥얼 노래를 부르며 홀로 나옵니다.

헛다리~ 헛다리~ 헛다리 인생~

"시끄러워! 뭐 좋은 일이라고 노래까지 부르고 난리야."

장 서방이 소리를 버럭 지릅니다. 만성은 생각지 않은 핀잔에 기분이 상합니다.

거, 참, 괜히 엉뚱한 사람한테 화를 내고 지랄이야. 내가 신고했나? 확, 설날 지나고 처지만 바뀌어 봐라, 내 이걸 그냥…….

"그리구, 너, 성길이!"

장 서방의 부아가 드디어 성길을 향해 폭발합니다.

"넌 대체 뭐하는 놈이냐? 그 되지도 않는 간첩 신고한답시고 허구헌 날 배달은 늦고 매일같이 방첩대에서 드나드니, 손님은 손님대로 떨어져 나가고 동네 안 좋은 소문만 파다하고. 니가 아주 내 장사를 말아먹으려구 작정을 했구나, 응? 너야말로 간첩 아니냐? 옆 동네 통일반점에서 보낸."

"아니, 무슨 말씀이세요? 그 사람들 하는 짓이 수상해서 진짜루 간첩인 줄 알았지요."

"야, 그놈의 잘난 간첩 잡기 전에 니가 나부텀 잡겠다, 이눔아. 제발 정신 차리고 착실히 일해서 한 푼 두 푼 저금할 궁리를 해. 세상에 간첩 잡아서 팔자 고쳤다는 사람, 난 듣도 보도 못 했다. 세상에 간첩이 있다 한들 몇이나 된다구 이 산골짜기까지 들어와서 너 같은 놈 앞에 떡하니 '날 잡아가쇼' 하고 나타나겠냐? 허황된 꿈만 꾸지 말고, 좀 현실적인 생각을 하란 말야. 너 원래 그런 놈 아니었잖아?"

"남한에 고정간첩만 해도 십만 명이 넘는다던데……."

"그따위 헛소리를 누가 믿어? 그딴 소리는 정치하는 눔들이
나 지껄이는 거지. 간첩이 그만큼 있다면야 세상이 뒤집어져도
벌써 뒤집혔지, 너나 나나 여태껏 목숨 부지하고 있을 성싶으
냐?"

"이야, 사장님, 조심하셔야지, 고거 잘못하면 용공 발언이라
고 성길이한테 신고 당할지 모르겠는데요."

만성이가 끼어듭니다.

"시끄러워! 제발 좀 정신들 좀 차려. 으이그, 내가 이 장사를
때려치울 수도 없고, 확, 두 눔 다 짤라버릴까 부다 그냥."

장 서방은 복장이 터질 지경입니다. 좀 둔하고 느려터지기는
했지만, 그래도 시키는 일은 착실하게 곧잘 하는 녀석이라 믿
거니 하고 데리고 있었던 건데, 도대체 그놈의 간첩 바람은 어
디서부터 불어온 건지, 멀쩡한 애 하나 완전히 버렸습니다.

한편, 소림반점을 나선 방첩대원 고춘자와 장소팔은 전 소
령의 정보력에 경탄을 금치 못합니다.

"야, 근데 우리 대장 진짜 귀신이네."

"그러게 말이야. 어떻게 그치들이 소장수인 줄 알구 우리 둘
만 보냈을까?"

"내 말이 그 말이고 그 말이 내 말이야. 더구나 부대에 신고
가 접수되기두 전인데……."

"혹시 우리 대장 그 여관 옆방에 있는 거 아냐? 낮거리하러?"

"에이, 이 사람, 클 날 소리를. 대장 사모님 소문도 못 들었나?"

"하기사…… 그 성질에……."

글쎄요, 그 대장 사모님이라는 분의 성질이 어떤지는 알 수 없지만, 적어도 정보력만큼은 전 소령에게 한참 뒤지는 것 같습니다. 하긴 동네 아낙네 꾀어 바람 쐬러 나온 자리에서까지 눈에 보이지 않는 수하를 홍길동이 제 분신 다루듯 움직일 수 있는 능력이라는 게 아무에게나 있는 건 아니지요. 비록 겉으로야 난닝구 바람에 군모를 눌러 쓴 우스꽝스러운 모습일망정, 전 소령의 마음가짐만은 수양제(隋煬帝)를 박살낸 을지문덕이나 왜군을 몽땅 물귀신으로 만든 이순신 장군 못지않습니다.

맨발에 바짓단을 무릎까지 걷어 올린 차림으로 설악산 계곡의 자갈밭을 누비며 '고성길 신고 무마 작전'을 지휘하던 전 소령은 '상황 종료!' 보고를 받고서야 무전기를 내려놓습니다. 그제야 여태껏 버려두었던 진선을 찾는데, 진선이는 이미 심통이 나서 주둥이가 댓 발은 나왔습니다.

"아이 무슨 일인데 여기까지 와서 딱딱하게 그래요?"

전 소령이 무전기를 들고 왠지 심각한 표정으로 왔다 갔다

하는 걸 보자 진선이는 짜증 섞인 목소리로 묻습니다.

"어, 별거 아냐. 그냥 그런 게 있어."

"아유, 하여간. 대장님은 나랏일을 너무 열심히 하시는 게 탈이야. 아니 이런 날은 무전기 같은 거 잠깐 꺼놓으셔도 좋잖아요?"

"낸들 그러고 싶지 않겠어? 그런데 이것들이 죄다 돌대가리들이라 내가 일일이 챙기지 않으면 부대가 돌아가질 않으니 말이야. 옛날 생도 시절부터 그랬다구. 그저 내 얼굴만 쳐다보기 일쑤고, 날더러 앞장서라고 등 떠밀기 일쑤고……."

전 소령이 웃으며 진선의 어깨에 다정히 팔을 두르자 진선이 금세 풀어져 코맹맹이 소리를 냅니다.

"그나저나 너무 좋다~앙, 여기. 언제 나 또 델꾸 오실 꺼죠?"

"조옷치. 또 오다 뿐인가? 나야 그냥 이것저것 다 잊구 아예 저 우에 한적한 절 같은 데서 우리 진선이랑 푹 눌러 살구 싶지. 그게 맘대루 되나? 언젠가 군복이나 벗으면 그때는 또 모를까?"

"어머머? 말씀두 잘하셔. 사모님은 어쩌구? 어쨌거나 그럼 우리 약속한 거예요? 단풍 들 때 나 여기 한 번 더 델꾸 오는 걸루. 여기 와서 사는 건 이담에 사모님하구나 그러시구요. 난 눈 많이 오구 추울 때 등산 다니는 사람들, 이상하기만 하더라."

진선은 제법 애교를 피우고 전 소령은 흐뭇한 표정으로 내려다봅니다.

그러게 사람이 머리를 써야지. 그 성길이 놈한테 최대한이 미리 붙여놓지 않았으면 또 비상 출동한답시고 생난리 피우고 허탕 쳤을 거 아냐? 머리를 제대로 쓰니까 조선 천지가 편하구만. 거, 뭐, 최대한이란 놈도 영 둔한 놈은 아닌 것 같고.

전 소령은 우쭐한 기분이 들었지만, 진선이한테도 자랑할 수 없는 일이라 아쉽기만 합니다.

7화

대간첩 작전

읍내 시장통에 자리 잡은 진선미 미장원에 밤이 깊었습니다. 하루 일을 마무리하고 뒷정리까지 끝낸 선미가 작은 주먹으로 제 어깨를 콩콩 두들깁니다.

"에구구구, 팔 다리 허리야."

미장원 안쪽에 있는 살림방의 방문이 열리고 진선이 나옵니다. 이 밤중에 어딜 가려는지 한껏 멋을 낸 나들이 치장에 하이힐을 꺼내 신습니다.

"얘, 난 계 모임 멤버들이랑 나이롱뽕[62] 치러 간다. 아침에 올게. 문단속 잘 하구 자."

"네, 염려 말고 잘 다녀오세요."

---

62   화투놀이의 한 가지.

선미가 생긋 웃으며 진선을 배웅합니다. 진선이 미장원을 나서고 '딸랑' 방울 소리를 내며 문이 닫히자마자, 선미는 거울을 보며 혀를 샐쭉 내밉니다.

"나이롱뽕? 언닌 내가 뭐 바본 줄 아나. 뽕 치러 간다구? 뺑치구 있네, 뽕 따러 가면서. 뽕…… 뽕, 뺑, 뽕, 뺑! 뽕이다, 칫."

그래도 주인이 자리를 비우니 맘이 한결 편합니다. 하도 여러 번 봐서 표지가 다 헤진 '선데이서울[63]'을 집어 들고 소파에 벌러덩 드러눕습니다.

'인기 演藝人과 그 어머니'

'과거 있는 新郎이 더 좋아'

'세계의 男性 사로잡는 슈퍼 레이디'

제목만 보아도 호기심이 당깁니다. 지랄 맞은 일이라면 그놈의 유식쟁이들이 한자를 섞어 써놓은 일입니다. 선미 같은, 가방끈 짧은 사람들이 재미삼아 읽는 잡지라는 걸 뻔히 알면서 왜 그러는지 모르겠습니다. 그래도 같은 잡지를 눈치껏 읽고 또 읽다보면 모르던 한자에도 눈이 뜨입니다. 웬만한 글자는 앞뒤 문맥을 보고 어림짐작으로 읽을 수 있습니다.

선미는 성길처럼 검정고시 준비를 하지 않습니다. 공부라면 딱 질색인 데다 미용 기술 열심히 배워서 나중에 더도 말고 덜

---

63   1968년 창간해 1991년까지 나왔던 대한민국 최초의 대중 오락 주간지.

도 말고 딱 진선미 미장원만 한 가게를 열 수 있으면 만족입니다.

선미는 이 동네 출신입니다. 이 동네라고 하지만, 읍내에서도 한참을 더 들어가야 하는 산골 중의 산골, 오지 마을이 선미의 고향입니다. 강원도 처녀들, 시집가기 전까지 쌀 한 말 먹으면 호강이라는데, 선미네 동네에서는 제삿날이나 되어야 흰쌀 구경을 할까 말까 합니다. 지지리도 가난한 산골 마을에서 그저 그런 집안 여덟 남매 중 셋째 딸이라는 게, 집안에서 있어도 그만, 없어도 그만입니다. 그래서 매일같이 산등성이를 두 개씩이나 넘어서 겨우겨우 다니던 국민학교를 채 졸업도 못 하고 그만두었을 때도 어머니, 아버지 누구 한 사람 아쉬워하지 않았습니다. 어차피 중학교 진학은 꿈도 꾸지 못할 터, 일찍이 집안일이나 돕는 게 낫겠다는 나름의 핑계가 있었지만, 막상 학교를 그만두고 집안에 들어앉아 보니, 도울 만한 일거리는 없고 외려 군입 하나 줄이는 게 식구들한테 도움이 되는 것 같았습니다. 입던 옷가지 챙겨 넣은 보따리 하나 들고서 집을 나온 선미가 가닿은 대처(大處)⁶⁴라는 게 기껏 인제군 원통 읍내입니다.

처음엔 남의 가게에서 밥하고 빨래하는 일을 돕다가 타고난

---

64   사람이 많이 살고 상공업이 발달한 번잡한 지역. 도회지(都會地).

붙임성과 성실함을 인정받아 미용실 시다[65]로 들어간 지 벌써 3년여. 젊은 나이에 과부가 되어 혼자서 진선미 미장원을 꾸려 오던 진선은 선미가 무척 마음에 들었던지 순자라는 촌스러운 이름 대신 선미라는 나름 세련된 이름을 붙여주며 제 미용실에 들였습니다. 선미는 그동안 시장통에서 자신과 비슷한 또래 처녀들의 다양한 삶의 모습을 보고 들으면서 자신은 무척이나 운이 좋다는 생각을 자주 했습니다. 군인들과 면회객들이 많은 곳이다 보니 읍내 곳곳에 자리 잡은 게 다방이고 술집, 여인숙입니다. 거기서 일하는 여자들이 얼마나 피곤하고 팍팍한 삶을 살아가고 있는지 선미도 이제는 잘 알고 있습니다. 철이 좀 덜 들었을 때는 며칠에 한 번씩 미장원에 들러 머리도 하고 화장도 고치는 그런 여자들을 보며 부러워하기도 했습니다. 그렇지만 이제 선미는 자신의 처지가 그녀들과 크게 다르지 않았고 자칫하면 자기도 그런 여자들과 같은 길을 갈 수도 있었을 텐데 다행히도 거기서 비껴났다는 사실에 안도합니다. 무엇보다도 미용실에서는 어깨 너머로라도 기술을 배울 수 있다는 게 마음에 듭니다. 월급이라고 따로 정해진 것도 없고 그저 밥이나 먹고 잠자리나 얻는 처지이지만, 그리고 이따금 주인 진선이 아주 아니꼽게 굴 때는 확 때려치우고 싶은 생각이

---

65   시다바리. '보조원'을 속되게 이르는 말.

들기도 하지만, 그래도 이만하면 산골 마을에서 아웅다웅, 아등바등 배곯으며 사는 것보다는 훨씬 낫고 착실히 미래를 준비할 수 있으니 더 바랄 게 없습니다.

　문제라면 동갑내기 애인인 성길이가 선미에게도 검정고시 공부를 하라고 보채곤 한다는 점입니다. '선데이서울'에 나온 멋진 배우들과는 애초에 비교도 안 되는 보잘 것 없는 외모에, 융통성도 없고 둔하기까지 한 성길이지만, 선미가 성길을 눈여겨보고 가끔 만나기도 하는 것은 어려운 처지에도 불구하고 기필코 성공하겠다는 굳은 의지를 갖고 노력하는 성길의 태도에 희망을 걸 수 있었기 때문입니다. 그렇지만 주경야독(晝耕夜讀), 형설지공(螢雪之功)의 신화를 이룩하는 건 성길이 한 사람이면 족하지 않습니까? 책 같은 거 들여다보기 머리 아파서 일찍이 국민학교도 작파(作破)[66]한 선미인데 언제 그 공부를 다시 해서 국민학교, 중학교, 고등학교 검정고시를 본단 말입니까? 지금 하는 일을 다 때려치우고 호호백발(皜皜白髮)이 될 때까지 공부만 한다 해도 이루기 힘든 일이라는 건 선미 자신이 잘 압니다. 더구나 선미는 보통 사람들이 갖기 힘든 미용 기술을 착실히 익히고 있는데 굳이 학교를 다니고 졸업장을 타야 할 이유가 없습니다. 그런데 이따금 성길은 "야, 나중에 내가 대학

66　어떤 계획이나 일을 중도에 그만 둠.

생이 되었는데 애인은 국민학교도 못 나온 미용사라 그럼 창피스럽잖아"라든가, "내가 대학 졸업하고 돈 많이 버는 근사한 직장에 다니면 고등학교, 대학교 졸업한 여자들이 결혼하자고 졸졸 따라다닐 텐데, 너 그때 괜찮겠어?"라는 식으로 부아를 긁곤 합니다. 그럴 때면 "야, 그래봐야 너도 짱깻집 배달통 출신인 거 어디 가냐? 지 출세했다고 옛날 애인이나 조강지처(糟糠之妻) 버리는 놈 치고 끝이 좋은 놈 하나 없다더라"라고 대꾸해 주곤 하지만, 사실 속으로 좀 걱정이 되기는 합니다. 그래서 선미는 성길과 사귄 지 꽤 되었음에도 불구하고 성길에게 입술 이상을 허락하지 않습니다. 어려울 때 헌신적으로 뒷바라지 해준 애인에게 헌신짝처럼 버림받은 불행한 여자들 얘기가 '선데이서울'에 심심찮게 나오는 걸 보면, 성길이라고 해서 그러지 않는다는 보장이 없으니까요.

똑, 도도독, 똑 도도독.
창유리를 가볍게 두드리는 소리가 제법 리드미컬합니다. 선미는 문 쪽으로 다가가 커튼을 살짝 들춰봅니다. 성길입니다. 문을 열자 성길이 도둑고양이마냥 소리도 내지 않고 재빨리 안으로 들어옵니다.
"본 사람 아무도 없지?"
"그럼, 어디 한두 번이야? 내가 다 단속을 하고 다니니 걱정 붙들어 매라구."

한창 피 끓는 나이의 두 청춘 남녀는 만나자마자 말이 아닌 입술로 인사를 나눕니다. 지난번에 동네 사람들 눈을 피해 실컷 뽀뽀나 하자고 산속에 들어갔다가 괜히 무장공비 소동을 치르느라 눈물 콧물 쏙 뺀 뒤라 그런지 선미도 내숭 떨지 않고 성길의 입술을 열정적으로 받아들입니다.

그런데 바로 그때, 검은 그림자 하나가 소리도 없이 미장원 문 앞에 나타납니다. 그림자는 좌우를 살펴 주변에 사람이 없는 것을 확인하더니 좁은 커튼 틈에 눈을 가져다 대고 미장원 안을 들여다봅니다. 엉거주춤 구부린 자세라 허리가 아플 만도 하건만 한참을 꼼짝 않습니다. 목울대가 들썩이며 꿀꺽 침을 삼키는 듯하더니 발을 떼어 유리창에 좀 더 가까이 다가갑니다. 순간, 그림자가 쓰고 있던 라이방이 유리에 살짝 부딪히며 '쨍' 하는 소리가 날카롭게 납니다. 오밤중에 무슨 멋을 부린다고 검은색 안경을 쓰고 다니는 걸까요?

미장원 안 소파에서는 청춘 남녀 둘이서 부둥켜안고 열심히 상대방의 입술을 탐하고 있다가, '쨍!' 하는 소리에 화들짝 놀라 마치 시뻘겋게 달아오른 화로를 껴안고 있기라도 했다는 듯 재빨리 떨어져 앉습니다. 선미는 입을 쩍 벌린 채 다물 줄 모르고 눈은 놀란 토끼처럼 커졌습니다. 잠시 당황하던 성길은 그래도 명색이 사내랍시고 대응에 나섭니다. 재빨리 스위치를 찾아 스탠드 불부터 끄고 나서 주위를 두리번거리더니, 옆에 있는 빗자루를 집어 들고는 문 쪽으로 조심스레 다가갑니다. 쉬 문을 열지 못하고 망설입니다. 선미는 소리를 내지 않고 입만 뻐끔대며 성길을 다그칩니다. 성길은 이윽고 침을 한 번 꿀떡 삼키고 나서 문을 확 열어젖힙니다. '딸랑' 하고 방울 소리가 크게 울립니다. 괜히 빗자루를 크게 한 번 휘둘러 보지만, 문밖은 컴컴한 어둠뿐, 도둑고양이 한 마리 없이 썰렁합니다. 황야의 무법자들이 나오는 서부 영화라면 건초더미 하나 맥락 없이 굴러다닐 법한 분위기입니다. 성길은 문밖으로 두어 걸음 나가 좌우를 살펴봅니다. 건너편 약국 앞 보안등 불빛만 깜박일 뿐, 거리에 돌아다니는 사람은 눈에 띄지 않습니다. 그럴 수밖에요. 성길 자신이 거리에 아무도 없을 때를 기다렸다가 미장원에 들어온 것 아닙니까. 고개를 한 번 갸우뚱한 성길은 아무도 없는 허공에 대고 빗자루를 한 번 휘둘러보이고는 다시 안으로 들어갑니다.

"뭐야? 누가 우릴 본 거 아냐?"

선미가 겁에 잔뜩 질린 목소리로 묻습니다.

"아무것도 없어."

"너도 소리 나는 거 분명히 들었잖아? 근데 아무것도 없다니……."

"글쎄, 난들 뭔지 아나…… 박쥐 같은 것일 수도 있고."

"박쥐였단 말이야? 박쥐 봤어?"

"아니, 박쥘 본 게 아니라, 왜 낮말은 새가 듣고 밤말은 쥐가 듣는다잖아. 박쥐는 새도 되고 쥐도 되니까, 밤낮으로 댕기면서 엿듣는 건 박쥐일 거란 얘기지."

"얘가 또 뭔 헛소리래. 남은 지금 심장 떨려 죽겠구만."

딴에는 가벼운 우스갯소리로 분위기를 풀어보려고 한 말인데, 선미는 농담을 받아들일 기분이 아닌 듯합니다.

"걱정 마, 아무것도 아니라니까. 아까 우리가 뭘 하고 있었더라?"

성길은 선미를 안심시키려 손을 잡아당기며 꼬옥 안으려 합니다.

"얘가 지금 무슨 짓이야?"

선미는 야멸차게 성길의 손을 뿌리칩니다.

"누가 몰래 우리 둘을 엿보고 있을지도 모르는데, 넌 걱정도 안 되니?"

선미는 진짜로 화가 난 듯합니다.

젠장, 왜 맨날 내가 욕을 먹지?

성길은 화딱지가 납니다.

오늘도 쇼부[67] 보기는 글렀구나. 에궁.

---

67 승부(勝負)의 일본어. 물건을 사거나 어떤 일의 결판을 내기 위해 흥정을 할 때 '쇼부 본다', 혹은 '쇼부 친다'고 함.

선미에게 딱지를 맞고 별 수 없이 제 방에 돌아온 성길은 사과 궤짝을 타고 앉아 골똘히 생각에 빠져 있습니다. 로댕의 '생각하는 사람'과 흡사한 포즈입니다. 만성이 막 머리를 감은 듯 수건으로 머리를 털며 방 안으로 들어섭니다.

"형!"

"뭐야, 새끼. 놀랬잖아. 너 왜 이렇게 일찍 왔어? 깔치[68]랑 싸웠냐?"

만성은 정말로 깜짝 놀란 모양입니다.

"왜? 잘 안 대주데?"

성길이 구석에 놓인 라디오를 가져다가 궤짝 위에 올려놓더니 볼륨을 높입니다.

"그런 게 아니구, 형, 여기 좀 앉아봐."

"뭐얌마? 라디오는 왜? 갑자기 귀라도 먹었냐?"

만성은 라디오 볼륨을 줄이려 하는데, 성길이 만성의 손을 붙잡고 다른 손으로는 검지를 세워 입술에 갖다 댑니다. 눈짓으로 천장을 가리킨 후 쩡긋합니다. 이층에는 이 집주인인 장 서방의 방이 있습니다. 장 서방이 일부러 방바닥에다 귀를 대고 만성과 성길의 대화를 엿들을 리는 없지만, 집이 워낙 낡은 까닭에 가만 앉아 있어도 아래층의 소리가 들리게 마련입니다.

---

68 여자 친구를 속되게 이르는 말. 다른 말로 '까이'도 쓴다.

목소리를 낮춘 성길이 만성의 귀에 입을 가져갑니다.

"형, 누가 요새 날 미행하는 것 같애."

"뭐, 미행? 널? 누가?"

만성은 완전 어이 상실입니다.

"아 새끼 이거, 이젠 아주 갔네, 갔어. 왜? 너 땜에 남조선 인
민 해방 전선에 금이 갔다구 아바이 수령 동지께서 김신조 부
대래두 내려보냈다디?"

만성은 성길에게 꿀밤을 먹이고선 벽에 기대앉습니다.

"정신 차렴마!"

성길은 꿀밤에는 아랑곳하지 않고 다시 무릎걸음으로 만성
에게 다가갑니다.

"나야 글믄 좋지. 글케 떼거지루 몰려오믄 돈이 얼만데……
형, 근데, 그게 아니라……."

"그게 아님, 뭐?"

성길이 다시 한 번 천장 쪽을 살피더니, 자초지종을 털어놓
습니다.

"형, 접때 내가 소장수 아저씨 간첩인 줄 알고 신고할려구
한 적 있잖아?"

"그래, 헛다리 한 번 제대로 짚었지. 암튼 헛다리 인생이야."

"근데, 그게…… 내가 그 아저씨들이 아무래도 수상해서
113에 전활 할라구 가는 길에 그 방첩대원 아저씨들이 딱 나

141

타난 거거든."

"그게 뭔 말이야? 신고를 하기도 전에, 그 누구야, 응, 고춘자, 장소팔 콤비가 무대에 등장했단 말이야?"

"바로 그거야! 그거 이상하잖어? 내가 신고하러 가는 줄 어떻게 알고 그때 딱 맞춰서 나타나느냐고?"

"글쎄…… 뭔가 좀 이상하기도 한데……."

"그치?"

만성이는 요리조리 머리를 굴려봅니다. 아무리 날고 기는 방첩대라지만, 성길이 신고도 하기 전인데 어떻게 성길이의 마음을 읽고 '짠' 하고 나타난다는 말입니까? 포상금에 눈이 벌개진 성길이 전화 신고를 하기 전에 다른 사람한테 귀띔을 했을 리도 만무하구요.

"야, 그거야, 그 소장수들이 하도 인상도 더럽고 수상한 짓을 하니까, 니가 배갈 배달 가기 전부터 방첩대 사람들이 미행하고 감시했었던 건지도 모르지."

"그런가?"

"그럼, 임마! 너 대한민국 방첩대를 우습게 알믄 안 돼. 니가 전화 한 통만 하믄 맨날 쎄빠지게 달려왔다 달려가고 그러니까, 방첩대원들이 무슨 바보 멍충이 호구들인 줄 아냐? 대한민국 국군 중에서도 제일 용감하고 쌈 잘하고 또 끗발 높은 게 방첩대원들이야. 걔들 손에 함 걸리믄 간첩이고 공비고 아주 작살이 나는 거라구."

"형 얘기를 듣고 보니 그건 그럴 수도 있겠네."

성길은 고개를 끄덕입니다.

햐아, 그러고 보니 방첩대원들이 간첩을 잡기 전에 내가 먼저 잡으려면 더 치밀하게 움직여야겠군.

"그렇다니까. 햐아, 자식이 간첩 잡는 데 청춘을 바치더니 완전히 돌아버렸네, 이거."

만성은 김이 샜다는 듯 라디오를 끄고 수건을 들어 머리를 텁니다. 그러나 성길은 다시 한 번 고개를 갸우뚱합니다. 아무래도 꺼림칙한 느낌이 가시지 않습니다.

"형, 근데, 그 소장수 일은 그렇다 치고…… 그거 말고도 요새 이상한 일이 많았거든."

"또 뭐야? 이 과대망상(誇大妄想), 망상해수욕장 같은 놈아!"

"요즘 내가 배달 나가믄 자꾸 누가 따라오는 것 같애. 뒤통수가 따가워서 돌아보믄 누가 자꾸 획 돌아서서 숨고 그러는 것 같구. 그게 한두 번이 아냐."

"나 원 참, 그거 니가 요새 맨날 혼자서 스파이 영화 찍고 돌아다니느라, 착각병이 들어서 그런 거라니까!"

"그게 아냐. 오늘만 해두……."

성길은 다시 라디오를 켜서 소리를 높입니다.

"아까 내가 선미하고 둘이 미장원 소파에 앉아 있는데……."

"야, 그 얘긴 재밌겠다. 그래서 오늘은 소파에서 했어?"

"아이참, 그런 게 아니라니까…… 형은 맨날…….."

성길은 짜증을 버럭 냅니다.

"아, 그 아 새끼 증말…… 애인 있다구 유세하는 것두 아니고…….."

"암튼, 둘이 소파에 앉아 있는데 갑자기 밖에서 소리가 나는 거야. 미장원 문이 유리로 돼 있잖아. 거기 뭐가 부딪치는 소리가 '쨍' 하고 났어."

"니가 뿅 가서 헛소리를 들은 건 아니구?"

"그런 거 아니라니까, 자꾸. 나만 들은 게 아니구 선미도 똑똑히 들었단 말야."

"그래서, 뭔지 알아냈어?"

"그게…… 얼른 문을 열고 봤는데, 밖엔 아무것도 없드라구."

"야, 그거야, 뭐 지나가던 박쥐가 부딪친 것일 수도 있고, 니 같은 놈도 애인 두고 사는 게 눈꼴셔서 누가 돌멩이를 던진 것일 수도 있는 거지. 그걸 갖구 미행이니 뭐니 난리를 피우는 거야, 지금?"

"근데 그게, 내가 선미한테는 말 안 했는데…… 유리창 부딪치는 소리가 나기 전에 문밖에서 사람 숨소리 같은 게 났다구. 선미는 못 들었나 봐."

"숨소리?"

"거 왜 있잖아? 헉헉대는 것까지는 아니지만 괜히 숨이 가빠지는 거……."

"그럼 그 소리가 날 때 얼른 뛰어나가 때려잡지 그랬어?"

"그게…… 그때는 진도 나가느라 그냥 모른 체했지."

"으이그, 어린 눔의 새끼가 아주 밝히기도 무지 밝혀요."

만성은 한 손으로 성길의 코를 쥐고 흔듭니다.

"젊다고 몸뚱이 함부로 놀리다간 뼈 삭는다, 이눔아!"

"아이참, 형은. 그런 게 아니라니까."

"그런 게 아니믄, 어떤 거냐? 응? 말해봐? 어떤 거야?"

"암튼, 쩽 소리가 나서 나가보니까 골목엔 아무것도 안 보였는데, 뭔가 숨어서 날 보는 것 같았다구. 배달 다니다가 뒤통수가 시려서 돌아볼 때랑 상황이 비슷해."

"그래서, 그 뭔가가 널 미행하는 거다, 이거야?"

"응, 아무래두 수상해."

"야, 니 눈에 수상하지 않은 사람이 어딨냐? 부대 면회소 가는 길만 물어봐도 수상하지, 담배 새로 나온 거 몰라도 수상하지, 대낮에 여관방에서 배갈만 시켜도 간첩, 말하다가 '조선' 어쩌구만 해도 공비. 읍내 오가는 사람 둘 중 하나는 간첩이라고 신고해 대는 녀석이……."

"글쎄, 이건 좀 다르다니까…… 정말로 수상하다구."

"그래, 니 말대로 누가 널 미행한다고 치자. 대체 누가 뭣 땜에 너 같은 눔을 미행하겠냐? 응? 상식적으루다가 함 생각을 해봐. 촌구석 짱깻집 배달하는 새끼를 뭐 빨라구 졸졸 뒤꽁무니 쫓아댕기겠냐구?"

"그게, 안 그래두 내가 곰곰이 생각해 봤는데……."

만성이 아무리 핀잔을 주고 타박해도 성길은 진지합니다.

"이 동네 주변에 군부대가 엄청 많잖아."

"당연하지, 삼팔선이 코앞인데."

"만약에 간첩이 북에서 내려와서 군사 정보를 수집하러 댕긴다믄, 이 동네 안 올 리가 없잖아. 아니, 이 동네부터 먼저 와얄 거 아냐?"

"그래서 이 동네에 방첩대며 5분 대기조가 눈에 불을 켜고 간첩 잡으러 댕기는 거 아니냐? 니가 전화 한 통 하믄 니 짬뽕 배달 가는 속도보다 더 빠르게 재깍 튀어오고."

"근데, 내가 113에 간첩 신고하기 시작한 뒤로, 이 동네서 간첩 잡혔다는 소리 들은 적 있어?"

만성은, 이건 또 뭔 소린가, 싶어 눈만 끔뻑댑니다.

"조금이라도 거동이 수상한 사람은 내가 죄다 신고해서 잡혀가니까, 아예 간첩들이 이 동네엔 얼씬도 못 하는 거라구."

"이 동네 나타났다가는 간첩질을 해보기도 전에 니 눈에 걸려서 잡혀갈까 봐 아예 안 나타난다 이거야?"

"바로 그거야!"

146

"야, 니 말대루라믄, 너야말로 멍충이 삽질하는 거 아니냐? 간첩 잡아서 그 포상금으로 팔자 뜯어고치겠다는 눔이, 지 손으로 간첩들을 죄다 내쫓고 있는 셈이잖아?"

이번엔 성길이 눈을 끔뻑댑니다.

"그런가?"

"그래 이 바보야. 너 천렵도 안 해봤냐? 물고기가 있으믄 살살 그물로 몰아서 한 번에 확 잡아 올려야지, 여기 고기 있다, 저기 고기 있다, 소리 치고 댕기믄서 난리법석을 피우믄 그 고기들이 다 도망가고 말지, 니 손에 잡히겠어?"

듣고 보니 그도 그럴 법한 얘기입니다. 성길은 갑자기 혼란에 빠졌습니다. 그렇다고 눈에 뻔히 보이는 수상한 작자들을 신고하지 않고 내버려둘 수는 없는 노릇입니다.

"암튼, 내 얘기는…… 그러니까, 여기서 간첩질은 해야 되겠고, 나 땜에 간첩질 하기가 힘들어져서, 저눔들이 나를 감시하느라 뒤따라 댕기는 게 아닌가 하는 거야."

"어이구, 고, 성, 길씨, 정말 대단하십니다. 그러니까, 성길이 니가 고도로 훈련받은 북괴 특수부대를 독고다이[69]로 주물럭거리고 있다는 말이냐? 너 땜에 남조선 해방 전선에 금이 많이

---

69 일본어로 '특공대'에서 나온 말이지만, 조직이나 단체에 속하지 않고 혼자 행동하는 것을 뜻함.

갔겠네?"

"이 동네 간첩이 못 들어오고 있는 건 사실이잖아?"

"어이구 이 화상아, 그래서 모름지기 남자는 불알에 힘들어가기 시작하면 군대부터 재깍 갔다 와야 되는 거야. 가서 정규전이 뭐고 특수전이 뭔지 배우고, 총 쏘는 거, 칼 쓰는 거, 지대로 훈련받아야 돼. 야, 너 북괴 특수부대 아이들이 어떤 놈들인지 알기나 하냐? 그놈들이 니가 방해물이라고 생각했으믄 넌 벌써 독침을 맞아도 수십 번은 맞았어, 임마. 구라를 풀어두 앞뒤가 어느 정도 맞는 소리를 해야지. 꼭 훈련소 근처에도 못 가본 것들이 어디서 이상한 만화책이나 보고 와서 헛소리라니까."

사실 만성이도 군대 운운할 처지는 못 되지만 일단 큰소리부터 뻥뻥 치고봅니다. 성길도 어차피 군대를 모르긴 마찬가지, 반박할 근거가 없으니까요.

"아이 참! 제발 딴소리 좀 하지 말고, 진지하게 들어줘. 난 아주 심각하다니까!"

성길이 참다 못 해 소리를 빽 지릅니다.

"하, 그 새끼, 성깔하고는 아주. 그래, 니 하고 싶은 얘기가 뭐냐, 대체?"

"나 미행하는 그 간첩 잡는 걸 형이 좀 도와줘."

"아니, 수상하믄 입때껏 하든 대로 113에 신고하믄 되지, 니

148

가 잡긴 뭘 잡어, 군대도 못 가본 놈이?"

"아직 누군지도 모르는데 신고해 봤자 내 말을 믿겠어? 형
도 안 믿어주잖아. 괜히 타박이나 듣구 꿀밤이나 얻어맞지. 이
번엔 내가 아예 덫을 치고 기다리고 있을 테니까, 그놈이 나를
미행하느라 정신 팔고 있을 때 형이 뒤에서 확 덮치라구. 형은
군대서 훈련도 받았으니까 그깟 간첩 하나 때려잡는 건 일두
아닐 거 아냐?"

"뭐, 그야 그렇지만…… 그래두 신고하는 게 낫지 않을까?
현역들 할 일을 남겨줘야지. 야, 걔들 간첩 잡으믄 포상 휴가
도 가구 특진도 되구 그런다, 너."

만성이 꼬리를 내립니다.

"우리도 간첩 잡으믄 포상금 받을 수 있잖아. 형하고 나하
고 합동 작전으로 잡으믄, 내가 포상금 나눠줄게."

"포상금?"

성길에게 미행 같은 게 붙을 턱이 있느냐, 북괴 특수부대가
미쳤다고 성길을 쫓아다니겠느냐, 말도 안 되는 소리라고 무
시하던 만성은 어느새 성길의 꼬임에 넘어가고 말았습니다.

"그럼, 칠대 삼이다. 나 칠, 너 삼."

"무슨 소리야? 형 따라다니는 간첩이 아니구 나 미행하는 놈
인데, 내 몫이 더 커야지. 글구 형은 애초에 간첩 잡는 일엔 관
심도 없었잖아."

"햐아, 이 의리라고는 좆도 없는 줄은 진즉에 알았지만, 아주 싸가지도 없는 놈 보소. 얌마, 니가 하는 일이 뭐야? 넌 그냥 가만히 앉아서 미끼 노릇 하겠다는 거 아냐? 실지로 목숨 내걸고 간첩이랑 격투를 벌여서 때려잡는 건 누구야, 엉? 세상 이치루다가 가만히 따져보믄, 누가 돈을 더 많이 받아야겠냐? 군대 일도 아까운 판에 그래도 한솥밥 먹은 정으루다가 배려해 주는 건 모르고, 배때기에 욕심만 가득찬 새끼."

만성은 이미 간첩 때려잡는 일이 마무리되기라도 한 것처럼 큰소리를 쳐댑니다. '격투' 운운하는 바람에 성길도 약간 위축이 됩니다.

"그럼, 공평하게 오대 오로 해. 그 이상은 안 돼. 나는 선미하고 또 나눠야 될지도 모른단 말야."

"그래, 니 꼴리는 대로 하세요, 이 노랭이 자린고비 간고등어 같은 새끼야."

"그럼, 그렇게 하기로 한 거야. 나중에 딴소리 하믄 안 돼."

"너나 일 똑바로 해, 임마. 그물 허술하게 쳤다가 고기 다 놓치지 말구."

"그건 걱정 마, 다 생각해 둔 게 있으니까. 형이야말로 단단히 준비하고 있다가 내가 부르믄 재깍 오라구."

성길은 생긋 웃습니다. 반공정신이라고는 찾아볼 수도 없고, 그저 도박 한 판으로 인생 역전할 꿈이나 꾸는 만성에게 포상금을 반이나 떼어줘야 한다니 속이 좀 쓰리긴 하지만, 그래도 한 푼도 못 받는 것보다는 낫습니다. 간첩이야, 뭐, 또 잡으면 되니까요. 남한 땅에 널린 게 북괴 간첩 아닙니까?

8화

공공칠 두 번 산다

아직 이른 아침입니다. 지난밤에도 진선미 미장원 원장 진선은 '나이롱뽕'을 하러 나간 모양, 성길은 애인 선미와 오붓한 시간을 보내고 나서 서둘러 소림반점으로 돌아가는 길입니다. 괜히 열적은 마음에 사람들 눈을 피해 발길을 재촉하는 참인데, 어디선가 '성길아!' 부르는 소리가 들립니다. 성길이 멈춰 서서 두리번거리노라니,

"야, 성길이. 어딜 보냐? 여기다, 여기 우에 봐라."

하는 소리가 들립니다. 시키는 대로 고개를 들어보니, 나까마[70] 오 씨가 거리가 내려다보이는 여관집 2층 창문에 팔을 괴고 내려다보고 있습니다.

---

70   재고나 덤핑 물품을 대량 구매해서 넘기는 상인을 속칭하는 은어.

"어? 아저씨. 벌써 일어나셨어요?"

"벌써는 뭐가 벌써냐? 지금이 몇 신데."

오 씨는 시간을 보라는 듯 팔목에 찬 시계를 내밉니다.

"넌 이렇게 일찍 뭔 일이냐? 아직 느네 가게 문 열려면 멀었구만."

"헤헤, 그냥 일이 있어서요. 아저씨, 근데, 진지는요?"

"아침? 아직 식전이지. 가만 있자, 너두 아직이지? 거기 쫌만 기다려, 내 금방 겉옷만 걸치구 내려갈 테니, 어디 가서 해장국이나 먹자."

"아저씨…… 그게 아니구……."

성길이 뭐라고 대답도 하기 전에 오 씨의 얼굴이 창문 안으로 사라집니다.

"나 참, 늦게 들어가믄 또 만성이 형이 놀려먹을 텐데……."

나까마 오 씨가 그렇게 재빠른 줄 몰랐습니다. 성길의 투덜거림이 채 끝나기도 전에 거리에 모습을 드러내더니 성길의 어깨를 툭 칩니다.

"가자, 아저씨가 한턱 거하게 내마."

이 동네에 사실 '거하게' 낼 만한 식당이라는 게 눈 씻고 찾아봐도 없습니다. 더구나 아침거리가 거해봐야 얼마나 거하겠습니까. 그냥 생색이나 내는 거지. 둘은 결국, 간밤 늦게까지 술독에 빠졌던 사람들이나 아침 일찍 집에서 밥도 못 얻어먹고 나온 사람들을 주 고객으로 하는 시장통 해장국집에 들어갑니다.

성길은 배가 고팠는지 말도 없이 허겁지겁 숟가락질하기에 바쁘고, 오 씨는 해장술부터 한 잔 데워달라고 한 뒤 국물만 홀짝홀짝 떠 마시다 말다 합니다.

"천천히 먹어라, 이놈아. 엎히겠다. 누가 뺏어 먹냐?"

타박을 놓는 듯하지만, 밥 먹는 성길의 모습을 바라보는 오 씨의 표정에는 야릇한 만족감이 배어 있습니다.

"한 그릇 더 시켜줄까?"

"아아뇨, 됐어요. 맨날 중국 음식만 먹다가 오랜만에 얼큰한 거 먹으니까 좋아서요. 근데 아저씬 왜 밥을 안 드시고 술만 드세요? 그러다 병이라도 나시면 어떡해요?"

오 씨는 숟가락을 내려놓고 자기 밥그릇을 성길에게 밀어줍니다.

"허허, 나야 뭐, 술이 밥이고 끼니지……. 이거 국물만 깨끗이 먹은 건데 마저 먹으렴."

성길은 사양하지 않고 오 씨의 해장국을 제 앞으로 당깁니다. 흔한 말로 돌도 씹어 삼킨다는 나이인데, 해장국 두 그릇쯤은 과식하는 것도 아니지요.

성길은 만족스럽게 배를 채웁니다. 맞은편에 앉아 성길의 밥 먹는 모습을 지켜보던 오 씨는 자상한 아빠 미소를 짓고 있습

니다. 성길은 살짝 겸연쩍어져서 저도 모르게 씩 웃습니다. 오
씨가 은근한 어투로 본론을 꺼냅니다.

"성길아, 너 말이다. 심부름 하나 해줄래?"

"심부름요? 뭔데요?"

"크게 힘든 일은 아니고…… 내가 믿을 만한 사람이라야 부
탁할 수 있는 일이라서."

"제가 할 수 있는 일이라믄 해야지요. 말씀하세요."

"너, 저기 부대 앞에 있는 샘터 싸롱이라구 알지?"

"알죠, 왜 몰라요? 거기 누나들이 얼마나 자주 시켜 먹는데
요."

"그래? 그렇겠구나…… 실은 오늘 내가 거기서 초저녁에 누
굴 만나기로 했는데, 갑자기 어딜 급히 갈 일이 생겨서 말이야.
아무래도 일 마치고 돌아오면 좀 늦을 것 같아."

오 씨는 옆 자리에 놓아두었던 가방을 탁자에 올려놓습니다.

"저녁에 샘터 싸롱에 가면, 김 하사라고 널 기다리고 있을 거
야. 다른 사람들하고 같이 있을 텐데, 누가 김 하사냐고 묻지
는 말고. 너 하사 계급장 어떻게 생겼는지 알지?"

"그럼요, 제가 이 동네 살면서 그동안 본 군인들만 해도 몇
명인데요? 이 동네 애들은 지 이름자 쓰는 것보다 군인 계급장
알아보는 게 먼저라는 거 모르세요?"

"그래, 어련히 잘 알아서 하겠니. 다시 말하지만, 절대로 김

하사가 누군지 묻지는 말고, 알아보더라도 아는 체 하지 말고, 그냥 김 하사가 하는 대로 너는 모르는 체하고 따르기만 하면 돼."

"네? 무슨 일인데요?"

"이 가방에 든 물건들을 다른 사람 모르게 김 하사 발밑에 슬쩍 갖다 놓으면, 김 하사가 그걸 집어 가고 대신 다른 물건을 넣어줄 거야. 넌 그냥 가방을 김 하사 발밑에 두었다가 다시 집어 들고 나오기만 하면 돼. 절대 어려운 일 아냐."

"무슨 물건인지 여쭤봐도 돼요? 혹시……."

"에이, 그런 거 아냐, 임마. 설마하니 내가 아들 같은 너한테 나쁜 짓을 시키기야 하겠냐? 부대 물건 빼돌리고 그런 짓은 정말 국가도 민족도 팽개친 매국노들이나 하는 짓이지."

오 씨가 갑자기 열을 올려서 나쁜 짓하는 놈들을 비난하니 성길이는 계속 따져 물을 수가 없습니다.

"그냥, 김 하사가 다른 사람들한테 부담 안 주고 한턱 크게 내려고 제 물건을 나한테 넘기기루 했는데, 혹시라도 동료들이 알면 말리고 나설까봐 이렇게 몰래 하기로 한 거야. 절대루 이상한 짓 하는 거 아냐."

"아항, 그러니까, 한턱 크게 내기로 하기는 했는데 돈 가진 게 없어서 자기 물건을 아저씨한테 팔아서 술값을 내려구 하는 거네요. 다른 사람들은 모르게."

"그렇지. 캬아, 넌 나이도 어린 애가 어쩜 그렇게 머리가 좋니? 척 하면 삼천리구나. 넌 틀림없이 검정고시도 붙고 대학도 제깍 합격할 거야."

"헤헤, 뭘요. 무슨 말씀인지 알았어요. 제가 잘 알아서 할게요."

성길은 기분이 좋아졌습니다. 아침부터 뜬금없이 해장국을 사 주겠다고 해서 조금 미안한 마음이 있었는데, 밥값을 충분히 할 수 있게 되었습니다.

"참, 근데, 아저씨, 문제가 하나 있어요."

"뭐냐?"

"제가 무슨 수로 샘터 싸롱에 들어가죠? 그냥 일없이 들어가면 아무래도 다른 사람들이 수상하게 생각할 거 아녜요?"

"그건 걱정 마라. 다 계획을 세워놓았지."

오 씨는 '넌 아직 머리가 거기까지는 안 돌아가는 모양이로구나' 하는 표정으로 껄껄 웃습니다.

"저녁에 샘터 싸롱에서 너네 중국집으로 짱깨 배달을 시킬 거야. 주문이 오면, 너네 집에서 배달 갈 사람이 너밖에 또 누가 있니? 그리고 중국집에 음식 배달시켰는데, 중국집 배달원이 오는 건 지극히 자연스러운 일 아냐?"

"와, 과연!"

성길은 절로 감탄이 나옵니다.

역시 사람은 머리를 쓰고 살아야 돼. 맞아, 그렇게 하면 간단한 것을.

"어때? 잘 할 수 있겠지?"

"그럼요, 걱정 마세요. 제가 누군데요, 헤헤."

성길은 괜히 으쓱해집니다. 요즘 하도 간첩과 스파이에 관련된 글들을 많이 읽고 그에 관한 생각을 많이 해서 그런지, 왠지 자신이 비밀 작전을 수행하는 비밀 요원이라도 된 듯한 착각이 듭니다.

"아저씨, 근데 이거 암것도 아닌 줄 아는데, 왠지 가슴이 두근두근 뛰어요."

"원래 남들 모르는 비밀을 갖는 것처럼 가슴 설레는 일이 없는 법이란다. 이 일은 다른 사람한테 절대 말하믄 안 된다. 너네 주방장이나 미용실 그 처녀한테도 말하믄 안 돼."

"헤헤, 걱정 마세요. 세상에서 아저씨하고 저만 아는 일인 걸요. 스파이의 맹세!"

성길은 새끼손가락을 들어 보입니다.

"야, 새끼손가락 맹세는 니 애인하고나 하는 거지."

"그런가요, 헤헤."

"그 뭐야, 너, 공공칠이라고 들어봤지?"

"들어는 봤는데, 영활 본 적은 없어요."

"그래, 나중에 춘천에 영화 들어오믄 내가 용돈 줄 테니 가서 보렴. 지금부터 우리끼리 암호로 이 작전은 공공칠 작전이다. 공공칠 두 번 산다.[71]"

"공공칠 두 번 산다! 멋져요. 그럼 제가 비밀 스파인 거죠?"

"그럼, 너야말로 간첩 전문가 아니냐? 적을 알고 나를 알믄 백전백승 한댔고, 너는 간첩들 수상한 짓 찾아내는 데 도가 텄으니까, 반대로 남들 눈을 피하는 일도 잘 할 게다."

"그럼요. 어떡하면 남들 눈에 띄고 의심받는지 제가 훤히 알지요."

성길은 다시 한 번 우쭐한 마음이 듭니다. 만성이 형이나 장 서방은 맨날 미친 짓 좀 그만하라고 나무라는데, 오 씨 아저씨는 이렇듯 성길이 하는 일을 칭찬하고 격려해 주니 기분이 여간 좋은 게 아닙니다.

"아저씨, 근데 정말……."

"응, 또 왜?"

"아저씨 말대루, 저 간첩 잡는 거 그만 두고 아예 스파이로 나설까요? 그런 거라믄 정말 잘할 자신 있는데……."

오 씨는 좀 어이없다는 표정입니다. 빈 술 도꾸리[72]를 잔에

---

71 원제 「You only Live Twice」. 이안 플레밍 원작의 007시리즈 다섯 번째 영화로 1967년에 제작되었다. 주인공 제임스 본드 역은 숀 코네리(Sean Connery)가 맡았고, 루이스 길버트(Lewis Gilbert)가 연출하였다.

72 입구가 잘록한 술병(德利)을 뜻하는 일본어.

탈탈 털어보더니 한 마디 합니다.

"머, 그건 니 알아서 할 일이다만, 우선 오늘 저녁 공공칠 작전부텀 제대로 해보자."

이 덜떨어진 녀석을 믿고 일을 맡겨도 괜찮을라나?

오 씨는 문득 걱정이 듭니다.

에효, 해장술이지만 한 도꾸리 더 해야 쓰겄다.

아직 초저녁입니다. 아무리 산골이라지만 여름 해가 제법 긴 탓에 거리에 어둠이 깔리려면 아직 시간이 좀 남았습니다. 술을 마시기 시작하기엔 좀 이른 시각이라는 얘기지요. 뭐, 오 씨처럼 아침 식전부터 술독에 빠져 사는 사람들도 있기는 합니다만.

부대 정문에서 곧장 큰 길로 가다가 골목길로 꺾어 들어가는 길목에 '샘터 싸롱'과 '통일 세탁소' 간판이 나란히 붙어 있는 함석 지붕집이 보입니다. 세탁소 유리문에는 붉은 페인트 글씨로 명찰, 계급장, 마크, 각종 기념패 등의 글자가 어지럽게 쓰여 있습니다. 특이한 것은 '방 이씀'이라고 쓰인 나무 팻말이 세로로 걸려 있는 점입니다. 무허가 여인숙도 겸하고 있는 것이지요.

이 세탁소와 살롱의 주인은 복 상사입니다. 물론 현역은 아닙니다. 전역 후 전에 근무하던 부대 앞을 떠나지 못하고, 그

앞에 차린 게 세탁소와 살롱입니다. 전에는 부대에서 나오는 짬밥으로 돼지도 키웠는데 전역 후 몇 년이 지나자 전관예우 유통기한이 끝나 지금은 빈 돼지우리만 남아 있습니다.

세탁소 불을 끄고 나온 복 상사는 정성들여 빈지문[73]을 하나씩 끼우고 자물쇠를 채웁니다. 문고리까지 한번 흔들어서 문단속이 잘 된 걸 확인한 다음에야, 절룩거리며 바로 옆에 있는 '샘터 싸롱'으로 들어갑니다.

'샘터 싸롱'은 옛날 한국 영화에서 흔히 보던 시골 술집 풍경 그대로입니다. 나일론으로 된 칸막이에는 담배 구멍이 숭숭 뚫려 있고, 진달래와 장미 덩굴(물론 조화)이 얼기설기 걸려 있는가 하면, 침침한 정육점 불빛에 반쯤 벌거벗은 여자들의 사진이 담긴 조악한 포스터하며 생전 세탁 같은 건 해본 적도 없는 듯 낡은 소파와 테이블 깊숙한 곳까지 배어 있는 시큼한 술 냄새 등등. 그래도 '싸롱'이라는 명칭을 간판에 내건, 이 동네에선 제법 비싼 술을 파는 축에 속하는 집이지만, 평소 술과 여자에 굶주린 군인들 아니라면 발을 들여놓았다가도 지레 뒷걸음질을 칠 만한 곳입니다.

군복 차림에 하사관 계급장을 단 사람 네 명이 술을 마시고

---

73 한 짝씩 끼웠다 떼었다 하게 만든 문. 흔히 비바람을 막기 위하여 빈지문을 덧댄다.

있습니다. 도라지 위스키[74] 한 병과 피엑스 딱지가 붙은 맥주병 서넛, 부실한 마른안주가 담긴 접시가 탁자에 놓여 있고, 누가 봐도 술집 접대부임이 분명한 아가씨 두 명이 네 사람 사이에 끼어 있습니다.

복 상사가 문을 열고 들어서자 하사관들과 아가씨들이 자세를 가다듬는 시늉을 합니다.

"당백! 안녕하심까, 주임상사님?"

중사 계급장 하나가 자리에서 일어난 듯 만 듯 엉거주춤한 자세로 거수경례를 합니다.

"어이, 관 둬. 군복 벗은 지가 언젠데 아직두 무슨……."

복 상사는 손사래를 치며 의자를 끌어다 옆에 앉습니다.

"근데, 자네들 초저녁부터 무슨 일이야?"

"저, 김 하사가 월남 간다 그래서 쫑파티 하러 왔슴다."

"먼 소리야? 갔다 온 지 얼마나 됐다구 벌써 2차 파병을 지원해?"

"그건 아니구요, 전역 명령이 떨어졌슴다."

"뭐, 전역?"

복 상사는 뭐가 뭔지 통 알 수 없다는 얼굴입니다. 김 하사

---

74 1956년부터 1976년까지 생산되었던 국산 위스키. 위스키라고 했지만 실은 소주에 위스키 향을 첨가한 짝퉁 양주였다.

가 나서서 설명합니다.

"어차피 옛날에 사고 친 거 땜에 갈매기 하나 더 달기두 날 샜구, 아, 왕년에 장글을 누비며 뻬트콩 때려잡던 역전의 용사한테 맨날 취사반장이나 돌리구, 이게 뭡니까? 참, 군대 더러워서……."

김 하사는 오징어를 야무지게 질겅 씹습니다. 누군지 아주 아니꼬운 얼굴 하나를 떠올리는 모양입니다.

"허긴, 동기들은 낼 모레면 상사 달 판인데……."

복 상사가 사정을 알 만하다는 표정으로 고개를 끄덕입니다. 사고뭉치 김 하사 탓에 현역 시절 복 상사도 곤욕을 여러 차례 치렀습니다. 알아듣게 타일러도 보고 복날 개 패듯 쪼인트를 까보기도 했지만, 타고난 성질 더러운 건 영 고쳐지지 않나봅니다.

"그래서 이참에 아예 군복 벗고 친척 형님 따라 월남에 고속도로 놓으러 가기루 했습니다. 일하면서 싸우고 싸우며 건설하자! 딱 그거 아닙니까?"

"뭐, 쌈박질이나 하던 놈이 건설은 무슨…… 너 뭐 기술이라두 있냐?"

"에휴, 선임하사님도…… 장글에서도 살아남은 놈이 뭔들 못 하겠습니까? 월남 바닥 다 이 손 안에 있습죠."

김 하사가 오른손을 펴보이며 큰소리를 칩니다.

"아무튼, 그래서 오늘 동기들한테 마지막으로 찐하게 한턱 낼라구 왔슴다. 동기 몇 됩니까? 오늘 헤어지면 언제 어디서 다시 만날지 모르는 게 우리들 인생인데……."

그 녀석, 말끝에 이상한 개똥철학을 덧붙이는 바람에 술자리 분위기 괜히 이상해집니다.

"선임하사님, 이런 거 말구 쪼니워카 같은 거 없습니까? 이거 원 월남에서 다들 입맛만 버려 와 갖구, 삐루[75]나 국산 위스키 갖구는 여엉……."

"왜 없어? 그, 있기야 있지만……."

복 상사는 잠시 망설입니다. 그래도 옛날에 수하에 데리고 있던 녀석이 제대하고 월남 간다는데 술 한 병쯤 안 내놓으면 좀팽이 소리 듣기 십상이고, 그렇다고 조니워커를 덜컥 내놓자니 가뜩이나 장사도 안 되는 마당에 너무 손해가 클 테고…… 이놈들이 눈치껏 맥주라도 잔뜩 시켜 먹어준다면 모르지만, 하사관 월급봉투라면 십 원짜리 한 장까지 훤히 아는 마당에 그건 기대할 수 없고…… 피차 아는 사이라고 괜히 외상이라도 긋고 넘겼다가 나중에 월남으로 내뺀 놈 핑계 대고 서로 미루면 달리 받아낼 방도도 없고…… 속으로 통박 굴리느라 머리가 아픕니다.

---

75   영어 Beer(맥주)의 일본식 발음.

"아이구, 선임하사님. 염려 마십쇼."

복 상사의 속내를 눈치라도 챈 듯 김 하사가 왼팔을 들어 손목시계를 코앞에 들이밉니다.

"아무렴, 내가 하늘 같은 우리 선임하사님한테 술값 떵기구 토낄까 봐서요?"

복 상사는 엉겁결에 김 하사가 내민 손목을 잡고 시계를 살펴봅니다. 롤렉스 금딱지가 선명하게 빛납니다. 월남 나갔다가 다리 하나 잃고 갑작스레 귀국선을 타지만 않았으면 복 상사도 롤렉스 여러 개 챙겨왔을 겁니다.

"이거믄 되죠? 먼젓번에 나까마 오 씨가 두 장 준대두 안 넘긴 겁니다. 그때 오 씨 아저씨 쫄르는 거 보셨잖아요? 서울 갖구 가면 곱절 장사는 할 요량이니 그렇게 안달한 거 아닙니까? 나중에 노인네 송아지나 한 마리 사 드리려구 오 씨 아저씨 청도 물리치고 짱박아 놨던 건데…… 오늘 이 자리에서 그냥 화끈하게 마시구 풀겠슴다. 그거믄 너끈하죠? 저번에 쌍빼기[76] 근 거랑 오늘 술값, 여기 애들 야간 전투 수당까지 몽땅 다 해서요."

'야간 전투'라는 말에 복 상사는 군인들 사이에 앉은 아가씨들 얼굴을 한 번씩 봅니다. 전투 요원들 치고는 오합지졸(烏合

---

76 '외상'의 남도 사투리. 진주 지역에서는 '에상배이'라고도 함.

之卒)입니다. 얘들 수당이야 빤한 것, 롤렉스 콤비라면 절대 손
해 보는 전투가 아닙니다.

"그렇긴 하지만…… 그래두 그렇게 애지중지 애끼던
걸……."

그래도 어른 체면이 있지. '얼씨구나' 하고 덥석 받아들 수는
없는 일입니다. 못 이기는 척 은근히 받아줘야 체면도 세우고
속셈도 차리지요.

"아, 저야, 이제 비행기 타구 나가믄 그까짓 롤렉스가 문제겠
습니까? 이번에 들어올 때는 먼저 귀국박스 채워본 경험두 있
겠다, 아예 홍콩에 들러서 한밑천 크게 챙겨 올 겁니다. 후딱
술이나 내주십시오."

김 하사가 실속 없이 큰소리만 떵떵 치는 것은 어제오늘 본
일이 아니건만, 복 상사는 이미 롤렉스 시계에 마음이 팔려 사
리분별(事理分別)을 잘 못합니다. 김 하사는 약간 맹해진 복 상
사 쪽으로 얼굴을 들이밀더니 낮은 목소리로 속삭입니다.

"아, 글구, 애들 밥 안 먹었으니까 찐안주[77]루다 탕수육 같은
거 추진해 주시구요. 소림반점에다가."

"안주? 어, 그러지 뭐……."

얼결에 대답은 그렇게 했지만 술집에 와서 굳이 중국집에 안

---

77 진안주. 물기가 있거나 물을 넣어 만든 안주.

주를 시키는 건 또 뭔가 싶어 썩 개운하지는 않습니다.

"꼭 소림반점에다 주문하셔야 돼요. 통일반점 말고. 거긴 탕
수육이 뻣뻣하기만 하고 촉촉한 맛이 없어서 영……."

"알았네. 걱정 마."

전화 주문을 하고 술병을 챙기러 주방 쪽으로 걸어 들어가
는 복 상사 등에 대고 김 하사가 호기롭게 외칩니다.

"다마내기랑 다꽝 좀 넉넉하게 보내라 그래주십쇼."

잠시 후, 복 상사가 조니워커 레드 두 병과 카멜 담배 한 보
루를 들고 나와 탁자에 놓습니다.

"어, 아무래두 맘에 걸려서 탕수육하고 꾼만두랑 딴 것두 좀
시켰네. 그게 어디 보통 시켼가? 꽁까이[78]들이랑 붕붕 한 번 안
하고 일 년 꼬박 생명 수당 모아서 사 가주 온 거 내가 다 아
는데. 천천히들 들어, 난 아예 들어갈 테니. 괜히 내 눈치 안 보
고 자네들끼리 회포 푸는 게 더 편하지? 안에 방들은 다 비어
있으니 알아서들 찾아 들어가 꿀리라구."

선배다운 인자한 표정과 어투로 김 하사들에게 말하고 나
서, 이번에는 아가씨 둘에게 당부합니다.

"늬들 오늘은 매상일랑 아예 신경 끄고 확실히들 모셔라. 이
따가 중국집에서 왔다 가고 나면 아예 간판불도 꺼버리구. 알

---

78   베트남 처녀.

았지?"

"넵! 신경 끄고 스위치 끄고 확실히들 모시겠습니다."

아가씨 둘은 합창이라도 하듯 장난스럽게 대답하며 경례까지 올려붙입니다. 복 상사가 안채로 들어가고 나자 술잔들이 더 바쁘게 움직입니다.

술잔이 몇 순배나 더 돌아서 자린고비 복 상사가 내놓은 조니워커 한 병이 바닥을 보일 무렵, 샘터 싸롱 바깥 골목에서는 성길이 배달통에 걸터앉은 채 생각에 잠겨 있습니다. 이윽고 뭔가 결심한 듯 무릎에 놓아둔 가방을 조심스레 열어봅니다. 가방 안에는 외제 시계와 카메라, 소형 트랜지스터 라디오 등이 담겨 있습니다. 물건을 확인하고 나서 누가 볼세라 얼른 가방을 닫고 다시 생각에 잠깁니다.

지금 성길은 중국집 배달원으로 위장하고 있지만 실제론 비밀 작전을 수행중인 비밀 요원입니다. 작전명 공공칠 두 번 산다!

그런데, 아침에 오 씨 아저씨 얘기를 들을 때는 앞뒤 아귀가 딱딱 들어맞는 것 같았는데, 막상 물건을 들여다보고 있으니 뭔가 께름칙합니다. 그러나 성길은 세차게 고개를 흔들더니 벌떡 일어나 가방을 배달통에 넣고 샘터 싸롱을 향해 발길을 옮깁니다.

출입문을 열고 들어서자 퀴퀴한 곰팡이 냄새가 싸구려 분

냄새와 섞여 코를 확 찌릅니다. 사람은 많지 않은 듯한데 다들 한꺼번에 떠들어대는지 왁자지껄 소란스럽기가 오일장 열린 읍내 장터 같습니다. 그 소란스러운 틈에서도 성길의 눈은 재빨리 하사 계급장을 단 군인을 찾습니다.

"저, 음식 왔는데요."

"엇쭈, 이게 누구야? 우리의 반공 소년. 그 이름도 거룩한 고생길 아냐?"

"아휴, 술이 확 깨네. 저 씹새 땜에 5분 대기조 조장할 때마다 얼마나 좆뺑이 쳤는지."

"야, 말두 마라. 난 젭때 휴가 가서 가까스로 꼬신 까이가 면회 왔는데, 하필이면 저 새끼한테 우리 부대 어디냐구 물어봤다가 간첩으로 신고당하는 바람에 말짱 도루묵 됐다구. 에유, 저 웬수, 양치기 배달 소년 새끼!"

술자리에 앉아 있던 하사관들이 저마다 한 마디씩 불평을 토로합니다. 아닌 게 아니라, 다들 성길의 신고로 비상 출동에 나섰다가 허탕 친 적이 한두 번이 아닙니다. 공공의 적은, 적어도 이 동네에선 간첩이 아니라 성길인 듯합니다.

성길은 핀잔을 얻어들으며 묵묵히 음식을 내어놓습니다. 복상사가 제법 음식을 많이 시킨 모양입니다. 작은 배달통에서 그럴 듯한 요리들이 줄지어 나옵니다.

성길이 테이블 옆에 왼무릎을 꿇고 앉아 음식을 내어놓는 사이, 김 하사가 다른 사람 모르게 시계를 풀어 테이블 밑에서 성길에게 건네줍니다. 성길은 김 하사와 눈을 마주치지 않은 채 자연스런 동작으로 시계를 받아 호주머니에 넣고, 배달통 구석에서 검은색 가방을 꺼내 김 하사 의자 밑에 밀어 놓습니다.

"씨발, 어디서 모란봉 소대는 들어봐 갖구. 아주 아는 건 많아요. 저 신고돌이, 아니 신고 또라이님!"

다른 사람들은 성길과 김 하사 사이에 오간 일을 전혀 눈치채지 못한 듯, 여전히 성길이 성토(聲討)에 열을 올리고 있습니다.

"야, 말도 마라, 까이? 난 아버지였어, 아버지. 거동 수상자 신고래서 부리나케 출동해 보니까, 아들내미 면회 온 울 아버지였다고, 야!"

이 자리에 앉아 있는 사람들 말만 들으면 성길은 천하의 죽일 놈이고 그 자리에서 벼락이라도 맞을 법한데, 외려 성길은 그 모든 소리를 귓등으로 듣는 듯 침착합니다. 음식을 다 내려놓자 배달통을 들고 일어섭니다.

"맛있게 드세요. 누나, 그릇은 낼 찾으러 오께요."

김 하사가 자리에서 벌떡 일어나 성길을 불러 세웁니다.

"어라? 가긴 어딜 가? 야, 배달의 기수. 동작 그만!"

일을 성공적으로 마치고 이제 이 적의 소굴을 벗어나기만 하면 되는데 뜻밖의 장애가 생겼습니다.

다른 사람도 아니고 같은 편인 김 하사가?

성길의 조마조마하던 가슴은 갑자기 두방망이질치기 시작합니다. 조명이 어두워서 표정이 드러나지 않는 게 다행이라면 다행입니다. 김 하사는 겁먹은 성길에게 다가가더니 주머니에서 시퍼런 백 원짜리를 꺼냅니다.

"그래, 니가 우리 골탕 멕일라구 일부러 그러겠냐? 새파란 청춘에 말뚝 박은 우리나, 앞길 창창한데 이 촌구석에서 짱깨나 돌리는 너나 신세가 오죽하겠냐. 다 도쩐개쩐[79]이지. 이거 얼마 안 된다. 미운 정도 정이라는데, 이제 내가 널 언제 또 보겠냐? 아무튼 열심히 살아라. 공부두 쭈욱 열심히 하구."

얼떨결에 돈을 받아든 성길이 잠시 머뭇거리다 꾸벅 인사를 하고 나갑니다. 좀 전까지만 해도 성길을 잡아먹을 것처럼 야단하던 다른 하사관들은 김 하사의 뜻밖의 온정에 그만 울컥할 뻔했습니다.

'햐아, 조 새끼가 의외로 저런 면이 있네. 사람은 죽을 때가 되믄 착해진다더니……'

개인 사정이야 조금씩 다르긴 해도, 다들 어려운 가정 형편 때문에 하사관으로 장기 복무를 하는 처지라, 김 하사가 성길을 대하는 모습을 보니 고향의 어린 동생들이 생각나는 듯합

---

79 '도긴개긴'의 사투리. 오십보백보라는 뜻.

니다. 제각기 소설책 두어 권은 너끈히 채울 만한 사연을 안고
이 시골구석 룸살롱까지 굴러들어온 아가씨들도 문득 눈시울
이 아련해집니다.

분위기가 약간 센치해지자 중사 하나가 술잔을 들고 일어섭
니다.

"아, 그 새끼들, 신파[80] 하나 제대로 찍네. 야, 꿀쩍한데 디립
다 술이나 마시자. 자, 건배!"

그제야 다들 정신을 차린 듯 술잔을 집어 듭니다. 다른 중사
하나가 분위기를 바꾸려 합니다.

"야, 뺀드 울려라!"

아가씨 하나가 얼른 전축 놓인 곳으로 가더니 레코드를 바
꿔 올립니다. 신나는 로큰롤 뮤직이 홀 안을 채우고, 두 아가
씨와 네 군인은 이제 입었던 옷까지 벗어 던지며 질펀한 술판,
춤판을 벌입니다.

월남에서 돌아온 새카만 김 상사, 이제야 돌아왔네~~

김추자[81]의 노래가 나오자 하사관들은 술 마시다 말고 갑자

---

80 신파극. 1910년대부터 1940년대까지 우리나라에서 유행했던 연극의 형태.
81 1969년 1집 음반 『늦기전에』 발표. '담배는 청자, 노래는 추자'라는 유행어
    가 생길 만큼 1970년대 최고의 인기를 끈 전설의 디바.

기 일렬횡대로 정렬하더니 주먹을 쥐고 위아래로 흔들며 악을
씁니다.

월남에서 돌아온 뻣뻣한 김 상사, 뒈져서 돌아왔네~

거, 참, 군인들 세계가 아무래도 좀 거친 데가 있기는 하지만
좀 심하네요.
이번에는 펄 시스터즈[82]의 봄비가 흘러나오자, 두 아가씨들
이 자기들 차례라는 듯 숟가락을 마이크처럼 쥐고 나섭니다.

변비~ 나를 울려주는 변비~

이거 참, 한국 록 음악의 대부라는 신중현 선생에게 면목이
없습니다. 그 훌륭한 음악을 이렇게 똥통에 처넣어 버리다니요.
중사 하나가 변비 타령에 잔뜩 심취해 있는 아가씨 치마 속
에 손을 쑥 집어넣습니다.
"어? 뭐야, 이거? 웬 방탄조끼, 방탄 빤쓴가?"
화들짝 놀라 얼른 손을 뺍니다.

---

82   배인순, 배인숙 두 자매로 구성된 여성 듀엣으로 김추자와 함께 신중현 사
     단을 이끌며 1960년대 후반~1970년대 가요계를 휩쓸었음.

"에이, 다 아시면서, 쟤 오늘 비상 걸렸어요."

중사는 술잔을 집어 들며 소파에 철퍼덕 주저앉습니다.

"이런, 씨발, 재수두 원. 어쩐지 오늘 고성길이 그 새끼 만난 게 좆나 재수 없다 했더니…… 어째 그 새끼만 뜨든 비상이 걸리냐? 그놈의 공산당은 때도 잘 맞춰 쳐들어온다. 이래저래 아주 웬수예요, 웬수. 동기 잘 만나갖구 오늘 모처럼 그 덕에 목구멍 때두 벗기구 냄비두 한 번 화끈하게 닦을려구 단단히 맘먹고 왔는데……."

방탄 빤쓰[83] 아가씨가 안주를 입에 넣어주며 중사를 달랩니다.

"아이, 걱정 마세요. 어떻게든 오늘밤 내가 꼬질대 수입[84] 확실히 해드림 되잖아요. 술이나 맘껏 드세요."

"아, 아서라. 누구 떡볶이 맨들 일 있냐? 어차피 군바리 좆이 그렇지 뭐. 꼭지 이빠이 돌문 별 수 있간? 에이 술이나 진탕 퍼먹구 그냥 해골이나 굴려야지 뭐. 자, 한잔 채워봐라."

"어머, 우리 샘터 정예 요원들 소문두 못 들었나 봐? 대한민국 최전방을 지키는 특공 냄비부대를 아주 일삼오칠구루다가 띄엄띄엄 아시네?"

---

83 팬티의 일본어.
84 '꽃을대(총포에 화약을 재거나 총열 안을 청소할 때 쓰는 쇠꼬챙이) 손질'을 뜻하는 군대 용어의 속칭.

"재작년에 죽은 송장 좆두 벌떡 일으켜 세우는 게 우리 주특긴 거 몰라요?"

다른 아가씨가 거듭니다.

"샘터가 괜히 샘턴 줄 아시나 봐."

"아무나 여기 오는 건 줄 아시나 봐. 우리두 유격, 공수, 산전수전 공중전까지 다 겪었다구요."

"어이구, 지랄. 저 주둥이 놀리는 거 봐라. 왜? 월남 스키부대는 안 갔다 오시구? 아주 자랑이다, 자랑이야. 그래, 우리가 아니라, 느네가 진짜 당백 부대원이다. 당백!"

그러면서 손가락 두 개를 눈썹 위에다 갖다 붙이는 시늉을 합니다.

"일당백 선봉 빠구리⁸⁵부대, 근무 중 이상무!"

뭐, 언어도 점잖지 못하고 하는 짓들도 미풍양속(美風良俗)하고는 거리가 먼지라, 그 다음은 이야기 듣는 이의 분방한 상상에 맡기기로 하고, 이만 샘터 싸롱 중계방송은 마치겠습니다. 각설.

한편, 성길은 샘터 싸롱을 나오자마자 달음박질치다시피 해서 소림반점으로 돌아옵니다. 문을 열고 홀에 들어서니 오 씨

---

85   성교(性交)를 속되게 이르는 말.

가 혼자 앉아서 술을 홀짝이고 있습니다. 어디 갔다가 늦게 올 것 같다더니, 일찍 돌아온 모양입니다.

"다녀왔습니다."

장 서방은 대꾸 대신 힐끗 성길에게 눈길 한 번 주고는 읽던 신문으로 돌아갑니다. 성길은 장 서방이 시선을 돌린 틈을 타서 오 씨의 테이블을 지나치며 슬쩍 시계를 떨굽니다. 오 씨가 앉은 테이블 위에는 통로 쪽으로 가죽 가방이 놓여 있고, 미리 열어둔 그 가죽 가방에 시계를 떨군 것입니다. 제임스 본드 뺨 치기엔 무척 어설프지만, 그래도 남의 눈길 피해서 맡은 바 목적을 달성했으니, 그만하면 소년 공공칠 작전 성공인 게지요.

날이 밝았습니다. 간밤 늦게까지 야간 전투를 치른 샘터 싸롱의 안채입니다. 무허가 여인숙을 겸하느라 마당 좌우편으로 코딱지만 한 방이 네 개씩 늘어서 있습니다. 술집으로 통하는 쪽문 옆이 집주인 복 상사의 방입니다. 여인숙 방문 하나가 열리더니 작은 가방을 든 김 하사가 나와, 워커를 질질 끌고서 문간방을 향합니다. 군복 상의는 어디다 벗어 두었는지 난닝구 차림에 모자를 비스듬히 얹은 매우 불량한 모습입니다. 흔히 말하는 옷 벗는다는 게 이런 걸 두고 하는 말은 아닐 텐데요······.

"당! 백! 복 상사님, 아니 선임하사님, 기상하셨습니까?"

177

술이 덜 깬 탓인지 혀가 꼬입니다. 기다렸다는 듯 방문이 열리고 복 상사가 얼굴을 내밉니다. 복 상사의 눈길은 먼저 김 하사 손에 들린 가방을 향합니다.

"어, 이 사람, 새벽같이 뭔 일이래? 다른 친구들은 다 부대 들어갔어. 자넨 이제 할랑하지? 들어와. 해장 커피나 한잔하게."

김 하사는 복 상사가 문을 열어주는 대로 방으로 들어갑니다. 홀아비 냄새 진동하는 복 상사의 방에는 각종 군수품과 쪽방과는 어울리지 않는 제니스 TV, 아카이 릴녹음기, 도시바 전축, 소니 라디오 등등 외국산 전자 제품들이 상자 째 가득 쌓여 있습니다. 세탁소와 술집, 무허가 여인숙까지 가히 문어발식 확장으로 큰 사업을 벌이고 있기는 하지만, 실제 복 상사의 가장 큰 수입원은 이 방 안에 들어와 본 사람만이 알 수 있습니다. 한쪽 벽에는 각종 기념패와 월남전 참전 기장, 상이용사 (傷痍勇士) 기장 등이 군복을 입고 찍은 사진들과 어울려 붙어 있습니다.

복 상사가 인스턴트 커피를 타느라 분주한 사이, 김 하사는 가방을 열어 물건을 주섬주섬 꺼내더니 군용 담요를 펼치고 조심스럽게 늘어놓습니다. 복 상사는 커피를 저으면서도 곁눈질로 김 하사가 늘어놓는 물건들을 힐끗거립니다. 체면상 드러내 놓고 좋아할 수는 없지만, 속으론 한 건 제대로 올렸다는 생각에 기분이 좋습니다.

"이 사람, 커피나 한잔하고 천천히 하면 될 일을 뭘 그렇게 식전부터 서두르나."

"헤헤, 제가 계산 하나는 똑 부러지잖습니까?"

헤살거리며 복 상사가 내미는 커피 잔을 받아듭니다. 복 상사 얼굴에 흐뭇한 미소가 번집니다.

"뭐, 이왕에 아끼던 롤렉스 풀기로 한 거, 싸나이답게 화끈하게 내놓겠습니다. 사실 나중에 장가 밑천이라도 할라구 노랭이 소리 들어가며 모은 겁니다만, 월남 가는 마당에 저걸 다 바리바리 싸 갈 이유도 없구요. 어제 약속드린 대로 롤렉스 하나믄 술값 떡을 치구두 남겠지만, 어차피 저한텐 인제 필요 없는 물건들이니 선임하사님께 쪼끔이래두 도움이 되믄 좋은 일 아니겠습니까, 헤헤."

"허어, 그 사람 참, 아, 데리고 있던 부하가 전역하구선 그 정글을 또 간다는데, 있는 술 한 병 내가 못 내놓겠나. 사람을 원 쫌팽이루 아나."

"아이, 선임하사님. 그게 아니구요. 제가 아끼고 아껴서 모은 물건들이니, 기왕이면 평소 존경해 마지않던 선임하사님께 드릴려구 하는 거지요. 어제 말씀드렸다시피 나까마 오 씨가 자기한테 넘기라구 얼마나 졸라댔는데요. 장삿속 빤한 사람이 그렇게 성화를 부릴 때는 그만한 가치가 있는 거 아니겠습니까?"

"글쎄, 그렇게 귀한 걸 덜컥 나한테 넘기겠다니 내가 미안해서 그러지."

저걸 다 시장에 내다 팔면 얼마나 남을까. 적어도 두 배 장사는 될 터이고, 그렇다면…… 속으론 벌써 몇 번이나 주판알을 튕겨본 터이지만, 그렇다고 채신없이 헤헤거릴 순 없지요.

"아이구, 제가 이문을 남길 생각이라믄 당장 남대문 시장까지는 못 나가드래두 나까마 오 씨한테 넘기구 그 돈 받아 엊저녁 먹은 술값이며 야간 전투 비용, 현금으로 드리는 게 훨씬 낫지요. 그동안 말썽만 부리느라 선임하사님 속두 엥간히 태워드리고 했으니, 기냥 정분의 표시로 드리는 거라구 생각하세요. 뭐, 당장 나까마 오 씨한테만 넘겨두 선임하사님은 손해 안 보실 거잖아요."

"아무리 그래두 그냥 받을 순 없구, 값은 제대루 쳐줘야잖어."

"헤헤, 뭐, 제가 제값 받을라구 들고 온 게 아니라니까요. 기냥 퉁쳐서 월남 갈 차비나 좀 보태주십쇼."

"이 사람아, 아무리 사람이 달나라 가는 세상이라지만, 언제부터 월남을 차 타고 댕겼는가?"

"선임하사님두 참, 아, 말이 그렇다는 거지요. 그래, 그 여비나 좀 도와주는 셈 치세요. 물건값 치른다고 생각하지 마시고."

"글쎄, 나도 맘이야 뱃삯 아니라 비행깃삯이래두 보태주고 싶지만, 자네두 잘 알다시피, 내가 쥐꼬리만 한 월급 받는 후배들 상대로 겨우 맥주 몇 병씩 팔구 애들 외출 나갈 때 마이가리[86]나 박아주면서 푼돈 받아 사는 처진데, 목돈이 어딨겠나? 집 안에 꽁쳐둔 돈 다 긁어모아두 자네한테 챙피나 당할 거 같으니까 그러지."

"어이구, 엄살두 심하십니다요. 선임하사님, 이 동네선 알부자라구 부대 안에 소문이 자자한 걸요. 다 아는 처지에 저한테까지 안 그러셔두 됩니다. 제가 선임하사님한테서 뭐 이문 남길라는 게 아니라니까요."

"거, 참. 사람 고집하고는. 그렇담, 나야 백주에 별 필요도 없는 물건이지만, 그래두 자네헌티 좀 도와주는 셈 치지, 뭐."

복 상사는 마지못해서라는 듯 구석에 있는 옷장을 열더니 거기서 검은 가죽 가방을 하나 꺼냅니다. 김 하사가 곁눈으로 슬쩍 보아도 꽤 많은 지폐가 들어 있는 듯합니다. 복 상사는 돈뭉치를 하나 꺼내고 가방을 닫았다가, 무슨 생각인지 가방을 다시 열어서 손에 잡히는 대로 지폐를 더 꺼내 듭니다.

"뭐, 자네한테야 흡족하지 않겠지만, 아까 말한 것처럼 나도 사정이 사정인지라, 이 정도로 양해해 주게."

---

86   일본어에서 차용한 '가짜 계급장'을 뜻하는 군대 용어.

"헤헤, 양해가 다 뭡니까? 저야 감지덕지(感之德之)죠. 헤헤"

김 하사는 정말로 즐거워하는 표정입니다.

어이구, 현역 있을 땐 그렇게 말썽만 피우고 속 썩이던 놈이 그래두 의리가 있네.

복 상사야말로 김 하사만 앞에 없다면 덩실덩실 춤이라도 추고 싶은 마음입니다.

며칠 후, 복 상사의 방에 손님이 하나 찾아왔습니다. 웬만해선 사람을 안방까지 들이지 않는 복 상사지만, 오늘 손님은 맨발로 뛰어나가 맞아들입니다. 다름 아닌 나까마 오 씨입니다.

복 상사 앞에 펼쳐진 군용 담요 위에 만년필, 라이방, 라이터, 시계, 소형 라디오, 카메라 등 갖가지 외제 물건들이 가지런히 놓여 있습니다. 오 씨는 돋보기까지 동원해서 담요 위에 놓인 물건들을 꼼꼼히 살피는 중입니다. 그 옆에서 마른 침을 삼키며 오 씨의 행동을 지켜보는 복 상사는 왠지 울상입니다. 마침내 오 씨가 돋보기를 내려놓으며 혀를 끌끌 찹니다. 복 상사가 애가 달아서 한쪽 무릎을 세우며 다가앉습니다.

"그럼 그것두?"

"하, 참, 이런 시골 바닥에서 이런 물건을 다 볼 줄이야."

오 씨가 라이방을 들어 복 상사 눈앞에 들이댑니다.

"자, 여기 보라구. 하기사 암만 봐두 꼬부랑 글씨를 알아볼 턱이 없지만. 알믄야 이렇게 당했을까……."

복 상사는 속으로 울컥해서 '따라지[87] 주제에 어디서!' 하고 소리를 버럭 지르고 싶지만, 지금 그런 게 중요한 게 아닌지라 꾹 참습니다.

"여기 이거 에루(L)짜 보이지? 라이방은 이게 아니구 아루(R)야, 아루. 이거 몽땅 가짜야. 메이드 인 유에스에이두 아니구 메이드 인 자판도 아닌, 순 가짜. 나이롱. 메이드 인 남대문이라구."

복 상사는 맥이 탁 풀립니다.

"하아, 그놈 김 하사. 진짜 날도둑놈이네. 이담에 팔아서 장가 밑천 할라구, 돈 아쉬운 월남 귀환병들 꺼 하나둘 사서 모은 거라기에, 내심 기특하다고까지 했건만……. 말두 안 되는 돈을 받고두 헤헤거리며 좋아할 때 내가 진즉 알아봤어야 하는 건데."

복 상사는 벽에 기대어 담배를 꺼내 뭅니다. 천장이 무너져라 한숨인지 담배 연기인지 모를 허연 것만 내뿜습니다.

세상에 벼룩의 간을 내어 먹어도 분수가 있지. 그러게 한 번

87　노름판에서 세 끗과 여덟 끗을 합하면 열한 끗이 되고 여기서 10단위를 떼면 한 끗이 된다. 따라지는 한 끗을 가리키는 말로 노름판에서 매우 낮은 끗수이다. 이를 빗대서 보잘것없거나 하찮은 처지에 놓인 사람이나 물건을 속되게 이르는 말로 '따라지' 혹은 '삼팔따라지'라 불렀다.

사고 친 놈은 믿질 말아야 하는 건데. 그래도 제대하고 맘잡고 살아보겠다고 그러기에 믿을 수밖에……

온갖 복잡한 생각이 순식간에 머릿속을 어지럽힙니다.

나야말로 이게 뭐냐. 월남까지 가서 다리 하나 잃고, 옛날 데리고 있던 부하 놈들 술 시중, 여자 시중 들어가며 푼푼이 모은 돈을 이 사기꾼 새끼한테 몽땅 갖다 바치다니…….

복 상사가 앞뒤 분간 못 하고 김 하사의 물건들에 욕심이 나서 회까닥한 데는 다 이유가 있습니다.

복 상사는 원래 이 동네 ○○부대에서 하사관으로 복무해 왔습니다. 시골에서 제 땅도 없이 남의 땅 얻어서 부쳐먹고 사는데, 머리 굵어지니 군대 나오라는 영장이 떨어집니다. 군대 와서 이 새끼 저 새끼 욕도 실컷 얻어먹고 이리 구르고 저리 구르며 몸이 고단하긴 했지만, 그래도 1, 2년 지나보니 거기도 사람 사는 곳입니다. 어차피 제대하고 시골 돌아가 봐야 농사지을 땅이라고는 과부 속곳 넓이만큼도 없는 처지. 새벽부터 해 질녘까지 뼈 빠지게 고생해 봐야, 비가 너무 많이 와도 흉년, 해가 너무 많이 나도 흉년, 어쩌다가 흉년을 피하더라도 땅주인 도지(賭地)[88] 주고 물값이다 비룟값이다 여기저기 뜯기고 나

---

88 혹은 도조(賭租). 남의 논밭을 빌려서 부치고 논밭을 빌린 대가로 해마다 내는 벼.

면, 일 년 농사 도로아미타불인 신세. 속 편하게 남이 해주는 짬밥 먹고 쥐꼬리만 한 월급이라도 타먹는 게 낫겠다 싶어, 복 상사는 아예 말뚝을 박았습니다.

그렇게 직업 군인으로 자리를 잡고, 동네 참한 색시도 만나 결혼하고 애도 낳아 알콩달콩 살던 차에, 멀리 월남이라는 데서 전쟁이 터져 한국 군대도 거기 나가게 되었다는 소식을 들었습니다. 그래, 기왕 직업 군인으로 살기로 한 거, 맨날 똑같은 훈련이나 받지 말고 진짜 전쟁터에 한번 나가보자. 뭐, 이런 호기와 월남에 1년 만 나갔다 오면 제법 큰돈을 만질 수 있다는 소문에 혹해서 참전을 지원했습니다. 처음엔 월남 땅이 지옥 같았습니다. 숨이 턱턱 막히는 더위와 무릎까지 푹푹 빠지는 늪지대, 거머리에 잠자리만 한 모기 떼와 밤낮 안 가리고 어디서 출몰할지 모르는 베트콩들. 왜 지원을 했나 하는 후회가 밀려들 무렵, 정글에서 지뢰를 밟아 다리 하나를 잃었습니다. 그길로 후송을 거쳐 귀국하여 생명에는 지장이 없었지만, 복 상사를 기다리고 있는 것은 일계급 특진과 아무짝에도 쓸모없는 훈장 하나, 그리고 전역 명령서였습니다.

평생 해본 일이라고는 농사짓는 것과 군인 노릇밖에 없는 복 상사가 할 수 있는 일은 그다지 많지 않았습니다. 그래도 제2의 고향이라고 근무하던 부대 앞을 떠나지 못하고 어영부영 자리 잡은 게 이 동네입니다. 남이 하던 세탁소를 무작정 인수해서, 휴가 나가는 사병들 옷 다려주고 마이가리 계급장 달아주며 살았지만, 그걸로 밥벌이하며 마누라, 자식새끼까지 건사하기는 쉽지 않았습니다. 그래서 옆집 빈 가게에다 테이블, 의자 놓고 맥주 궤짝 들이기 시작한 게 '샘터 스낵'입니다. 처음엔 퇴근하는 동료나 후배들, 외출이나 휴가 나가는 부하들한테 술 한잔 받아주면서 부대 소식이나 듣는 셈치고 시작했지만, 차츰 술손님이 늘다보니 세탁소는 뒷전이고 술장사가 본업이 되었습니다. 보잘것없는 하사관이지만 그래도 군인의 아내라는 자부심을 가지고 이 산골짜기 외로운 삶을 견뎌내던 마누라가 불평을 늘어놓기 시작한 것도 그 무렵입니다.

월남까지 가서, 자유와 평화를 지키기 위해 목숨을 걸고 싸운 사람이, 다리 하나 바치고 훈장까지 받은 사람이, 후배 군인들 상대로 술장사, 계집장사를 하는 게 말이 되느냐? 그럴 바에는 차라리 다 싸들고 서울이든 어디든 아는 사람들 없는 데 가서 살자. 내가 남대문 시장에서 좌판이라도 벌이면 먹고 살 수 있지 않겠느냐?

그런 얘기를 들을 때마다 복 상사는 벽력(霹靂)같이 화를 냈습니다.

세상이 그렇게 호락호락한 줄 아느냐? 난들 근무하던 부대 앞에 돌아와 술장사나 하는 게 맘 편한 건 아니지만, 배운 것도 기술도 없는 처지에 다리마저 하나 잃은 몸으로 무얼 할 수 있겠느냐? 마누라하고 자식새끼 밥 안 굶기려고 하는 일이니 군소리 말고 고마운 줄이나 알아라.

혈기방장(血氣方壯)한 젊은 군인들이 주 고객이다 보니 자연히 술 시중들 여자에 대한 수요가 뒤따랐습니다. 현역 시절 동료들하고 몰려가 보았던 읍내 술집에 물어물어 가며 술 시중들 아가씨들을 한두 명씩 구해왔습니다. 샘터 스낵이 샘터 싸롱으로 변신한 것입니다. 그러다 보니 자연스레 사업은 무허가 여인숙업으로까지 확장되었지만, 더 이상 참지 못한 아내는 어느 날 편지 한 장 달랑 남기고 아이와 함께 떠나고 말았습니다.

아이를 생각해서라도 도저히 이런 생활을 참을 수 없다. 가난하고 보잘것없는 삶이지만 군인의 아내라는 자부심 하나로 버텨온 나도 나지만, 아이가 동네에서 포주 딸년이라는 놀림을 받는 것을 두고 볼 수만은 없다. 언제든 살롱 문을 닫고 찾아온다면 받아줄 용의가 있지만, 술 팔고 여자 파는 일을 그만두지 않는 한, 원래 인연이 없었던 셈 치고 살자.

매우 단호하고 냉정한 선언이었습니다. 복 상사는 다리를 잃을 때보다 더 쓰라린 상처를 입었지만, 현실을 있는 그대로 받아들이지 않을 수 없었습니다.

개처럼 벌어서 정승처럼 쓰랬다고…… 요즘 세상은 돈이 벼슬이여…….

복 상사는 사업을 더 크게 벌여서라도 하루빨리 큰돈을 모으기로 했습니다. 그런 다음에 술장사를 말끔히 정리하고 아내와 아이를 찾으면 될 일입니다. 외제 물건들에 손을 대기 시작한 것도 그 무렵입니다. 처음엔 술값이 모자란 병사들이 월남에서 가져온 시계나 라이방을 하나둘씩 잡히기 시작했고, 끝내 외상값을 갚지 않고 제대해 버린 녀석들의 물건을 나까마 오 씨 통해서 정리했던 것입니다. 그러다 보니 여기서 생기는 수입도 쏠쏠해서, 차츰 월남에서 들고 온 물건들 처분할 길을 찾는 병사들의 물건을 받아두기 시작했고, 아직 부대에 있는 동료나 후배들을 통해 '군용' 표시 붙은 물건들을 뒤로 빼돌리기도 했습니다.

이게 다 복 상사가 각별히 사악하거나 부도덕해서 저지른 일이라기보다는 얼른 큰돈을 모아 가족을 찾고 싶은 욕심에 눈이 멀어서 벌인 일입니다. 제대로 사리 분별을 못 하고 김 하사의 빤한 거짓말에 그렇게 쉽게 속아 넘어간 것도 다 제 욕심이 앞선 탓이겠지요.

오 씨는 그 점을 잘 압니다.

흥, 제 꾀에 제가 넘어간 거지. 그러게 왜 엉뚱한 욕심을 부려. 세상이 그렇게 어리숙한 게 아니라구. 세상에 사기를 당하는 사람들은 다 제 욕심에 속아 넘어가는 거지, 사기꾼한테 속는 게 아닌 법이야.

"하아, 이걸 어쩌지? 이거 어디 슬쩍 넘길 만한 데 없을까?"

복 상사는 답답해서 해보는 소린데, 오 씨는 마치 임금 자리를 넘겨받으라는 얘기를 들은 소부(巢父)나 허유(許由)[89]처럼 진저리를 치며 뒤로 물러나 앉습니다.

"허어, 이 냥반, 클나겠네. 내가 오로지 신용 하나루다가 이 짓 해서 먹구사는데, 행여 이 나까마 오한테서 이런 물건 나왔단 말이래두 돌믄, 그날로 나는 장사 쫑이야. 아니, 장사만 쫑나는 게 아니구 그 자리서 맞어 죽어. 뼈도 못 추린다구. 그렇잖아두 떠돌이 장사라구 첨에 얼마나 고생했는데."

복 상사는 포기하지 않습니다. 억울해 죽을 지경이니 지푸라기라도 붙잡아야지요. 오 씨에게 한 발 더 다가앉습니다.

"그래두, 거 무슨 방법이 없을까? 김 하사 놈이 첨부터 날 속여먹을라고 한 건지, 지도 누구한테 속아서 산 건지 몰라도, 아, 어차피 속구 속이구 하느라구 만들어진 물건인데, 다른 사람한테 슬쩍 넘겨도 내 잘못은 아니잖어. 오 씨는 그래두 여기저기 많이 다니니까 방법이 있을 거 아녀?"

"아유, 아예 첨부터 한탕 해먹구 외국으로 토낄 생각으로 나선 놈은 상관없을지 몰라두, 이 산골 동네에서 노후를 보낼 작

---

89 소부와 허유는 요나라 때 살았던 은자(隱者)다. 요 임금이 소부와 허유에게 천하를 넘기려 했지만 이를 거절했다.

정이거든 아예 그런 말은 입 밖에 내지두 마슈. 한두 다리만 건너면 속이 빤히 들여다보이는 게 이 동넨데 누가 누굴 속여요?”

오 씨는 손사래를 치며 아예 복 상사의 입을 막습니다. 울고 싶은 심경이 된 복 상사가 악담을 퍼붓습니다.

“으이그, 김 하사 이 날강도 새끼. 가다가 확 비행기나 떨어져 버려라.”

“김 하사는 그렇다 치드래두, 거 같이 비행기 탄 사람들은 뭔 죄요? 벌써 끝난 일, 자꾸 생각해 봐야, 임자 복장만 터지지. 그러지 말구, 이거 그래두 글씨두 나오구, 이 시계두 우선은 가는 거니까, 그냥 임자가 쓰지 그르슈. 아, 자세히 안 봄 누가 가짠 줄 알아? 그냥 맘 편하게 먹구 부자 연습이나 하지. 이럴 때 손목 한번 호강시켜 주는 셈 치라구.”

누굴 놀리는 것도 아니고…… 뭐, 부자 연습?

복 상사는 오 씨도 얄밉지만 오 씨에게 분풀이 해봐야 저만 우스운 꼴 될 게 빤한지라, 꾹꾹 눌러 담아 안으로 삭힙니다. 애꿎은 담배만 속된 말로다가 작살이 납니다그려.

9화
속고 속이고, 돌고 도는 돈 세상

소림반점입니다. 벽시계는 점심시간을 가리키고 있는데 홀에 손님이 하나도 없습니다. 밖에 비가 내리고 있다고는 하지만, 소림반점에는 요즘 들어 손님 구경하기가 간첩 구경하기만큼 힘듭니다.

아니, 오늘같이 비가 부슬부슬 오는 날은 대낮부터 일 걷어치우고 들어앉아 짬뽕 국물에 배갈 한잔하는 게 만고의 진리 아니던가.

장 서방은 이 모든 게 성길이 탓이라 생각하니 마음이 편치 않습니다. 소림반점에 잘못 들어갔다간 간첩으로 몰려서 방첩대에 끌려가기 십상이고, 죄가 있건 없건 일단 방첩대에 들어갔다 나오면 팔다리 한 군데는 부러질 각오를 해야 한다는 소문이 이미 읍내에 파다합니다. 설마 그런 말도 안 되는 소문을 곧이곧대로 듣는 사람은 없겠지만, 그래도 괜히 짬뽕 한 그릇 먹는 데 개운치 않은 기분을 무릅쓸 필요는 없는 것입니다. 더구나 짬뽕집이 읍내에 소림반점 한 군데만 있는 것도 아니고.

이 녀석을 그냥 확 짤라버려?

홧김에 드는 생각이 아니라, 장 서방은 제법 진지하게 이 문제를 고민해 왔습니다.

이때, 출입문이 '딸랑' 방울 소리를 내고 나까마 오 씨가 들어섭니다. 평상시와는 달리 중절모를 눌러 쓰고 넥타이까지 맨, 제법 그럴 듯한 차림입니다. 그래도 오 씨의 트레이드 마크인 채권 장사 가죽 가방은 빠지지 않았습니다.

"여어, 장 서방, 별일 없는가?"

카운터에 앉아 있던 장 서방이 황급히 일어나 오 씨를 맞습니다. 오늘 점심시간의 첫 손님입니다.

"아니, 오 씨. 이번엔 좀 늦었네? 한 달은 된 거 같은데? 원래 보름거리로 다녀가는 거 아녔나?"

"어, 이번엔 좀 그렇게 됐구면. 몸이 좀 션찮아서리……. 이 짓거리두 이젠 접을 때가 된 모양이야. 다들 이젠 물건값두 빠삭하구. 촌사람들 순진하다는 거 다 옛날 말이야."

오 씨는 중절모를 벗어 어깨에 앉은 물방울을 텁니다.

"근데 이거 왜 이리 한산해? 즘심시간 아닌가? 비 오는 날은 밥들두 안 먹는감?"

"그러게 말이야. 원 그놈 성길이 자식 땜에 오던 손님두 다 돌아가는 판이야. 거기다 나면인지 나발인지 많이 처먹음 금반 지까지 준대니까, 다들 그거 처먹느라 환장한 모양이야."

"응? 성길이가 뭘? 아아, 그 간첩 잡는다구 돌아다니는 거 땜에 장사까지 그렇단 게야? 설마…… 그러다 말겠지. 워낙 딴 데두 경기가 이 모양이던데 뭘. 근데 그 녀석은?"

"나, 참, 조오기 미장원에 배달 보냈는데, 아예 거기서 밥들 다 처먹을 때까지 기다렸다 그릇을 챙겨 올 꼬라진데. 올 때는 다 됐구만. 하여간 그놈의 진선미 미장원에만 갔다 하면 함흥 차사(咸興差使)예요, 함흥차사."

"그래? 금 우선 탕수육에 배갈 한 도꾸리 줘보시게!"

장 서방이 주방에 대고 '탕수육 하나!'라고 소리치고, 다시 카운터로 가 신문지 꾸러미를 하나 꺼내 옵니다.

비가 내리는 탓인지 시장통 가게들도 손님이 뜸합니다. 진 선미 미장원에도 머리에 비닐캡을 쓴 아줌마가 낡은 '선데이서 울'을 뒤적이고 있을 뿐이고, 나머지 의자 두 개는 비어 있습니 다. 문이 열리고 군용 판초[90]를 입은 성길이 배달통을 들고 들

---

90   판초(poncho). 천 중앙에 구멍을 뚫고 그곳으로 머리를 내어 입는 옷. 라 틴 아메리카의 인디오가 착용하던 직물의 이름에서 유래.

어옵니다.

"음식 왔어요!"

손님 손톱을 다듬어 주던 선미가 발딱 일어나 탁자 위에 신문지를 폅니다. 배달통에서 꾸역꾸역 나오는 그릇들을 보고 진선이 묻습니다.

"어머, 이게 다 뭐야? 우린 볶음밥 하나, 짜장 하난데……."

"저어, 그…… 볶음밥 하나는 써비스래는데요……."

"써어비스? 그 노랭이 짱꼴라가? 왜, 더위 먹었대?"

"그, 그게 아니라요. 우리 만성이 형이, 그니까 우리 주방장님이 써비스루다가……."

"머어? 콧배기두 못 본 느네 주방장이 우릴 어디가 이쁘다구, 써비스래?"

진선이 가늘게 뜬 눈으로 선미와 성길을 번갈아 살핍니다.

이런 쪼그만 녀석이 날 맹물로 보고 거짓말을 시켜, 흥.

"애, 선미야! 누군지 내가 너 밀가루만 멕이는 줄 아시고 걱정이 돼서 볶음밥 보냈나 보다. 짜장면 내가 먹을라구 시켰는데…… 아무럼, 나는 알곡밥 처먹고 밑에 일하는 애 가루음식 멕일까 봐서? 아이구, 그 볶음밥 천사님 누군지 맘씨도 좋구나. 예수님이 보시믄 악수하자 그르구, 부처님이 알며는 벌떡 일어나서 뽀뽀하러 달려오시겠다야. 그리구, 나는 순악질, 나쁜 년, 콩쥐 팥쥐 엄마, 장화 홍련 계모에다 놀부 마누라, 심청이 새엄마, 심봉사 마누라 뺑덕 어미구, 야야 알았다야."

어디서 주워들은 이야기는 다 끄집어내 가며 심통을 부립니다. 선미는 괜히 얼굴이 빨개져서 아무런 대꾸도 하지 않고 짜장면 그릇을 진선 앞에 놓아줍니다. 진선은 순진한 듯 능청스러운 성길이 아주 얄미워 죽을 지경입니다.

"글구 성길이 너, 얘. '보리밥 먹은 사람 신체 건강해, 보리밥 먹는 사람 방귀 잘 뀌네.' 넌 중국집에서 일한다는 애가 '혼분식의 노래[91]'두 모르니? 쌀밥만 먹음 각기병(脚氣病)[92] 걸리는 것두 몰라? 너 반공 방첩만 애국이 아니다, 흥!"

선미가 성길에게 책망하는 눈짓을 보냅니다. 괜히 시키지 않은 짓은 해가지고 성질 더러운 주인언니를 건드려 놓았으니 두고두고 놀림거리에 싫은 소리 들을 게 불을 보듯 빤합니다.

"그나저나 볶음밥 하난 어쩌지?"

손님 쪽을 보고 묻습니다.

"사모님, 식사하셨어요?"

---

91   혼분식 장려 정책의 하나로 정부는 1960년대 중반부터 1980년대 초반까지 학교에서 점심시간에 '혼분식의 노래'를 틀게 했다. '꼬꼬댁 꼬꼬 먼동이 튼다 / 복남이네 집에서 아침을 먹네 / 옹기종기 모여앉아 꽁당보리밥 / 꿀보다도 더 맛좋은 꽁당보리밥 / 보리밥 먹은 사람 신체 건강해'(「혼분식의 노래」)

92   티아민 결핍으로 팔, 다리에 신경염이 생겨 통증과 붓는 증상이 나타나는 질환

"어쩌지? 난 금방 뭐 먹구 왔는데. 저 배달 온 총각이 먹음 안 되나?"

"그래, 그럼 되겠다. 중국집은 점심시간 지나야 밥 먹는다며? 후딱 먹구 아예 그릇꺼정 가져감 되겠네. 여기 앉아서 같이 먹자, 애."

좀 전까지 빈정거리던 말투는 어디로 갔는지 갑자기 사근사근한 목소리로 바뀝니다.

"아니에요. 전 여기서 이거 보믄서 기다림 돼요. 천천히 드세요, 지금 안 바쁘니까."

성길은 뒷주머니에서 반으로 접힌 강의록을 꺼내 보입니다.

"그지 말구, 얼른 이리 와서 같이 먹자. 안 그럼 이 아까운 걸 버리니? 음식 남기믄 죄 돼요, 죄! 자, 어서 이리 와. 선미야, 얼른 엽차 좀 가져오구."

진선이 씹던 껌을 거울 귀퉁이에 붙여놓고 짜장면을 비비기 시작합니다. 선미는 냉큼 엽찻잔 세 개를 갖다놓고 주전자를 내옵니다. 그리고는 자기도 씹던 껌을 거울의 다른 귀퉁이에 붙입니다. 쭈뼛대던 성길도 탁자 옆에 배달통을 가져다가 거기 걸터앉습니다. 곡절이야 어찌 되었건 참으로 정겨운 점심시간이 아닐 수 없습니다.

진선미 미장원에 오붓한 볶음밥 잔치가 벌어진 그 시각, 소림반점에서는 술자리가 제법 질펀합니다. 아예 오늘 점심 장사는 작파하기로 한 건지, 장 서방이 오 씨 맞은편에 앉아서 술잔을 주거니 받거니 하고 있습니다. 탁자 위에는 거의 바닥을 드러낸 탕수육 접시 외에도 짬뽕 국물이 담긴 그릇, 배갈 도꾸리도 세 개나 놓여 있습니다.

오 씨가 탁자 한쪽에 펼쳐진 신문지 위에 놓인 시계와 라이터 몇 개를 다시 싸서 가방에 넣고, 장 서방은 제법 두둑한 돈다발을 세어보고 품에 넣습니다. 장 서방이 샘터 싸롱 복 상사처럼 본격적으로 외제 물건을 취급하는 건 아닙니다. 그렇지만, 돈 없는 군인들 상대로 장사하다 보면, 밥값, 술값이 모자라 시계나 라이터 같은 것을 맡겨놓고 가는 사람들이 심심찮게 있습니다. 그런 친구들 다그친다고 해서 없는 돈이 나올 것도 아니고 지서에 신고해 봐야 불쌍한 군인들 애만 먹일 뿐 장서방한테 실질적으로 이익이 되는 건 없으니, 울며 겨자 먹는 심정으로 맡기는 대로 물건을 받아두지만, 외상값을 갚고 물건을 되찾아가는 사람은 거의 없습니다. 그래서 장 서방은, 나까마 오 씨가 식당에 들를 때면, 그동안 모아두었던 물건들을 적당한 값에 넘기곤 하는 것입니다.

미장원에서 점심 해결하고 빈 그릇까지 챙겨온 성길이 홀에 들어서며 오 씨에게 반갑게 인사를 건넵니다.

"아, 아저씨 오셨어요?"

"어, 우리 아들내미. 어여 와라. 탕수육 좀 먹을래?"

"아니에요, 전 됐어요. 근데 웬 낮술을 그렇게 드세요?"

"응, 비두 오겠다, 그냥 날구지[93] 하는 게지 뭐. 여기 느네 사장님이랑 사업 얘기두 하구 그러다 보니 좀 과하긴 했다만……."

그러면서도 다시 술잔을 들어 입 안에 털어 넣습니다.

"캬아, 좋다. 이거래두 없음 우리 같은 삼팔따라지가 무슨 낙으루 산다냐?"

"그래두 아저씨 몸 생각두 하셔야죠. 혼자시래믄서 아프믄 누가 돌봐준다구요?"

"어이구, 이런 기특한 녀석이 있나. 내가 아들 하난 제대루 됐지."

오 씨는 술기운 탓도 있지만, 정말로 성길이 효자 아들 같아서 기분이 좋습니다. 오 씨는 주머니에 손을 넣어 잡히는 대로 지폐를 꺼냅니다.

"여, 성길아, 여기 용돈, 공책이나 사 써라."

"아니에요. 오실 때마다 무슨…… 전번에 사다 주신 공책이

---

93 농사를 짓던 옛날에는 나쁜 날씨를 무릅쓰고 농삿일을 했지만 '쓸데없이 하는 짓이나 괜한 일'이 되어 버린 경우를 '날구지'라고 불렀다. 날씨가 일에 큰 영향을 주지 않게 되면서 지금은 '궂은 날에 술이나 마시는 것을 일로 생각하고 대신하는 것'으로 의미가 바뀌었다.

랑 연필두 아직 많이 남았는데…….”

“야, 인석아. 어른이 주믄 냉큼 받아. 큰돈도 아니구 겨우 연
필값뿐인데. 내가 널 보니 이북에 두고 온 아들내미가 생각나
서 그러는 거야.”

그래도 성길이 얼른 손을 내밀지 못하고 망설이자, 장 서방
이 채근하고 나섭니다.

“아, 얼른 받지, 뭐 해. 니 수양아버지[94] 팔 떨어지겠다.”

쭈뼛대던 성길이 공손히 지폐를 받아듭니다. 곱게 접어 주머
니에 넣고 나더니 탁자 위에 놓인 짬뽕 그릇을 집어 듭니다.

“국물 다 식었네요. 금방 데워다 드릴게요.”

양손에 그릇과 배달통을 들고 주방으로 들어갑니다. 성길이
짬뽕 그릇을 들고 주방에 들어서자 배식구를 통해 홀을 내다
보고 있던 만성이 일어섭니다.

“야, 너 지금 오 씨가 준 거 배추이파리지?”

“어? 봤어요? 맞아요. 백 원짜리 주셨어요.”

만성은 고개를 갸웃합니다.

“거, 참, 요상하단 말씀이야. 저 꼰상[95] 올 때마다 너한테 뭔
가 사다 주든지 아님 돈이래두 꼭 챙겨주구…… 이북 사투리

---

94 자기를 낳지는 않았으나 길러준 아버지.
95 나이 많은 남자를 가리키는 비속어. 같은 뜻의 말로 ‘꼰대’도 쓰인다.

쓰지, 얼루 가는지 아무도 모르게 사라졌다가 한참 만에 나타나지, 이유 없이 아무한테나 기마이[96] 잘 쓰지…… 아무래두 좀 수상한 거 같지 않냐? 과자 사 준 아저씨 알고 보니 간첩! 딱 그거 같지 않아?"

짬뽕 국물을 냄비에 부어 데우고 있던 성길이 정색을 하며 돌아섭니다.

"형! 말이믄 다 해? 아저씨, 이북에 두고 온 아들 생각나서 나한테 잘해주는 거 몰라서 그래? 괜히 샘나니까…… 글구 여기저기 부대 있는 데 돌아다니는 게 아저씨 일인 거, 형두 다 알잖아."

만성이 손을 내젓습니다.

"야야, 알았다, 알았어. 저건 그냥 오 씨 일이램……. 밤낮으로 간첩만 연구하는 전문가께서 어련하실려구. 알았으니까 짬뽕이나 얼른 내가라."

홀 안에서는 오 씨와 장 서방이 술 몇 잔을 위로 삼아 먹고 사는 일 걱정이 한창입니다.

"그나저나, 오늘같이 이렇게 장사가 안 되믄 아무리 알부자래두 타격이 좀 있지 않남?"

"에끼, 알부자는 무슨? 며칠만 더 이 모양이믄, 아예 쪽박 차

---

96 '호기를 부리다. 선심을 쓰다'는 뜻으로 일본어 '기마에'에서 유래했다.

고 길거리에 나앉게 생겼구먼."

"거, 사람 엄살은…… 자기 집 있겠다, 가게 있겠다, 종업원을 둘이나 부리는 사장님께서 쪽박을 차고 나앉으믄, 애초에 밑천이라곤 달랑 불알 두 쪽 찬 것밖에 없는 천하의 따라지는 어떡하라구?"

"오 씨야말로 알부자 아닌가? 나야 가게 유지하고 저것들 월급 주느라고 등골만 빠지지 손에 쥔 건 하나두 읎어."

"원, 참. 아, 배갈 공짜로 먹자고 안 헐 팅께 엄살 좀 그만 피우셔."

오 씨는 술병을 들어 흔들어 보입니다.

"젠장 또 비었네, 이거."

"내 한 병 냄세. 남 정말로 힘든 속사정은 몰르구 누굴 구두쇠, 엄살쟁이루만 아나?"

장 서방이 자리에서 일어나더니 찬장에서 술 한 병을 가져옵니다. 장 서방은 오 씨의 술잔을 채우고 자기 잔에도 술을 따릅니다.

"자네, 정말 요새 많이 힘든 모양이구먼."

오 씨는 좀 전까지 한 말은 농담이었다는 듯 진지한 표정으로 걱정해 줍니다.

"아, 사람 말을 뭘로 듣는 거야? 내가 오죽허믄 아까 오 씨 들어오기 전까지 성길이 저놈을 내보내야 하나 말아야 하나

고민을 하고 있었겠어."

장 서방은 주방 쪽을 힐끗 쳐다보며 목소리를 낮춥니다. 혹시라도 성길이 귀에 들어가면 결코 기분 좋을 리 없을 테니까요.

오 씨도 장 서방을 따라 주방 쪽에 눈길을 줬다 거두어들입니다. 오 씨는 나지막하다 못해 은밀한 목소리로 말을 건넵니다.

"저어, 아까 우리가 찧고 까부느라 알부자가 어떻고 불알이 어떻고 우스갯소리를 해댔지만, 자네 정말로 알로 부자가 된 식당 주인 얘기 들어봤나?"

"알로 부자가 돼? 무슨 알? 달걀? 오리알?"

"그게 아니고, 알은 알인데, 바로 진주알이야, 진주알."

장 서방은 무슨 뚱딴지같은 소리냐는 표정입니다.

"식당에서 진주알로 어떻게 부자가 돼? 내 암만 중국집을 오래 했지만, 진주알로 요리를 한다는 말은 들어본 적이 없네."

"허어, 사람. 하나만 알고 둘은 모르네…… 이러니 이거 촌사람 소릴 들어 싸지."

"아, 그럼 변죽만 울리지 말고 제대로 말을 해봐. 무슨 소리야?"

"이거 얼마 전에 서울에서 어떤 식당 주인이 써먹어서 크게 성공한 비법이야. 신문에도 나고 아주 크게 화제가 되었던 건데, 아직 이 시골 동네까지는 알려지지 않은 모양이지. 뭐, 자네가 통 장사가 안 돼서 힘들다니까, 술 한잔 얻어먹은 값도 치를 겸, 내가 가르쳐 주기는 할 텐데, 남들 알아차리기 전에 빨리 써먹어야 돼. 아니할 말루 통일반점 같은 데서 선수를 치면 닭 쫓던 개 꼴 난다구."

"글쎄, 그 비법이라는 게 뭐냐구? 진주알로 뭘 한다는 거야?"

장 서방은 이제 안달이 났습니다. 깍쟁이 천지인 서울에서도 크게 성공한 비법이라면 이 조그만 동네에서 성공은 떼놓은 당상입니다. 그저 착실하게, 재료 속이지 않고 값 터무니없이 매기지 않으면, 짜장면, 짬뽕 찾는 손님들은 늘 그 자리에 있으리라 기대했던 것이 요즘 와서는 와르르 무너졌습니다. 정말 이대로 가다간 중국집 문을 닫아야 할지도 모르는 판에, 큰돈 벌 비법이 있다니 솔깃하지 않을 수 없습니다. 서울이니 춘천이니 바람처럼 쏘다니면서 새로운 것들을 듣고 보고 전해주는 나까마 오 씨가 있다는 게 얼마나 다행인지 모릅니다. 오 씨가 소림반점이 아닌 통일반점의 단골이었다면, 생각만 해도 아찔합니다.

오 씨는 대답 대신 가죽 가방을 엽니다. 그 안에서 금은방에서 흔히 쓰는 색동무늬 복주머니를 꺼냅니다.

"아무래두 자네가 운이 새로 트일 모양이네. 일이 되려니까,

마침 나한테 이런 물건이 있구만."

색동 주머니를 열어 보입니다. 굵은 진주알이 꽤 많이 들어 있습니다.

"거래하는 사람이 물건값 대신 떠맡긴 건데, 그치 말로는 최고품이라더군. 내가 봐도 물건은 괜찮아. 근데 내가 이 무겁기만 한 진주알 품고 다니믄 뭐하겠나. 자네가 이걸 인수하게. 뭐, 아는 처지에 내가 이문을 남길 순 없구, 내가 맡아온 값에 넘겨줄게."

"아니, 이걸로 뭘 하는지도 모르는데, 덜컥 사서 뭘 하나? 흔한 진주 목걸이 하나 걸어줄 할망구도 없는 처진 줄 뻔히 알잖는가?"

"허, 그 사람 성미하고는. 그거 인수허믄, 내가 식당 성공 비법을 뽀나스루다가 공짜로 알려주겠다, 이 말일세."

"정말이지?"

"안 헐람 말게. 내가 애초에 여기 진주 팔러 온 것두 아니구, 배갈 한 잔 먹다가 자네 장사 안 된다고 징징거리길래 생각이 나서 해본 소린데……."

오 씨는 색동 주머니를 도로 묶는 시늉을 합니다.

"아, 그 사람, 참. 자네야말로 성미가 왜 그리 급한가? 내가 자넬 못 믿어서 그러나? 장사가 안 돼서 마침 돈도 없고 허니까 곤란해서 그러지……."

"돈을 뭐 많이 받을 생각은 애초에 없었고…… 아까 나한테 시계, 라이타 넘겨주고 받아간 돈 있지? 뭐, 그것만 받고 마세나. 일일이 값 따져서 일 원 한 장까지 따지고 그러믄 서로 치사해지기 십상이니."

"그럼, 그렇게 할까?"

장 서방은 아까 품속에 넣었던 돈다발을 다시 꺼내어 손가락에 침을 묻히며 천천히 세기 시작합니다.

"원, 사람하고는. 아까 내가 줄 때 세봤잖는가. 그 돈뭉치 그대론데 뭘 새삼스레 세고 말고 하나?"

오 씨가 장 서방 손에 들려 있는 돈다발을 획 낚아챕니다. 아쉬운 듯 여전히 허공에서 허우적대고 있는 장 서방 손에 대신 색동 주머니를 쥐여줍니다. 장 서방은 다시 한 번 주방 쪽을 힐끔 쳐다보고는 얼른 소매춤에 주머니를 감춥니다.

짬뽕 그릇을 들고 주방에서 나오던 성길은 두 사람 사이에 뭔가가 후다닥 오가는 광경을 목격하고는 멈칫합니다.

비가 그친 덕인지 다음날 점심시간엔 그래도 홀이 반쯤 찼습니다. 카운터에 앉으면 으레 주판 아니면 신문을 들여다보던 장 서방이 오늘은 웬일인지 손님들 식탁을 힐끔힐끔 훔쳐봅니다.

갑자기 '우드득' 하는 소리가 홀 안에 울려 퍼집니다. 짬뽕을 먹던 손님 하나가 돌이라도 씹은 듯 인상을 찌푸립니다. 장 서방은 곁눈질로 그 모습을 살펴보다가 손님과 시선이 마주칠 듯하자 얼른 고개를 돌립니다. 손님의 입 안에서는 돌멩이가 아니라 굵은 진주알이 나옵니다. 손님은 진주알을 요리조리 살피더니 슬쩍 윗주머니에 밀어 넣고는 아무 일 없다는 듯, 마저 짬뽕을 먹습니다. 이윽고 식사를 마친 손님이 짬뽕값을 지불하고 이까지 쑤시며 식당 문을 나섭니다.

장 서방은 기가 막히고 코가 막힐 지경입니다.

"하아, 지독한 놈. 지가 처먹다 나온 거 누가 내놓으랠까 봐 내숭이야, 내숭이. 에이 드런 새키. 치사 빤쓰 같은 놈!"

"뭐요, 치사 빤쓰?"

카운터에 돈을 내러 왔던 다른 손님이 인상을 찌푸립니다.

"어? 소, 손님 그게 아니라, 저⋯⋯."

장 서방이 당황합니다. 손님은 이미 기분이 상한 듯 돈을 팽 개치듯 내던지고 돌아섭니다.

오 씨가 전해준 비법이라는 게 영 황당한 것만은 아닌 듯싶 습니다. 처음 얘기를 들었을 땐, 속은 게 아닌가, 돈 돌려달라 고 할까, 잠깐 고심하기도 했지만, 오늘 짬뽕 먹던 손님의 반 응을 보아 하니, 이거 잘만 하면 성공할 것 같습니다. 하긴, 서 울에서도 이미 검증이 된 비법이라니 이런 시골 사람들한테는 더 잘 먹힐 테지요. 장 서방은 진주알 비법을 본격적으로 써보기로 마음먹습니다.

그래, 사람은 어려울 때일수록 머릴 쓰고 살아야 돼. 세상이 바뀌고 사람들이 변한다고 한탄만 하고 앉아 있을 게 아니라, 사람들 마음속을 파고들고 남들보다 몇 발짝씩 앞서 나가야 된다구.

장 서방은 새삼스레 마음을 다잡습니다.

다음날 점심시간, 소림반점은 모처럼 몰려든 손님들로 북적댑니다. 주방에서는 뭔가 볶아대는 소리가 요란하고 홀에서는 제각기 짜장면이며 짬뽕을 먹느라 분주한 가운데, 갑자기 홀 안이 울리도록 크게 '빠각' 하는 소리가 납니다. 누가 명령을 내린 것도 아닌데 모두가 동작 그만! 이상한 소리가 난 곳을 찾습니다. 안경 쓴 손님 하나가 짬뽕을 먹다 말고 볼을 어루만지며 인상을 찌푸리고 있습니다.

"아야야! 이게 뭐야? 무슨 놈의 짬뽕에 짱돌이 들어 있어?"

안경잡이가 버럭 소리를 지릅니다.

"어이, 주인장! 이리 와보슈."

장 서방이 카운터에서 벌떡 일어나 손님에게 다가가며 슬며시 미소를 짓습니다. 안경잡이는 입 안에서 진주알과 부서진 이 조각을 골라내서는 손바닥에 올려놓고 살핍니다.

"이 사람아, 뭘 잘했다고 웃어, 웃기는? 어라? 이거 진짜 진주 아냐? 진짜 별일이네. 신문에 나는 건 봤지만, 이런 희한한 일이 진짜 있네."

"아이고, 손님, 진짜 당첨, 아니 횡재하셨습니다. 축하드립니다."

장 서방이 조금은 어색한 동작으로 과장되게 축하 인사를 건넵니다. 그러고 나서 홀 안의 다른 손님들을 돌아보며 큰 소리로 말합니다.

"여러분, 저 벽에 붙은 안내문을 보세요. 짬뽕에서 나온 이 진주는 누가 뭐래도 이 손님 겁니다. 여러분도 짬뽕이나 우동 같은 거 드실 때 찬찬히 살펴보시기 바랍니다. 혹시 압니까?"

그러고 보니, 홀 벽에는 늘상 붙어 있던 '무찌르자 공산당 때려잡자 김일성' '매주 수요일은 분식의 날' 말고도, 새로운 글귀 하나가 떡하니 붙어 있습니다. 바로 '음식에서 나온 건 무조껀 손님 꺼래요'. 손님들은 장 서방의 말을 듣고 나더니 먹던 음식 그릇을 젓가락으로 휘저어 봅니다. 장 서방 말마따나, 혹시 압니까? 운이라는 게 남들한테만 닥치라는 법이 없으니.

남들이야 짬뽕 그릇에서 진주를 찾건 말건, 짜장면 그릇에서 다이아몬드를 발굴하건 말건, 여전히 인상을 펴지 않고 있던 안경잡이는 주머니에서 종잇조각을 꺼내더니 손바닥에 올려놓았던 것들을 조심스레 쌉니다.

"여보, 얼른 갑시다."

안경잡이는 장 서방의 팔을 잡아끕니다.

"예? 가다니요? 어딜요? 신문사요, 방송사요? 원 성질도 급하시지."

"뭐, 신문사? 뭔 소리 하는 거야, 이 양반이? 빨리 치과든 경찰서든 가자구."

옆 의자에 놓아두었던 카메라를 어깨에 걸쳐 메며 장 서방을 재촉합니다. 장 서방 눈이 휘둥그레 커집니다.

"겨, 경찰서요?"

"당신, 이거 똑바루 보라구. 여기 진주에 구멍 뚫린 거 보이지? 분명히 이 집 실수로 빠뜨린 거라구. 아님 일부러 그랬든지. 이거 두 군데 다 가야겠구먼, 경찰서랑 치과."

안경잡이가 주머니에서 진주알을 꺼내어 장 서방 눈앞에 들이밀자, 장 서방은 그제야 사태 파악이 된 듯 얼굴이 하얗게 질립니다.

"저기…… 그…… 이거 손님 꺼래두요?"

"뭐어? 이거나 먹구 떨어지라구? 웃기구 있네, 이 양반. 고로케는 못 하지. 요새 어금니 하나 해 박는 데 얼만 줄이나 알아? 이까짓 꼴난⁹⁷ 싸구려 진주 한 알? 긴 얘기 말구 우선 치과부터 가봅시다. 증거물은 여기 있으니 경찰서는 그 담에 가구."

---

97 '겨우'란 뜻의 사투리.

장 서방은 아무 말도 못 하고 손을 들어 벽에 붙은 문구를 가리킵니다.

　　"어쭈, 이건 또 뭐야? 으응, 이제 보니 이거, '중국집 음식에서 진주 나옴' 그거 신문에 나구, 또 소문두 나서 손님이 몰려든다니까, 당신이 일부러 한 짓이구만. 그래, 당신 번지수는 제대로 짚었네. 내가 바로 신문기자니깐. 소원대루다가 신문에 크게 써 갈겨주지. 하이간 요즘은 촌놈들이 더 무섭다니까. 내 어이가 없어서, 원. 어이구 아파. 자, 후딱 가자구."

　　안경잡이가 신문기자라니요? 이거 장 서방 당초 계획하고 틀어져도 단단히 틀어졌습니다.

　　"저어, 선생님, 기자 선생님, 그……."

　　카메라 끈을 붙잡고 매달려 보지만, 사달이 나도 크게 난 듯합니다.

　　"허어, 이 사람이? 그럼, 우리 아예 가나다 순서루 갈까? 경찰서 먼저 가고 싶어? 당신이 정 가기 싫으면 아예 내가 경찰서장을 일루 오라 그래주까?"

　　안경잡이는 벽으로 다가가더니 '음식에서 나온 건 무조껀 손님 꺼래요'라고 쓰인 종이를 거칠게 뜯어 양복 안주머니에 넣습니다. 장 서방은 카메라 줄을 붙들고 졸졸 따라나갑니다.

　　"아니, 저기, 선생님…… 경찰서는 저기…… 잠깐 말씀 좀……."

그래봐야 도살장 끌려가는 소처럼 하릴없이 질질 끌려갈 수밖에요. 홀 안 손님들은 '이게 도대체 무슨 일인가' 하며 어안이 벙벙해서 바라만 보고 있고, 주방장 만성은 장 서방을 도와줘야 하나 말아야 하나, 안절부절못할 뿐입니다.

이를 다친 건 안경잡이지만 앓는 소리는 장 서방 입에서 나옵니다. 한참이나 사정사정하고서야 간신히 경찰서행은 피했습니다. 치과까지 끌려간 장 서방은 머리를 땅에 닿을 만큼 조아리며 두툼한 봉투까지 바친 뒤에야 겨우 안경잡이의 손아귀에서 벗어납니다.

"당신 운 좋은 줄 알아. 그리구 인생 똑바루 살아. 낫살이나 핥아갓구는 어디서 순……."

안경잡이가 마지막으로 한 마디 쏘아붙이고 돌아서자, 그제야 장 서방은 머리를 감싸 쥐며 주저앉습니다.

"으이구, 새파랗게 어린놈한테 이게 무슨 개망신이냐. 망할 놈의 나까마 오, 이 웬수! 뭐, 장사 노나는[98] 비결이라구? 게다가 순 싸구려 목걸이 알? 이런 쥑일 놈!"

제 욕심에 제가 속아 넘어간 건 생각 못 하고 장 서방은 오 씨만 원망합니다. 물론 믿거니 하는 사람을 속인 오 씨가 나쁜 놈인 건 두말할 것도 없습니다만.

---

98 '횡재하는, 대박나는'이라는 뜻으로 쓰이는데, 어원은 불분명하다.

10화
암호명 딸기

장 서방의 야심 찬 선진 경영기법 도입이 실패로 돌아가고 소림반점에서 '음식에서 나온 건 무조껀 손님 꺼래요'라는 안내문이 뜯겨져 나간 며칠 뒤의 일입니다.

밤 깊은 진선미 미장원에는 빨간 알전구만이 흐릿한 빛을 내고 있습니다. 혈기왕성(血氣旺盛)한 두 청춘 남녀가 소파에 나란히 앉아 있는데, 어째 좀 거시기합니다. 진선은 오늘도 그 '계원'하고 나이롱뽕 치러 간 모양입니다. 평소에는 입술 박치기나 좀 찐하게 해대던 성길이 오늘따라 거칠게 덤벼듭니다. 자꾸 손을 브래지어 속으로 집어넣으려 드니 선미는 당황스럽습니다.

"어머, 얘가 오늘 왜 이래? 이 손 안 치워?"

"선미야아, 제발."

"엄머머? 갈수록? 우리 거기까진 안 하기루 약속한 건 뭐니?

자꾸 이러면 진짜 이제 너 안 만나줄 거야."

"오늘만, 제발, 선미야아."

성길은 입으로는 애원하면서도 눈은 자꾸 출입문 쪽을 힐끗거립니다. 진선이는 여느 때처럼 내일 아침 해가 중천에 뜬 다음에나 돌아올 텐데 뭐가 두려운 걸까요?

선미에게는 말하지 못했지만, 성길은 실은 두려운 게 아니라 기다리는 게 있습니다. 성길이 힐끗거리는 출입문 너머에는 성길의 짐작대로 그림자 하나가 웅크리고 있습니다. 제가 무슨 고담 시[99]에 출몰하는 배트맨이라도 되는 양, 언제부턴가 어둠 속에서 홀연히 나타났다가 표표히 사라지곤 했던 바로 그 사람. 방첩대장 전 소령이 육사 동기이자 절친인 노 소령에게서 꾸어 온, 비밀 요원 최대한 중사입니다. 정예 방첩대원인 최 중사는 간첩 잡는 임무를 맡는 대신, 성길이 가는 곳마다 따라다니면서 성길이 간첩 신고를 하지 못하게 막는, 세계 첩보사에 유례가 없는 기괴한 임무를 수행 중입니다. 물론, 성길의 무차별적인 거수자 신고에 진력이 난 전 소령이 그 돌보다 단단하다는 머리를 굴려 짜낸 묘안, 이라기보다 꼼수입니다. 최 중사가 불철주야(不撤晝夜) 임무를 충실히 수행한 덕에, 그래도 지난 한 달여, 방첩대원들의 수면 부족과 소화 불량 문제도 어느 정

---

99   Gotham City. 영화 배트맨 시리즈에 나오는 가상의 도시.

도 해소가 되고, 5분 대기조 병력의 무좀 발생율도 대폭 낮아졌으며, 군대 간 오빠, 아들, 애인 면회 온 일반 시민들이 면회소보다 방첩대 지하실을 먼저 구경하는 불상사가 확연히 줄었습니다. 이 시골 마을에 예기치 않게 들이닥친 사회적 혼란을 단호하고 슬기로운 리더십으로 극복해 낸 훌륭한 사례라 아니할 수 없습니다.

성길의 육감이 반은 맞았지만 결정적으로 틀린 게 있습니다. 성길이 누군가에게 미행당하고 있는 것 같다고 느낀 것은 아주 예리한 포착이었지만, 그 누군가가 북한 간첩일 거라는 짐작은 전혀 번지수를 잘못 찾은 것입니다. 만성의 말마따나 그 그림자가 정말로 북한에서 파견된 공작원이었다면, 성길이 여태껏 목숨을 부지하고 있는 게 기적이겠지요.

그런데 미용실 문밖에서 성길을 감시하던 최 중사의 행동이 영 이상합니다. 분명히 제 이름 그대로 최대한 제 존재를 감추어야 할 인간이 문틈으로 미용실 안을 들여다보는 사이에 본분을 망각한 모양입니다. 옛날 서양의 어느 귀족 부인이 알몸으로 말을 타고 거리를 내달릴 때, 혼자서 몰래 그걸 훔쳐보던 사람이 있었다더니, 최 중사는 거꾸로 거리에서 방 안을 훔쳐보고 있는 셈입니다. 성길의 일거수일투족을 놓치지 말라는 엄명을 받았으니 명령에 충실한 거야 이해가 가지만, 암만 그래도 성길이 간첩 용의자도 아닌데 적당히 지켜야 할 선이 있는 것 아닙니까? 최 중사의 지금 모습은 대공 용의자를 감시하는 방첩 요원이라기보다는 남들의 은밀한 행위를 엿보는 변태성 욕자에 가깝습니다.

커튼 사이로 대체 어떤 장면이 비치는지는 알 수 없지만, 최 중사가 거친 숨을 몰아쉬다가 꿀꺽 침을 넘기는 소리가 밤거리 적막을 깰 정도입니다. 그러더니, 오잉, 최 중사 오른손이 바지춤으로 들어갑니다. 아무리 인적이 끊긴 지 오래된 시골 밤거리라지만, 엄연히 사방이 횅하니 뚫린 길거리인데, 이게 무슨 짓입니까? 배트맨이 아닌 바바리맨이었다는 말입니까?

정작 최 중사는 제가 지금 어디에서 뭘 하고 있는 건지 잊은 듯합니다. 눈은 좁은 문틈에서 떼지 않은 채, 손은 열심히 위아래로 흔들어 댑니다. 그때, 무아지경(無我之境)에 빠진 최 중사의 뒤편에서 소리 없이 다가서는 또 다른 그림자가 있습니다. 이 동네의 밤거리는 그림자 세상인 모양입니다. 그림자는 도둑고양이처럼 소리도 없이 살금살금 최 중사의 등 뒤까지 다가가더니, 무쇠 프라이팬으로 최 중사 뒤통수를 사정없이 후려칩니다.

쾅!

일격에 휘청하는 최 중사가 채 쓰러지기도 전에 정수리, 앞통수, 옆통수, 뒤통수 돌아가며 프라이팬이 현란하게 춤을 춥니다. 전광석화(電光石火) 같은 휘황찬란(輝煌燦爛)한 손놀림. 검이 아니라 프라이팬이 춤출 뿐이지 강호의 고수라 한들, 가히 어느 고수의 손속[100]이 저리도 황홀하겠습니까.

타아! 텅! 투둥! 콰광!

맞는 부위마다 미묘하게 다른 타격음이 이어져 네 박자 트로트로 들리는가 싶더니 이윽고 지르박[101]을 추듯 푸댓자루 넘어지는 소리가 들립니다.

털썩!

마지막으로 징 소리 같은 묵직한 소리가 밤거리에 널리 퍼져나가고, 태풍에 고목 쓰러지듯 최 중사가 그 자리에 뻗어버렸습니다.

"잡았다!"

문밖에서 나는 소리를 듣고 성길이 기다렸다는 듯 뛰쳐나갑니다. 풀린 브래지어를 한 손으로 붙들고 있던 선미는 어안이 벙벙해서 어찌할 바를 모릅니다. 성길이 다급하게 외칩니다.

"불, 불! 선미야, 불!"

"뭐? 불이라고?"

당황한 선미는 다급하게 사방을 두리번거리다 양동이를 찾

---

100 손놀림. 손의 움직임.

101 1930년대 후반부터 미국에서 유행한 4분의 4박자 스윙에 맞춰 추는 사교 댄스.

아 들고 성길을 따라나섭니다. 출입문을 나서자마자 처음 눈에 띄는, 바닥에 쓰러져 있는 시커먼 물체에 물을 확 끼었습니다. 무쇠 프라이팬 타구봉법에 그 자리에서 까무러친 최 중사가 물벼락을 맞더니 다시 정신이 드나봅니다.

"으으음……."

신음소리를 내며 꿈틀거리는 기미를 보이자, 다시 한 번 무쇠 프라이팬이 최 중사의 마빡을 강타합니다. 콧잔등으로 김일의 박치기를 받아내도 이보다는 덜 아플 겁니다. 최 중사는 다시 꼴까닥 기절하고 맙니다.

갑자기 쏟아진 물벼락에 프라이팬 일타(一打)까지, 성길이 어이가 없습니다.

"순자야, 아니 선미야! 그 불이 아니구, 전깃불. 불을 키라구!"

그제야 말뜻을 알아차린 선미가 미장원으로 다시 뛰어 들어가고 곧바로 외등이 켜집니다. 외등 아래 최 중사의 모습이 비로소 뚜렷하게 보입니다. 지난 한 달여, 성길의 뒤를 집요하게 쫓던 그림자의 실체입니다. 최 중사 옆에 청룡언월도(青龍偃月刀)를 들쳐 멘 장비마냥 프라이팬을 꼬나 메고 의기양양하게 서 있는 사람은 다름 아닌 소림반점 주방장 만성입니다.

"형, 아주 잘했어. 제대로 때려잡았네."

"야, 내가 프라이팬 잡은 지가 어언 10년이 넘는다. 이걸로 주방에서 때려잡은 쥐새끼하고 바퀴벌레만 해도 사열종대로 세우믄 여기서부터 서울까지 왕복하고도 남는다. 이깟 간첩 한 마리 잡는 거야 식은 군만두 먹기지."

성길이 조심스레 최 중사의 몸을 뒤집니다. 그 사이 선미가 정신을 차린 듯 옷매무새를 매만지며 미용실 안에서 나옵니다. 선미는 최 중사를 내려다보더니 갑자기 무자비하게 발길질을 해댑니다.

"이 나쁜 새끼. 천하의 변태, 도둑놈 새끼. 어딜 엿봐?"

발길질만으로는 성에 안 차는지 만성의 프라이팬을 낚아챕니다. 성길이 뒤에서 껴안아 말려보지만 막무가내입니다.

"형, 뭐해? 빨리 들어가서 신고해. 이러다 죽이겠어."

"신고는 어떻게 하는 거야?"

"어휴, 형은 그것도 안 해봤어? 간첩 신고는 113, 아니면 112!"

읍내 허름한 여관방입니다. 워낙 자린고비라서 굳이 이런 허름한 데를 찾아온 건 아닙니다. 1960년대 촌 여관방이라는 게 이 정도면 준수하지요. 천장에 매달린 전등이 흔들리고 있습니다. 전등 아래로 두 사람의 몸뚱이도 흔들립니다. 분명 알몸인데 굳이 모자만은 쓰고 있는 게 어쩐지 낯익습니다. 맞습니다. 좁아터진 여관방에서 헉헉대며 용을 쓰고 있는 사람은 다름 아닌 전 소령입니다. 전 소령의 소중한 머리카락을 다 쥐어뜯기라도 하려는 듯 두 손으로 머리통을 붙들고 누워 있는 사람은 나이롱뽕 하러 간다던 진선입니다. 성길도 번지수를 잘못 알았지만, 최 중사도 번지수를 잘못 짚은 게 틀림없습니다. 피핑 톰(Peeping Tom)[102] 노릇을 하려거든 진선미 미장원을 기웃거릴 게 아니라 이 여관방을 찾아왔어야지요. 두 사람이 포개 누운 이부자리 양옆에는 무전기와 권총이 놓여 있습니다.

갑자기 밖에서 자동차 경적이 울립니다.

빠앙~

전 소령이 반사적으로 권총을 잡습니다.

빵!

길게 한 번, 짧게 한 번. 약속된 경적이 울리자, 전 소령은 하던 일을 멈추고 잽싸게 몸을 일으킵니다. 서둘러 옷을 꿰입고 주섬주섬 무전기며 권총을 챙기더니 밖으로 나갑니다.

"아이, 뭐야? 김일성이 또 쳐들어오기라두 했대?"

잘난 애인 둔 탓에 이와 비슷한 일을 겪은 것이 한두 번은 아니지만, 그래도 오늘 밤처럼 결정적인 대목에서 무드가 확 깨지는 일은 처음인지라 진선은 앙탈을 부리지 않을 수 없습니다.

"그런 거 아냐. 진선이는 요기 가만있다가 주위가 잠잠해지거든 나중에 나오라구. 곧바로 따라나오믄 안 돼!"

---

102 엿보기 좋아하는 사람, 관음증 환자.

"칫, 내가 뭐 5분 대기조인가? 빨개벗구 있다가 금방 뛰쳐나가게?"

구시렁대는 진선을 단속해 놓고 재빨리 여관을 빠져나온 전 소령은 길가에 대기 중인 지프에 올라탑니다.

"뭐야? 간첩이 나타난 건 아닐 꺼구. 우리 마누라가 내려온 거야?"

"사모님은 아니구요, 간첩입니다."

운전병이 대답합니다.

"그래? 신고가 들어온 건가?"

전 소령은 자기 무전기를 점검해 봅니다.

"어디래? 고성길은 아닐 꺼구."

"고성길입니다. 이번엔 아예 제 손으로 붙잡았답니다."

"뭐? 고성길?"

그럴 리가 있나?

전 소령은 무전기를 여기저기 눌러보고 두드려 봅니다. 치직 소리만 날 뿐 응답이 없습니다.

"최대한, 이 새낀 어찌 된 거야?"

응답이 없으니 답답할 따름입니다.

"네? 누구…… 무슨 말씀이십니까?"

"아니, 아무것두 아냐."

최대한이 떡허니 지키고 있을 텐데, 고성길이 무슨 수로 신고를 했다는 거야?

"근데, 잠깐. 뭐라? 잡았다구? 너, 방금 잡았다 그랬어? 고성
길 그눔아가, 뭐, 간첩을 잡았다구? 너 지금 나하구 농담 따먹
기 하냐? 이 자슥이, 아예 김일성이를 생포해 왔다 그래라, 일
마야!"

"네, 잡은 게 분명하구요. 이번엔 진짜 같답니다. 이미 출동
병력이 생포된 간첩을 인수해서 부대로 호송 완료했답니다. 무
전기와 권총도 나왔답니다."

"그으래? 지금 부대로 가는 거 맞지?"

전 소령은 고개를 갸우뚱하며 차 안에 있는 대형 무전기를
집어 듭니다.

"나, 대장이다. 어, 그래? 알았어. 그놈, 내가 갈 때까지 다른
조치 취하지 말고 기다려."

어찌 된 영문인지 썩 잘 이해가 되지는 않지만, 어쨌든 진짜
간첩을 잡았다면 이거 큰 사건입니다. 이참에 아예 다른 동기
생들은 따라올 엄두도 못 내게 크게 한발 앞서가는 기회가 될
수도 있습니다.

그럼 그렇지. 내가 이 촌구석에 떨어졌다고 박수 치고 좋아
하던 놈들, 요런 반전이 있는 줄은 몰랐을 거다, 이놈들아……

전 소령의 가슴이 쿵쾅대는 건 아까 여관방에서 하던 일의
여운이 남아서만은 아닐 겁니다. 그런데, 어쩐지 마음 한구석
이 영 개운치 않습니다.

최대한이 이 자슥은 대체 어디서 뭐 하고 있길래 무전도 안 받는 거야?

××방첩대 지하 취조실입니다. 군인들이 나라를 통치하던 시대를 살았던 사람들이라면 말만 들어도 가슴이 서늘해질 만한 이곳에 성길, 만성, 선미가 나란히 앉아 있습니다. 최 중사는 손발이 꽁꽁 묶인 것은 물론 입에 재갈까지 물린 채 바닥에 널브러져 있습니다. 그 주변을 군용 잠바 차림의 방첩대원 몇 명이 에워싸고 있습니다. 사냥감을 잡아다 놓고 어떻게 요리할까 궁리하고 있는 듯한 광경입니다.

조심스레 주위 눈치를 살피던 선미가 성길의 팔을 끌고 한쪽 구석으로 갑니다.

"그니까, 저놈이 우리 웅…… 그러는 거 다 봤다, 이거지?"

최대한 목소리를 낮춘다지만. 좁은 지하실 안인지라 쥐새끼가 아니라도 다 알아들을 만합니다. 성길은 대답 대신 고개를 끄덕입니다. 화가 치솟은 선미가 라이트 스트레이트를 성길의 안면에 날립니다. 김기수 선수가 니노 벤베누티[103]를 때려눕히던 바로 그 주먹만큼 날카롭습니다. 졸지에 일격을 당한 성길

---

103 1966년 6월 25일 서울 장충체육관에서 도전자인 한국의 김기수가 챔피언인 이탈리아의 니노 벤베누티를 이겨 세계복싱협회(WBA) 주니어 미들급 세계 챔피언 타이틀을 거머쥐었다.

의 몸이 휘청거립니다.

"몰라 몰라, 난 이제 어떡해?"

말은 '몰라 몰라' 하면서도 선미는 다시 뒷발을 내지릅니다.

퍽!

졸지에 쪼인트까지 까인 성길이 정강이를 붙들고 신음을 삼킵니다. 이제 경기는 복싱에서 종합 무술로 넘어갑니다.

"게다가, 넌 다 알믄서두 계속⋯⋯."

이번엔 어퍼컷을 한 방 성길의 복부에 꽂아넣더니, 얼굴을 감싸며 돌아앉습니다.

"그것두 부러 딴 때보다 더 야하게⋯⋯."

그걸로 끝난 게 아니었나 봅니다. 일어서며 뒤돌려차기! 성길이 구석에 쓰러져 웅크리자 뒤꿈치 들어 내려찍기! 성길은 일방적으로 얻어맞고 찍히면서도 '억!' 소리 한 번 내지 못합니다.

거리를 두고 지켜보던 만성은 마치 제가 얻어맞기라도 하는양, 선미가 손발을 내지를 때마다 몸을 움찔거립니다.

선미의 경공술(輕功術)이야 이미 산속에서 성길이가 심봉사될 위기에 처했을 때 초상비(草上飛)[104], 답설무흔(踏雪無痕)[105]의

---

104 풀잎 위를 밟으며 날아가듯 내달리는 수준이다.

105 눈을 밟고 뛰어도 눈에 발자국이 남지 않는 경지를 일컫는다. 이 경지는 초상비의 바로 윗 경지로 내공의 수발이 자유로워 몸을 가볍게 할 수 있으며 경공의 효율이 높아져 몸이 기민하다.

경지에 이르렀음을 보여줬지만, 지금의 악독하고 잔인한 손놀림은 뭘까요. 손바닥에서 바람만 나오지 않을 뿐이지 가히 무림 최악녀(最惡女)이며 냉한설녀(冷寒雪女)인 빙옥수(氷玉手)를 방불케 합니다. 어쩌면 자칫 장풍까지 시전(施展)[106]하면 성길이 크게 잘못될 수도 있으니 사정을 크게 봐주는 걸지도 모릅니다.

선미는 잠시 숨을 돌리더니, 그래도 분이 안 풀리는지, 벽에 걸린 몽둥이, 채찍 쪽으로 걸어갑니다. 이때 문이 벌컥 열리면서 전 소령이 들어섭니다. 다들 경례를 올려붙이며 뒤로 물러섭니다. 적어도 이 순간만큼은 전 소령이 성길의 구세주요 생명의 은인입니다.

전 소령 눈에 제일 먼저 코밑에서부터 발끝까지 돌돌 말려 묶인 채 바닥에 널브러져 있는 사내가 보입니다. 최대한입니다.

"이런 빌어먹을……."

전 소령은 갑자기 맥이 탁 풀리면서 머릿속으로 열이 확 치솟는 느낌입니다. 힐끗 보니 책상 위에는 권총, 무전기, 지갑 등이 놓여 있습니다. 방첩대원 하나가 책상 위의 지갑을 들어 전 소령에게 건넵니다.

"대장님, 이것 보십시오. 이 새끼 이거 해필이믄 우리 방첩대

---

106   재주를 펼쳐 보임.

신분증으로 위장하고 왔습니다. 보세요, 국군방첩사령부, 중사 최대한. 권총, 무전기, 모두 미제예요. 아군이 쓰는 겁니다. 위장술을 철저하게 썼는데요. 이거 오랜만에 한 건 제대로 올린 것 같습니다."

전 소령이 신분증을 받아 보며 별다른 대꾸 없이 얼굴을 찌푸립니다. 신분증을 자세히 들여다볼 필요도 없습니다.

간첩을 포획했다기에 잔뜩 기대하고 달려왔더니, 이게 뭔 일이람?

기가 차서 말이 안 나옵니다. 재갈을 먹여 아무 소리도 못 내는 최 중사는 얼굴에 있는 온갖 근육을 구기며 절박한 표정을 지어보지만, 전 소령은 최 중사 쪽으로 시선도 주지 않습니다.

"어이, 이거 꼴 보기 싫어. 절루 치워!"

대원 하나가 최 중사 옆구리를 발로 뺑 지르자, 최 중사는 구석까지 굴러가 처박힙니다.

선미에게 얻어맞느라 정신 못 차리고 있던 성길이 그제야 자리를 털고 일어나 전 소령에게 경례를 붙입니다.

"방! 첩! 대장님, 이번엔 틀림없죠? 그죠? 저 포상금 타는 거 맞죠?"

"으음…… 머…… 그야 철저히 조사를 해봐야 아는 거니까……."

"아유, 조사하고 자시고 할 게 뭐 있어요? 권총까지 나왔는데, 뻔할 뻔짜죠. 무장공비니깐 일반 간첩보다 포상금 더 나오죠, 그쵸?"

"야, 임마, 넌 포상금 탈라구 간첩 잡냐?"

전 소령이 버럭 소리를 지릅니다. 안 그래도 머리끝까지 열이 뻗치는 판에 눈치 없는 성길이 포상금 타령을 해대니 막말로 아주 돌아버릴 지경입니다.

"그런 건 아니지만…… 그래두 나라에서 주기루 약속한 거잖아요."

"어쨌건 먼저 조사를 철저히 해봐야 아는 거니까, 집에 돌아가 조용히 기다리라구."

그러다가 갑자기 부관을 야단칩니다.

"야! 근데, 여기가 어디라구 민간인들이 들어와 있나?"

"어? 저, 직접 생포한 당사자들이구, 또, 꼭 할 말도 있다는데다가…… 어차피 얘들 진술도 받아야잖습니까?"

"알았어. 자알 했어. 자알들 했다구."

전 소령은 아예 눈을 찔끔 감아버립니다.

"어쨌든, 쟤들 여기서 내보내."

부관이 눈짓을 하자 성길이 하는 수 없이 자리에서 일어섭니다. 밖으로 나가는 듯하더니 문간에서 머뭇거립니다.

"저어……."

"왜, 또 뭐야?"

"저놈, 두 번째로 기절하기 전에 손이 바지 속에서 꼼지락댔어요. 혹시 거기 수류탄이래두 있을까 봐, 그대루 꽁꽁 묶어 왔으니까, 풀를 때 조심하시라구요."

"휴우, 알았어. 알았다구. 우선 얼른 꺼져. 꺼져주시라구!"

전 소령이 다시 한 번 폭발하자, 방첩대원 하나가 재빨리 성길이 일행을 몰고 나갑니다. 무장 간첩을 생포한 기쁨에 들떠 있던 취조실에 서늘한 냉기가 흐릅니다.

약간 들떠 있다가 맥이 풀리기는 전 소령도 마찬가지입니다. 아니, 맥이 풀린 정도가 아니라 아찔합니다. 이런 웃기는 짜장면 같은 일을 대체 어떻게 풀어나가야 할지……. 사실이 드러나고 소문이라도 퍼지는 날엔 계급장 떼이는 건 어떻게 면한다 하더라도 가는 데마다 돌대가리라고 손가락질 받을 게 뻔합니다.

아이구야, 미치구 환장하겠구만. 어째 이 동네는 하나도 맘에 드는 게 없냐…….

워낙에도 청순한 머릿속이 허옇다 못해 텅 빈 느낌이지만, 이럴 때일수록 발 빠른 조치가 필요합니다. 속전속결! 초전박살!

"야, 당장 간부회의 소집해!"

"넷! 이미 비상 소집했습니다."

그래도 제법 눈치가 빠른 놈은 부관밖에 없습니다. 부관한
테는 미리 귀띔이라도 해둘 걸 그랬습니다. 일이 이처럼 커지기
전에 막을 수 있었을 텐데요.

"당장 내 방으로들 올라오라 그러구…… 저 화상, 저것도 끌
고 와!"

"넷? 무장 간첩을요?"

부관이 의아한 듯 반문을 합니다.

"끌고 오라믄 끌고 와, 토 달지 말고!"

전 소령이 취조실 철문을 군홧발로 쾅 차고 나갑니다. 제 성
질에 못 이겨 발길질을 했지만, 발가락이 무척 아픕니다. 금세
사라지지 않는 통증이 아무래도 엄지발가락에 금이라도 간 건
아닌지 은근히 걱정됩니다.

젠장, 뭐 이렇게 되는 일이 없어!

그래도 부하들 앞에서 모양 빠지게 엄살을 부릴 수는 없는
일. 전 소령은 이를 악물고 최대한 태연한 척 걸어갑니다. 왜
하필 취조실을 지하에 만든 건지, 숱하게 많은 계단을 걸어 올
라갈 일이 아득합니다.

한밤중, 방첩대장 사무실에는 몇 시간째 담배 연기만 자욱
합니다. 회의용 탁자 위 끄트머리에는 최 중사가 무릎을 꿇고
앉아 있고, 그 앞에는 무전기, 권총, 라이방, 신분증 등이 마치
범죄 증거물처럼 가지런히 놓여 있습니다. 최 중사의 맞은편에

는 전 소령이 머리를 감싸 쥐고 앉아 있고, 탁자 좌우로 방첩대 간부들이 침통한 표정을 짓고 있습니다.

"어이구 두야, 대가리 쥐 나네 이거. 이러니 머리가 안 빠지구 배기냐구. 노 소령 그 물에 물 탄 듯한 녀석을 믿은 내가 바보, 빙신, 멍충이지. 그것두 동기라구. 내 언제 그거 땜에 된통 한 번 바가지 쓰지. 어이구. 사령부에서 똑똑한 놈 하나 빌려 달랬더니 저런 걸 보내줘? 어디서 골라도 꼭 지같이 덜떨어진 걸…… 으이구…… 똑똑? 딸딸이 치다 민간인한테 뒤통수 맞고 잡혀 온 놈이 똑똑?"

누굴 나무라는 건지, 제 신세타령을 하는 건지, 전 소령은 큰 소리로 분통을 터뜨리고, 다른 간부들은 죄다 꿀 먹은 벙어리입니다.

"으, 속 터져. 고성길이 그눔아 땜에 느들 고생하는 꼴들이 안 돼서 내가 미행 하나 붙여 고생 좀 덜어줬더니, 이게 무슨 망신살이냐? 김일성이 알까 무섭다. 그 새끼 알믄 별이래두 당장 쳐들어오겠다야. 대한민국 방첩대 정예 요원이라는 게 저런 빙충이 같은 놈인 걸 알믄 얼씨구나 하겠지. 으이구……."

이런 상황에선 그저 자라목 하고 앉아서 가만히 남의 눈치나 보는 게 최선이라는 건, 아랫사람 노릇, 특히 성질 더러운 놈들 밑에서 월급쟁이 노릇 해본 사람이라면 누구나 잘 알지요. 전 소령의 원맨쇼만 이어질 뿐, 누구 하나 대꾸하거나 맞장

구치는 사람이 없습니다.

"아, 뭣들 해? 다들 벙어리야? 무슨 안을 내봐, 안을. 고성길이 그 새끼가 낼부터 사방천지 다 떠벌리구 다닐 텐데, 어쩔 거야 이거? 당장 상금부터 내놓으라구 지랄 떨 거 아니냐구?"

이런 마당에 눈치 없이 입을 열 사람이 사오정 말고 또 있겠습니까? 아무도 말을 꺼내지 못하고 전 소령과 눈을 마주치지도 않은 채 어색한 침묵을 지킬 따름입니다.

그때입니다. 눈치를 살피던 부관이 환한 얼굴로 전 소령에게 다가가 귀에 대고 속삭입니다.

"까짓것, 못 잡으면 만들면 되지 않습니까?"

잠시 고개를 갸우뚱하던 전 소령 얼굴이 갑자기 환해집니다.

"그래, 그렇지. 그런 수가 있었지."

전 소령이 손바닥으로 책상을 탁 내리칩니다.

"어이, 부관만 남구 다들 나가."

장교들이 노예 해방 선언이라도 들은 듯, 아니 대한 독립 만세라도 외치고 싶은 표정으로, 앞다투어 자리에서 일어납니다. 최 중사도 어정쩡한 동작으로 자리에서 일어섭니다. 꼼짝 못하고 무릎을 꿇고 앉아 있던 터라 다리가 저려서 제대로 서지도 못합니다.

"너, 최대한! 어딜 가, 임마? 넌 남아."

최 중사가 무색한 얼굴로 자리에 주저앉습니다. 다들 밖으로 나가고, 사무실엔 전 소령과 부관, 최 중사만 남습니다.

"최대한, 넌 지금부터 간첩이야, 임마. 간첩!"

최 중사의 얼굴이 하얗게 질립니다.

"아니, 대장님······ 그게 무슨······."

"시끄러, 임마! 임무 수행은 안 하고 딸딸이 치다 잡혀 온 새끼가 뭔 할 말이 있어? 그래, 그렇지, 암호명은 딸기다. 딸딸이 치다 기절한 놈. 그리구 조선민주주의인민공화국 인민무력부 소속 대남공작원이야, 알았어?"

"대장님, 죽을죄를 졌습니다만, 제가 명색이 방첩대원인데 어떻게······."

"까라믄 까는 거지, 토 달지 마. 확 남한산성에 보내버릴까 부다."

최 중사가 움찔합니다.

"지금부터 내가 시키는 대로만 해. 이제껏 있었던 일, 앞으로 생길 일은 절대 아무한테도 얘기하지 말고. 다른 데 함부로 발설하거나 내가 시키는 일에 토 달믄, 그 즉시로 영창에 집어넣어 버린다. 너 같은 놈 하나 작살내는 건 아무 일도 아닌 거, 알지?"

최 중사는 이제 거의 울상입니다. 물론 잘 알지요, 왜 모르겠습니까?

"야, 부관. 너, 작전 잘 짜서 얘 교육 똑바로 시켜. 이번에도 떨빵하게 굴어서 일을 그르치믄 너나 할 거 없이 우리 다 같이 망하는 거야. 옷을 벗어두 단체루 벗어야 되구, 일렬종대 아주 줄지어서 영창에 들어갈 판이라구."

"넵, 걱정 마십쇼. 철두철미(徹頭徹尾) 교육시키겠습니다."

탁, 타탁, 탁 타타탁!

타자기 소리가 경쾌합니다. 방첩대 사무실의 책상들은 대부분 비어 있고, 여군 하사 혼자서 작은 책상을 지키고 앉아 뭔가 열심히 타이핑을 하고 있습니다. 한쪽 벽에 놓인 나무 의자에 성길네 일행 셋이 앉아 꾸벅꾸벅 졸고 있습니다. 이따금 정신을 차린 듯 서로 소곤거리기도 하고 하품도 합니다. 이렇게 날밤을 꼬박 새운 모양입니다.

입을 가리고 하품을 하던 성길이 여군에게 다가갑니다.

"저어, 저기요……."

여군은 고개도 들지 않고 타이핑을 계속합니다.

"저어……."

"뭐예요?"

여군은 그제야 대답합니다. 그 사이에도 손은 쉬지 않고 타자기를 두드립니다.

"저기 물어볼 게 있는데요……."

여군이 갑자기 타이핑을 딱 멈춥니다. 손은 여전히 타자기 위에 얹은 채 고개만 돌려 성길과 일행을 번갈아 보더니 빠르게 쏘아붙입니다.

"알았어요. 빤쓰 국방색 아니구요. 예비군 훈련 없구요. 생리대 지급 나오는데 안 좋아서 사제 사서 쓰고 보급품은 훈련 때 워카 밑창에 깔아요! 피임약 같은 건 안 나오구요! 됐어요?"

담벼락 너머로 물벼락 쏟아지듯 갑자기 쏟아져 내리는 여군의 대꾸에 성길은 어안이 벙벙합니다. 여군은 새침한 표정으로 고개를 획 돌려 다시 타이핑에 열중합니다.

"저어, 그게 아니라……."

여군은 이번에는 고개도 들지 않고 대꾸합니다.

"뭐욧? 그거 말고 또 궁금한 게 있단 말예욧? 아, 그거? 우리 여군 하사관은 결혼 못 해요. 할램 옷 벗어야 돼욧. 장교는 되구. 이제 됐죠?"

성길이 약간은 성가신 표정입니다.

"아니, 그게 아니구, 그냥 변소 어디냐구 물어볼라 그랬는데……."

여군이 적잖이 당황한 표정입니다. 둘의 대화를 듣고 있던 만성이 혼자서 킥킥댑니다.

"그럼, 할래믄 옷 벗어야지, 누군 옷 입구 하나?"

혼잣말이라고 뇌까린 게 귀에 들어간 모양입니다. 여군이 쩨려보자 만성은 움찔하며 고개를 돌립니다. 사무실 벽에는 굵

234

은 고딕체로 쓴 표어가 붙어 있습니다.

'하면 된다.'

"아하, 그렇지, 맞아. 하면 된다, 바로 그거지."

여군이 만성을 노려보다 손을 들어 변소 쪽을 가리키곤 다시 신경질적으로 타자기를 두드립니다.

타닥 타닥 타타타닥!

이때, 사무실로 통하는 문이 열리고 부관이 나타납니다. 손짓으로 성길네를 부릅니다.

"어이, 이리들 와. 대장님이 부르신다."

11화

내레 북에서 왔시다

읍내 흔하게 있는 숙박업소 중 하나인 '고향 여인숙'입니다. 코딱지만 한 작은 방에 냄새나는 이불 한 채하고 베개만 달랑 놓여 있습니다. 어디서 쥐가 뛰어다니는지 찍찍대는 소리가 납니다. 쥐 오줌 자국이 천장에 덕지덕지 남아 있고, 방 안에서는 정체를 알 수 없는 고약한 냄새가 진동합니다. 여인숙이 생긴 이래 한 번도 청소나 환기를 하지 않은 모양입니다.

오 씨는 이런 환경이 매우 낯익습니다. 제집이라는 게 따로 없이, 이렇듯 싸구려 여인숙 방만 전전한 지 10년이 훨씬 넘었습니다. 오늘 밤도 이 여인숙 방이 제집 안방이라도 되는 양, 난닝구에 빤쓰만 걸친 차림으로 돈을 세고 있습니다. 오 씨가 늘 허름한 차림으로 홀아비 냄새 폭폭 풍기며 다니는지라, 그저 장돌뱅이처럼 떠돌면서 밥술이나 안 끊기고 사는 거라고 짐작하는 대부분의 읍내 사람들이 보면 깜짝 놀랄 만큼 두둑한 돈뭉치입니다. 무릎 앞에는 시계, 안경, 카메라 등 값나가는 물건들이 놓여 있습니다. 오늘 이 동네 중국집, 술집 등을 다니면서 사들인 물건들입니다.

똑, 똑!

문득 방문을 두드리는 소리가 납니다. 오 씨는 일순 긴장하며 문 쪽을 바라봅니다.

똑똑!

얼마 지나지 않았는데, 다시 성급한 노크 소리가 납니다.

오 씨는 얼른 돈과 물건을 가방에 쓸어 넣고, 가방을 옆에 있던 이불 속에 깊이 집어넣습니다. 그러고는 자리에서 일어나 잔뜩 경계하는 낯으로 문으로 다가갑니다.

"뉘시오?"

문에 가만히 귀를 가져다 대보지만 문짝 너머에서는 아무런 대답이 없습니다.

"허어, 여왕봉 왕 마담인가?"

살며시 문고리를 풀고 문을 빼꼼 열어봅니다. 방문이 열리자 갑자기 시커먼 그림자 하나가 불쑥 안으로 들어섭니다. 오 씨는 다짜고짜 밀고 들어온 낯선 사내를 보고 놀라 주춤거립니다.

"어, 어, 뉘시오? 누군데, 이 오밤중에 남의 방엘……."

사내는 아무 말 없이 오 씨에게 다가가 두 손으로 오 씨의 오른손을 붙잡습니다.

"쉿! 해치러 온 사람 아니니 목소리나 좀 낮추슈."

그러고 나서 문밖을 살피며 조용히 문을 닫고 돌아서더니 딱딱 끊어지는 말투로 나직이 말합니다.

"평안남도. 순천. 삼거리. 자전차포 맏아들. 오. 정. 호."

"아니?"

오 씨는 깜짝 놀라 자기도 모르게 목소리를 높였다가 이내 소리를 죽입니다.

"뉘……신대…… 누구시길래…… 설마?"

"기렇소. 내레 북에서 왔시다."

오 씨는 다리에 힘이 풀려 주저앉고 맙니다.

강원도 최전방 지대의 소읍. 근처 군부대 병사들이 외박 나올 때나 이용하는 허름한 여인숙의 구석방 한 곳에는 밤이 깊어가는데도 전등이 꺼지지 않습니다.

삼팔따라지로 이 일대 여인숙을 전전하면서 늘 혼자서 밤을 보내곤 하던 나까마 오 씨에게 오늘 밤에는 손님이 찾아왔습니다. 초대하지도, 기대하지도 않은, 정말 뜻밖의 손님입니다. 그렇지만 세상 그 누구에게도 그 존재와 방문 사실을 알릴 수 없는 손님입니다.

오 씨는 각별히 조심하느라 조바[107]를 시키지도 않고 직접 가게에 나가 술 몇 병과 안줏거리를 사왔습니다. 두 사람은 술잔을 앞에 놓고 숨죽여 이야기를 나눕니다.

"그러니까, 선생이 간첩, 아니 그…… 공화국에서 온 요원이라는 말씀이시지요?"

"허허, 명칭이 뭐가 중요하겠습니까? 남조선 해방의 과업을 위해 신명을 바칠 뿐이지요."

"그런데, 우리 정호는 어떻게 아시는지?"

"저도 오정호 선생을 직접 알진 못합네다. 잘 아는 사람을 통해서 부탁을 받았지요."

"어떤 분이신지?"

"뭐, 자세한 말씀을 드리긴 에렵구요, 오정호 선생과 그 가족 사정을 잘 아는 분이라고만 해둡세다."

오 씨는 조급한 마음을 애써 억누르며 차분하게 묻습니다.

"그래…… 그 아인 어떻게 지낸답니까?"

"그게…… 참……."

손님은 말을 꺼내기가 어려운 듯 주저합니다. 오 씨는 애가 닳습니다.

---

107 일제 강점기 일본어에서 유래. 여관이나 여인숙에서 잔심부름 해주는 아이를 이르는 말.

"거, 뭐, 충분히 짐작은 하고 있으니, 가감 없이 말씀해 주십시오."

"우리 공화국 입장에서 보면 월남자는 반동분자 아니겠습네까?"

손님의 눈이 오 씨를 날카롭게 쏘아봅니다. 반동분자라는 단어와 사내의 눈빛이 비수가 되어 오 씨의 가슴에 꽂힙니다.

"오 선생이 월남한 탓에, 오정호 선생 가족은 반동 가족으로 분류가 되었습네다. 식구가 죄다 아오지 탄광에 배치가 되어서, 이제껏 거기서 제 아바지의 과업(過業)을 씻고 있었단 말입네다."

"그렇군요…… 내 죄가 큽니다."

오 씨는 금방이라도 울음이 날 듯합니다. 혈혈단신(孑孑單身), 빈털터리로 남쪽에 내려와 그동안 먹고 사느라 남을 속이기도 하고 남한테 속아보기도 하며 20년 가까운 세월을 보냈지만, 한 번도 가족에 대한 죄책감에서 벗어나 본 적이 없습니다.

나까마 오 씨는, 간첩이 제대로 알고 있는 바대로, 본래 평안도가 고향입니다. 대대로 그곳에서 세도가의 땅을 부쳐먹고 살아온 소작인 집안입니다. 그렇지만 오 씨는 어릴 때부터 '송충이는 솔잎을 먹고 살아야 한다'는 따위의 말을 가장 경멸했습니다. 코밑이 거뭇거뭇할 무렵부터 고향을 등지고 나와, 넓은 세상 돌아다니면서 하늘을 지붕 삼고 바람을 길동무 삼았습니다. 금광 바람이 불 때는 금에 미쳐 산속에 틀어박혀 보기도 하고, 그러다 답답하면 큰 배가 들어오는 항구에 나가 등짐을 져보기도 하고, 어찌어찌 발길이 이끄는 대로 떠돌다 보니 일본하고 만주 땅도 여러 차례 밟아보았습니다.

광복이 되고 나서는, 오랫동안 못 본 부모님도 보고 싶고 농사지을 땅을 거저 나눠준다는 소문도 있고 해서 고향에 돌아갔습니다. 부모님의 간곡한 부탁에 못 이겨 혼인을 하고 아들도 낳았지만, 타고난 역마살을 어찌할 수는 없었습니다. 농사 체질이 아니니 장사로 돈을 벌어야겠다며, 아내와 갓난아이를 고향 집에 남겨둔 채 평양이다 서울이다 대처로 쏘다녔습니다. 변변한 자본도 없이 그저 예전에 여기저기 돌아다니면서 주워들은 것들을 밑천 삼아, 남의 거래에서 구전(口錢)[108]이나 좀 얻어 쓰거나 시속(時俗)에 어두운 사람들 등이나 치는 정도였기 때문에, 집에 쌀 한 말 제대로 가져다 줘본 적은 없습니다.

돈을 갖다주기는커녕 집에 돌아가는 일도 점점 드물어질 무렵, 그전까지는 그래도 자유롭게 넘나들던 삼팔선이 막히고, 급기야는 전쟁이 터졌습니다. 난리가 터지고 보니 퍼뜩 정신이 들어서 고향에 두고 온 가족들이 걱정되었지만, 피난민 행렬을 따라다니며 제 한 몸 건사하기도 빠듯한 세월이 어언 3년. 고

---

108   흥정을 붙여주고 그 보수로 받는 돈.

향 근처에도 못 가본 채, 야속한 휴전선이 발길을 아예 잘라버렸습니다.

전쟁이 끝나고 나서도 오 씨는 하루도 고향 생각, 가족 걱정을 하지 않은 날이 없습니다. 그래서 북에서 내려온 다른 사람들이 큰 도시에 뿌리를 내리기 시작할 때도, 오 씨는 휴전선에서 제일 가까운 동네를 돌아다니며 나까마 노릇으로 근근이 살아왔습니다. 혹시라도 가족들 소식을 들을 수 있지 않을까, 혹시라도 휴전선이 뚫리면 제일 먼저 고향에 갈 수 있지 않을까, 뭐 이런 기대가 오 씨의 발목을 잡았던 것입니다.

남들은 돈 모아서 가게를 낸다느니 정착할 집을 짓는다느니 할 때에도 오 씨는 그런 데 관심을 두지 않았습니다. 삼팔따라지 소리 들어가며 한푼 두푼 모은 재산은 모조리 분신처럼 들고 다니는 가죽 가방 안에 넣어 가지고 다닙니다. 천년만년 영원할 것처럼 위세 등등하던 왜정도 폭삭 망하고, 할아버지의 할아버지 때부터 지주 노릇하던 사람들이 하루아침에 집도 땅도 모조리 빼앗기고 쫓겨나는 걸 본 오 씨는, 은행이니 땅문서니 하는 것들을 믿지 못합니다. 이따금 만나는 같은 따라지 처지인 사람들이, 북에 살 때 우리 땅 안 밟고는 사람들이 길을 다닐 수가 없었다느니, 안방 이부자리 밑에 지폐로 침대를 만들어 두었다느니, 피난 내려올 때 변소 옆에 빈 독을 묻고 거기 금괴를 넣어두었다느니, 하는 터무니없는 말들을 옛날이야기랍시고 떠들어 대는 것을 들으면, 오 씨는 코웃음을 칠 따름입니다. 믿을 것은 오직 지금 내 손안에 든 것뿐입니다. 은행에 수천만 원을 넣어두거나 명동에 땅을 수백 평 내 이름으로 사두어 봐야, 말짱 황입니다. 세상이라는 게 또 어떻게 바뀔지 어찌 압니까? 그래서 오 씨는 돈을 모으는 대로 작고 가벼운 귀금속으로 바꾸어 가죽 가방 깊숙한 곳에 숨겨둡니다. 제 이름으로 된 집 한 채, 셋방 한 칸 없지만, 그것이 더 홀가분합니다. 언제든, 광복이 그랬던 것처럼 도둑처럼 통일이 찾아오는 날, 오 씨는 그냥 여관방에서 툴툴 털고 나와 가방 하나만 달랑 들고 제일 먼저 휴전선을 넘어갈 것입니다. 남들처럼 은행에 묻어둔 돈, 높은 이자 받자고 꿔준 돈, 찾자고 전전긍긍할 필요도 없고, 집문서 땅문서에 미련 둘 필요도 없이, 한걸음에 고향으로 달려가 오랫동안 돌보지 못했던 아내와 아들에게 용서를 빌고 남은 생을 행복하게 오순도순 살 것입니다. 이제는 더 이상 이역(異域)을 떠돌지 않을 것입니다. 그것이 어느덧 20년 가까이 되어버린 오 씨의 꿈입니다.

"뭐, 그동안 충실하게 사상 재교육도 거치고 공화국 산업 발전에 이바지한 공도 인정받아서, 이제 아오지 탄광을 벗어날 기회를 맞았단 말입네다. 그래서 내가 부탁을 받아서 온 겁네다. 이제 새로 심사를 받아야 하는데, 이게 그 심사하는 사람들이 정해져 있어서리……."

"뭘 어떻게 해야 심사를 통과할 수 있나요?"

"원칙적으루다가 그간의 교화 성적과 사상성이 기준이지만, 그거이 알다시피 워낙 추상적인 게 되어놔서……."

"제가 뭐 도울 수 있는 건 없나요?"

"그게 말입네다…… 실은 오정호 선생이 내 지인한테 부탁한 게 그 일인데 말입네다……."

손님의 목소리가 한층 더 낮아집니다. 오 씨는 귀를 쫑긋하고 제 숨까지 참아가며 얘기에 집중합니다. 그렇게 오 씨는 술에 취하고 낯선 손님이 전해주는 얘기에 홀려 꼬박 밤을 지새웁니다. 꼬리 아홉 달린 여우가 아리따운 처녀로 둔갑해 슬며시 찾아왔다 해도, 오 씨의 마음을 이처럼 뒤흔들지는 못했을 것입니다. 북에서 온 손님의 얘기에 고개를 주억거리기도 하고 제 가슴을 쥐어뜯기도 하다가, 오 씨는 먼동이 틀 때쯤에야 그 자리에 쓰러지듯 몸을 누입니다.

다음날 이른 아침입니다.

좁은 여인숙 방바닥 한쪽에 나까마 오 씨가 몸을 웅크리고 잠들어 있습니다. 이따금 꿈을 꾸는지 오 씨의 얼굴에 가벼운 미소가 지나기도 하고, 뭐라고 알아듣기 힘든 말을 발작적으로 내뱉기도 합니다. 오 씨 옆에 누워 있던 사내가 조심스레 몸을 일으키더니 오 씨를 한동안 살펴봅니다. 가만히 손을 들어 오 씨의 눈앞에 살랑살랑 흔들어 보기도 하고 귀를 가져다 숨소리를 들어보기도 하더니, 자리에서 일어나 바지를 꿰입습니다. 그런 다음 오 씨가 깔고 누운 요를 살짝 들추더니 오 씨의 분신과도 같은 가죽 가방을 슬며시 꺼냅니다. 사내는 다시 한 번 오 씨의 자는 모습을 힐끗 돌아본 후, 가방을 옆구리에 끼고 일어나 방문을 살짝 열더니 고개만 빼꼼히 내밀고 문밖의 동정을 살핍니다. 문소리가 나지 않도록 조심스레 닫고는 까치발로 여관을 나섭니다. 새벽 시간인지라 여관 조바도 잠든 모양입니다. 아무도 내다보는 사람이 없습니다. 이윽고 골목길을 빠져나와 한길로 접어든 사내는 소리 나지 않게 큰 숨을 내쉬더니 씨익 웃고선 걸음을 재촉합니다. 가방을 품 안에 넣어 단단히 단속합니다. 북에서 내려온 간첩이라더니, 정말로 훈련을 잘 받은 모양입니다. 이 모든 과정을 헛기침 소리 한 번 내지 않고 조용하고 민첩하게 해냅니다.

그렇지만, 고도로 훈련받은 이 간첩이라는 사내도 결코 피할 수 없는 게 있었으니, 바로 전봇대 뒤에 숨어서 사내를 지켜보는 성길의 날카로운 눈입니다. 성길은 오 씨가 밤새 또 혼자서 술타령을 하다가 쓰린 속을 부여잡고 있으려니 하는 안쓰러운 마음이 들어서, 새벽부터 주방에서 해장거리를 챙겨다가 가져다주려던 길입니다. 여관 문이 조심스레 열리고 이 동네에서 보지 못했던 낯선 사내가 걸음을 내딛기 전에 골목 안을 좌우로 꼼꼼히 살피는 모습을 보고, 성길은 본능적으로 전봇대 뒤에 몸을 감추었습니다. 시커멓고 촌스러운 얼굴에 뭔가 어울리지 않는 낡은 양복 차림, 흙 묻은 농구화까지, 이건 반공 소년 성길의 가슴을 뛰게 하는 전형적인 거동 수상자입니다. 게다가 그가 들고 있는 가죽 가방이라니. 저건 이 일대에선 모르는 사람이 없는 오 씨의 트레이드 마크가 아닌가. 성길은 해장국 그릇을 싼 보자기를 한 손에 든 채로 사내의 뒤를 밟습니다. 사내는 재빠른 걸음걸이로 골목을 빠져나갑니다. 영화 속 닌자들처럼 은밀하면서도 빠른 걸음으로, 성길이 사내 뒤를 쫓습니다. 처음엔 좌우를 살피느라 분주하던 사내는 한길에 나서더니 이젠 뒤도 돌아보지 않고 종종걸음입니다. 이윽고 사내가 당도한 곳은 읍내 버스터미널. 마침 대기하고 있던 차에 오르는 것을 보고 성길은 얼른 매점으로 뛰어듭니다.

"아저씨, 전화요, 전화."

졸고 있던 매점 주인이 '아침부터 뭔 소린가' 하는 의아한 표정으로 눈만 껌벅입니다.

"아저씨, 빨리요, 빨리. 113. 간첩 신고 113!"

북에서 온 사내가 몰래 여인숙 방을 빠져나간 지 채 한나절도 되지 않아서, 나까마 오 씨는 엉뚱하게도 경찰서 형사반에 나와 앉아 있습니다. 오 씨는 제 이름이 적힌 진술서에 손도장을 찍고, 형사가 건네주는 신문지 조각으로 손가락을 닦습니

247

다. 해장국 한술 못 먹었지만, 술기운은 확 달아난 지 이미 오랩니다.

"세상에…… 아무리 가짜 천지라지만 이젠 간첩까지 나이롱이라니."

오 씨는 아직도 믿기지 않습니다.

간밤에 근 20년 만에 고향에 두고 온 가족 소식을 듣고서 가슴이 요동쳤습니다. 그렇지 않아도 매일같이 술 한두 병을 비워야 그 기운을 빌려 잠이 들곤 하는 처지지만, 어젯밤은 그리움과 회한이 겹치면서 평상시보다 훨씬 많은 술을 마신 듯합니다.

해가 중천에 떠오를 때까지 술기운에 취해 곤히 쓰러져 자고 있는 오 씨의 방을 형사들이 찾아왔습니다. 머리가 깨질 듯하고 몸도 제대로 가누지 못하면서도 오 씨는 가슴이 덜컥 내려앉았습니다. 간밤에 낯선 사내가 불쑥 방안에 뛰어들어, 자기가 북에서 왔노라며 20년 동안 보지 못한 아들 소식을 전해주었던 일이 떠올랐기 때문입니다. 이런 사람 아느냐며 형사들이 일러준 인상착의가 자신이 간밤에 접촉한 간첩과 일치합니다. 오 씨는 머리가 쭈뼛 섰습니다. 인생 나락으로 떨어지는 것은 한순간입니다.

으잉? 그런데, 둘이 술잔을 주거니 받거니, 가슴속에 맺혔던 이야기를 안주 삼아 늦게까지 대작을 했던 것 같은데, 사내는 어디로 사라졌는지 눈에 띄지 않습니다. 내가 꿈을 꾼 건가? 아님, 벌써 헛것이 눈에 뵈는 건가? 어안이 벙벙한 채 형사들을 따라 경찰서에 온 오 씨는 간밤에 있었던 일을 진술하는 과정에서야 비로소 자신이 사기꾼한테 속아 넘어간 사실을 깨달았습니다.

"이놈 이거, 상습범이에요, 상습범. 이북 말씨 쓰는 사람 주변에 어슬렁거리면서 대충 가족 사항이라든가 고향, 출신 학교, 이런 거 알아내 갖고 자기가 이북에서 왔다고 접근해서는, 당신이 월남하는 바람에 식구들이 반동으로 몰려서 고생한다, 아오지 탄광에 있는 가족 편한 데 보내준다, 안부 편지 전해주겠다, 그러면서 금품을 요구하는 거죠. 아, 식구들이 자기 때문에 숙청당할 판이라는데 우리나라 사람들 어지간해선 신고 못하죠. 혹시 긴가민가 하드래두 만에 하나 자기 가족들 더 큰 해꼬지 당할까 싶어, 그저 달래는 대루다가 입던 빤쓰래두 팔아 밥 사 주구 돈 해주구…… 뭐 그런 피해자가 전국적으로 한둘이 아니랍니다. 세상 참."

"에구구야, 뛰는 놈 위에 나는 놈 있다더니…… 고래 심줄 같은 내 돈을. 세상에…… 죽 쒀 뭐 준다더니. 내 평생 물건이건 사람이건 온갖 가짜를 다 보구 살았어두, 나이롱 간첩은 생전 첨이네."

"이 자식 첨부터 일루 잡혀 왔으믄 이렇게 왕창 줘터지진 않았죠. 하필이면 성길이 그놈이 바루 방첩대루 신고하는 바람에 일단 거기서 한따까리[109] 하구 넘어와서 이 모양입니다."

형사가 발길로 사내를 툭 찹니다. 사내는 얼굴이 엉망이 된 채, 수갑을 뒤로 차고 무릎을 꿇고 앉아 있습니다.

"그럼, 내 돈이랑 물건은?"

이제 진술도 마치고 사태가 어느 정도 진정이 되고 나니, 오 씨는 도둑맞은 가죽 가방이 걱정됩니다. 말 그대로 오 씨의 전 생애가 담긴 소중한 가방 아닙니까?

형사는 한심하다는 표정으로 오 씨를 쳐다봅니다.

"돈하구 물건이요? 뭐가 얼마나 있었는지 모르지만, 애초에 여기 올 땐 없었어요. 그리고 설사 있었더래두 그런 거 아예 잊어버리세요. 엄밀히 따지면 신고 안 한 오 씨도 꼬투리 잡을램 얼마든지 잡을 수 있어요. 괜히 방첩대 지하실 구경할 생각 말 구, 그냥 없던 걸루 치세요."

"아니, 차부[110]에서 바로 방첩대에 잡혀갔대믄서, 그럼 내 가 방도 같이 넘어갔을 거 아니오?"

"아, 이 아저씨가 정말. 뭘 몰라두 한참 모르시네. 방첩대가 뭐 간첩 잡는 덴 줄 아세요? 거기요, 간첩 잡는 데가 아니라 간

---

109 군대 등에서 사용되는 말로 잘못했거나 정신력 고취를 위하여 상사가 가하는 얼차려 행위를 통틀어 말함.

110 버스터미널을 뜻하는 강원도 사투리.

첩 만드는 데예요. 국가에서 허가받은 간첩 공장이라구요, 간첩 공장. 아시겠어요? 내 말대루 돈 얘기는 다시 입 밖에 꺼내지 않으시는 게 아마 만수무강에 지장이 없을 겁니다."

"간첩 공장이라는 게 뭐요? 여기가 무슨 이북두 아니구……."

"하, 아저씨, 나이 헛 자셨네, 진짜. 진짜 제대루 된 간첩 공장은 서울 가면 따로 있구요, 여기는 거기다 대믄 약과예요, 약과. 거기서는 아예 필요할 때마다 시간 맞춰 딱딱 찍어낸다구요, 찍어내. 간첩을요. 원료가 떨어지믄 아예 외국에서 수입을 해다가두 만들어 낸다구요. 그것두 저 구라파 독일 같은 데서 밀수까지 한다구요. 돈병철이 사카린[111] 들여오는 거처럼요. 아니헐 말루다가, 아저씨두 방첩대 한 번 들어가믄 거물급 고정간첩 되는 거 식은 해장국 먹기보다 쉬워요."

간첩 공장은 뭐고 원료 수입은 또 뭔 소린지, 오 씨는 답답할 지경입니다. 아니, 경찰서에서 사기꾼, 도둑놈 잡았으면 피

---

111 경제개발 5개년 계획을 세우던 당시 박정희 정권은 삼성의 이병철 회장에게 비료 공장 건립을 요구하고, 이 과정에서 약 100만 달러를 '커미션'으로 챙겼다. 중앙정보부까지 나서 정부-기업이 공모한 밀수를 도와준 것으로 유명한 '사카린 사건' 또한 이때 자행된다. 설탕 대용품 '사카린'을 들여오는 과정에서 박정희 정권과 삼성이 밀수를 공모하고 이를 중앙정보부가 나서 도와줬던 것인데, 경향신문에 적발, 보도되면서 사카린 밀수 사건이 백일하에 드러났다.

해자의 잃어버린 물건을 찾아줘야 하는 거 아닙니까?

다시 한 번 따져 물으려 하는데, 옆에 있던 다른 형사가 불쑥 끼어들며 입단속을 시킵니다.

"이봐, 말조심해. 자네 어디 아파? 아님, 한 번 디지게 아프고 싶어서 그래?"

반쯤 신이 나서 간첩 운운 떠들어 대던 형사는 무색한 듯 헛기침을 합니다. 자기가 생각해도 허풍이 좀 지나쳤다 싶은 모양입니다. 그러게요. 아무리 경제개발 5개년 계획이 착착 진행되고, 웬수 놈의 나라 일본에서까지 차관을 들여다가 여기저기 공장을 짓고 조국 근대화에 일로매진(一路邁進)하는 때라고 해도, 세상에 간첩 공장이라뇨. 밀가루 공장, 비료 공장, 사카린 공장도 아니고, 간첩을 딱딱 찍어내는 공장 같은 게 세상에 있을 턱이 있나요?

분위기가 험악해지는 바람에 오 씨는 돈을 되찾을 염(念)도 못 냅니다. 형사의 충고대로 돈 같은 건 애초부터 없었다 치고 얼른 경찰서를 빠져나가는 게 상수인 듯싶습니다. 지난 수십 년간 정처 없이 떠돌며 온갖 일을 다 겪은 오 씨지만, 이런 일은 정말 듣도 보도 못했습니다.

오 씨는 맥이 탁 풀린 채 경찰서 문을 나섭니다. 맑고 화창한 날이건만 오 씨에게는 하늘이 누런 흙먼지 빛입니다. 정문 옆에서 서성대던 성길이 "아저씨!"하고 부르며 달려옵니다.

"어, 성길이 아니냐? 여기서 여태 기다린 거냐?"

"아저씨, 별일 없으신 거죠? 그죠?"

"별일? 눈 뜨고 날벼락 맞은 거 빼믄 별일 없지. 그런데, 너 일두 안 하구 웬일이냐? 오래 기다렸냐?"

성길이 오 씨를 와락 껴안습니다.

"아저씨, 잘못했어요. 제발 용서해 주세요."

성길이 갑자기 울음 섞인 목소리로 용서를 구하자, 오 씨는 어리둥절해집니다.

"어? 너 우는 거냐? 괜찮다. 그 물건 없어두 아저씨 산다. 그게 왜 니 잘못이냐?"

"그게 아니라, 그게 아니라요. 제가 그만 아저씨를……."

성길이 등을 쓰다듬던 오 씨는 눈이 휘둥그래집니다.

12화

새드 무비? 해피 엔딩!

며칠 후, 군청의 자그마한 회의실에서는 이 동네치고는 제법 요란한 행사가 열렸습니다. 이름하여 '모범 청소년 반공 장학금 및 근로 장학금 수여식'. 이 작은 동네에서 방귀 좀 뀐네 자랑하는 지역 기관장 및 유지들이 단상에 한 자리씩 차지하고 앉아 있습니다. 단상 아래 맨 앞자리에는 성길, 만성, 선미가 긴장된 표정으로 앉아 있습니다. 그렇습니다. 오늘의 주인공, 이른바 모범 청소년들이 이들입니다. 만성이는 청년이지만 말입니다.

성길이 먼저 호명되어 단상 위로 올라갑니다.

"표창장! 성명, 고, 성, 길."

군수라는 사람은 표창장을 들고 있기만 하고 옆에 선 다른 사람이 문구를 읽습니다.

"위 사람은 평소 애국정신과 반공 의식이 투철하여 국가와 지역 사회의 발전에 이바지하고 타의 모범이 되었기에, 모범 청소년으로 선정하고 소정의 장학금을 수여함."

거창한 표창 문구와는 달리 단상 위의 소위 내빈들은 시큰둥한 표정입니다. 성길이 표창장을 받고 장학증서를 받는데도 박수를 치는 둥 마는 둥, 행사가 어서 끝나기만을 바라는 듯합니다.

성길의 뒤를 이어, 만성과 선미가 차례로 단상에 오르고, 똑같이 표창장을 받고 장학증서를 받고 꽃다발도 받았습니다. 이제 군수부터 시작해서 교육장, 연대장, 경찰서장, 예비군중대장, 농협조합장들까지 나서서 다들 한 마디씩 할 차례입니다.

이 지역 방첩대장인 전 소령도 빠질 수 없습니다. 전 소령은 천천히 연단으로 나아가 부관이 써준 원고를 펼쳐놓습니다. 청중석을 메우고 있던 군청 직원들과 학생들은 벌써 지루해서 죽을상을 하고 있지만, 전 소령이 알 바가 아닙니다.

"존경하는 군수님, 이하 친애하는 군관민 여러분!"

전 소령은 아랫배에 힘을 주어 굵은 목소리를 지어냅니다.

"선열들의 피와 땀으로 지켜 온 우리 자유 대한민국은 저 간악한 북괴 김일성 집단의 남침 야욕으로 인해 그 어느 때보다도 투철한 안보 의식과 반공정신이 필요한 때를 맞고 있습니다. 괄호 열고, 단상에 놓인 물 잔을 들어 한 모금 마십니다, 괄호 달고."

저마다 머릿속으론 딴생각을 하며 어서 빨리 격려사가 끝나기를 바라고 있던 단상, 단하의 내빈과 청중들이 웅성대기 시작합니다. 전 소령 부관은 얼굴을 찡그립니다. 정작 전 소령은 남들의 반응 따위엔 아랑곳하지 않습니다.

"특히 우리 인제군처럼 북한 괴뢰군과 총칼을 마주 대고 대치하고 있는 접경지역의 주민들에게는, 다른 누구보다도 투철한 사상 무장이 필요합니다. 이에 이 지역의 대공 작전을 책임지고 있는 본인은 국가와 사회를 혼란에 빠뜨려 북괴 김일성 집단의 적화 야욕을 돕는 모든 불순한 사상과 세력을 척결하고 안보를 튼튼히 하는 데 앞장설 것을 다짐하는 바입니다."

반공 소년 표창장 수여식에서 하는 격려사가 어째 대통령 선거 출마 선언 같습니다.

"저 간악한 북한 공산 집단은 우매한 백성을 선동하고 우리 사회를 혼란에 빠뜨리기 위해, 마구잡이로 간첩과 무장공비를 내려보내고 있습니다. 지옥 훈련을 통해 인간을 살아 있는 병기로 둔갑시키는가 하면, 자유로운 우리 사회에 몸을 숨기도록 하기 위해 팔색……."

전 소령이 말을 끊고 원고를 넘깁니다. 앞 장을 옆에 가지런히 놓고 뒷장을 집어 든 다음, 다시 침착하게 읽어내려 갑니다.

"조까튼 변신이 가능하도록 간첩을 조련하고 있습니

다……."

여기저기서 사람들이 필사적으로 입을 막고 킥킥댑니다. 부관은 이제 아예 양손으로 머리를 쥐어뜯고 있습니다. 예리한 전 소령의 촉각이 웃음소리를 놓칠 리 없습니다.

이 자식들이 남의 머리 벗겨진 거 처음 보나…… 지들도 나이 들면 다 대머리 될 것들이 감히 누구 앞이라구…….

전 소령은 몹시 불쾌합니다.

이것들 그냥 단체로 확 부대에 끌고 가서 머리를 빡빡 밀어버려?

뭐, 뒷말하기 좋아하는 사람들에 따르면 나중에 삼청교육대라는 게 이때 이 일로 생긴 거라는군요.

참석자 몇 명이 권태를 이기지 못하고 혀를 깨물어 자결이라도 시도할 즈음, 전 소령의 살신성인(殺身成仁) 덕에 저마다 혀를 깨물고 웃음을 참느라 헉헉대다 보니, 어느새 장학금 수여식이 막을 내렸습니다. 예나 지금이나 이런 행사의 실제 주인공은 수상자가 아니라 이런 기회에 동네에서 힘깨나 쓰는 걸 자랑하려 드는 인사들입니다. 그러니 본말이 물구나무서고 꼬리가 몸통을 흔드는 격으로, 공식 석상의 행사는 뒷전이고 뒤풀이가 더 성대합니다.

군청 뒷골목에 있는 요정 '미림'은 오랜만에 대문 닫아걸고 온돌방 칸막이를 모두 텄습니다. 지역 기관장들과 유지들이 한자리에 모인 제법 큰 연회인데, 한가운데 떡하니 자리 잡은 사람은 전 소령입니다. 시원하게 훌러덩 벗고 앉아 진탕 술이나 퍼마시고 싶지만, 그래도 형식적으로나마 오늘의 주인공들과 대화를 나누는 게 먼저입니다.

"그래, 성길이는 서울 가서 학원 다닐 꺼라구 하는데, 순자 아니, 선미 너는 뭐 할 작정이냐?"

선미가 다소곳이 눈을 내리깔고 대답합니다.

"저두 서울 가서 미용학원에 다닐려구요. 여기 미용실서 시다두 오래 했으니 그게 젤 날 것 같아서요."

"그래? 좋아, 아주 좋아. 그럼, 요즘 세상에선 확실한 기술 하나 있으면 다 성공할 수 있는 법이지."

이번에는 만성에게 눈길을 돌립니다.

"자네 만성이는? 자넨 뭐 벌써 기술이 있는 셈이지?"

"네. 저두 이제 헛된 꿈일랑 때려치우고, 서울 가서 사업 한번 해볼 작정입니다."

"포상금 나눈 걸루는 중국집 하나 차리기가 빠듯할 텐데…… 더구나 서울에서?"

"중국집이 아니구요. 그동안 성길이 옆에서 보고 배운 그 머더라…… 그래, 그 노하우루다가 인생 역전 족집게 강습소 차릴라구요. 일테면 뺑아리 암놈 수놈 감별하는 것처럼, 간첩 감별하는 거 가르치는 학원 같은 거요."

술잔을 들어 올리던 전 소령이 동작을 멈추고 인상을 긋습니다. 만성은 미처 전 소령의 불편한 심기를 읽지 못하고 자기 얘기에 빠져듭니다.

"아, 그래서 성길이 같은 반공 소년을 자꾸 양성해서 전국적으로 내보내면, 애국도 하고 실업자 구제도 되고 돈도 버는 거니, 일석삼조 아닙니까?"

전 소령은 잠시 만성의 얼굴을 바라보다가 상상만 해도 지겹다는 듯 진저리를 칩니다.

"우리 강습소 간판 다는 날엔 대장님두 꼭 오셔서 흰 장갑 끼구 색종이 테이프 짤르셔야죠. 특강두 한 번 해주시믄 고맙구요, 헤헤. 그땐 꼭 오실 꺼죠? 초청하겠슴다."

전 소령이 아예 대꾸할 가치도 없고 듣고 싶지도 않다는 듯 고개를 돌립니다. 성길이 전 소령에게 다가앉습니다.

"다른 간첩들이 우리한테 해꾸지할까 봐 이렇게 가짜로 꾸며주셔서 넘 고맙구요…… 글구 잔당들 마저 잡으려 발표도 안 하구 그런 건 알겠는데요, 근데……."

"아, 알아듣게 그만큼 얘기했으면 됐지, 또 무슨?"

"금, 나머지 일당 잡으면 그 포상금도 제 꺼 맞죠? 글구 그땐 신문에두 내 얼굴 나오구 그러는 거 맞죠?"

전 소령이 손사래를 칩니다.

"자자, 알았어, 염려 말라구."

진드기 같은 놈, 아주 끝까지 분위기 파악 못하고 엉겨붙네. 내가 전생에 저놈하고 뭔 원수를 졌길래…….

전 소령은 공식 행사고 뭐고 이 대목에서 끝내기로 합니다. 무게 잡고 점잖은 체 하려니 아주 덥고 짜증스럽습니다.

"늬들은 밥 다 먹었으면 어여들 나가봐. 지금부턴 미성년자 입장불가야, 알았지?"

성길네는 자리에서 일어나 쫓겨나듯 밖으로 나가고, 다른 문으로 한복 입은 아가씨들이 우르르 들어옵니다. 전 소령은 이제야 군복 단추를 풀며 반쯤 찌푸렸던 얼굴도 함께 풉니다.

술자리가 무르익자 자리에 앉아 있던 사람들이 저희들끼리 수군댑니다.

"엠병할, 돈 낸 놈 따로 있고 생색내는 놈 따로고, 이게 뭐야? 자넨 얼마나 냈어?"

"이 사람이? 돈 몇 푼 와이로[112] 쓴 셈 치고 그냥 잊어버려. 생색이야 누가 내면 어때? 돈 뜯어 가서 지 아가리에 꿀꺽 안 처넣고 좋은 일에 쓰는 것만 해두 어딘데……."

"아니, 성길인 그렇다 치자고. 저 만성이랑 순자는 뭐야? 근로 장학금이란 게 대체 뭐냐구?"

"아, 알 게 뭐야? 우리가 끗발 있는 놈한테 휘둘리는 게 어디

---

112 뇌물이란 뜻의 일본어.

하루 이틀인가? 그냥 넘어가자구. 어차피 군바리 세상 다 그런
거지, 뭐.”

옆에서 사람들이 수군거리는 걸 아는지 모르는지, 전 소령
은 벌써 불콰하게 취기가 올랐습니다.

“어? 당신, 왜 잔이 없어? 여, 받으슈.”

자기 잔을 비워 구석 자리에 앉은 사람에게 전달합니다.

“이 사람이 우체국장이야, 뭐야? 뭐 이리 술 주는 치가 없어?
참, 그러구 보니, 오늘 우체국장 안 보이네? 그 양반, 좋은 일
에 돈 좀 보탰기로 삐쳤나? 아니, 조금씩 보태서 국가와 지역
을 위해 좋은 일을 좀 하자는데, 이렇게 노골적으루다가 나오
믄 불평불만 세력 아닌가? 이거 한 번 조사를 때려봐.”

잔을 건네받은 사람은 바짝 긴장한 얼굴로 웅얼거리듯 말
합니다.

“아니, 그게 아니구요. 저어…… 제가 우체국 부국장인데
요…… 국장님은 오늘 출장 가서서 대신 왔습니다.”

“그래? 그럼, 거 불만 같은 거 없는 거지?”

“그, 그럼요. 그런 게 있을 터, 턱이 있겠습니까?”

“암, 그래야지.”

전 소령은 이제야 만족한 듯, 다시 술잔을 들어 올립니다.

“짜식들이 꼭 겁을 한 번씩 줘야 꼬랑지를 내린단 말야…….”

모범 청소년들에게는 바야흐로 백화난만(百花爛漫)한 봄날입니다. 겁먹은 강아지처럼 꼬랑지를 내리기는커녕, 호랑이처럼 도도하게 꼬리를 세우고 독수리처럼 날개를 활짝 펼 때입니다. 읍내 차부에는 조국 근대화의 미래의 주역, 우리의 주인공들이 새 출발을 눈앞에 두고 있습니다. 보따리를 든 성길 뒤에 순자 아니 선미가 다소곳이 서 있고, 만성과 성길이 악수를 나누고 있습니다.

"야, 서울 오면 바로 연락해라. 같이 가면 좋을 텐데, 심심해두 나 혼자 올라가야지. 어떡허냐."

성길이 서울 가기 전에 춘천에 있는 고아원에 먼저 들러야겠다고 해서 이렇게 차부에서 헤어지기로 했습니다. 고아원도 고향이라면 고향인 셈인데 서울 가는 마당에 인사를 꼭 해야겠다는 겁니다.

"그럼 낼이나 모레 서울서 보자. 올라오믄 바루 전화해야 된다. 번호 적은 거 잘 갖구 있지?"

"그럼요, 형. 걱정 말구, 먼저 올라가서 자리 잡구 계세요."

"그래, 꼭 연락해야 한다. 서울은 이런 촌구석하고는 차원이 달르다. 눈 감으믄 코 베간단 말 들었지? 괜히 촌티 내다가 사기꾼한테 걸려서 너 포상금 받은 거 네다바이[113]래두 당

---

113   사람을 속여 금품을 빼앗는 행위를 가리키는 일본어.

하믄 말짱 황되는 거야. 귀찮다 생각 말고 형 말 잘 새겨들어
야 한다."

"네, 잘 알았어요. 저희들이야 형 말고 그 넓은 서울 바닥에
서 아는 사람이 누가 있나요?"

"그러니까, 터미널에 내리자마자 누가 말을 걸어 오드래두
못 들은 체하구 나한테 전화부터 걸라구, 알았지?"

적절한 타이밍에 버스가 경적을 두 번 울리고, 만성이 서둘
러 버스에 오릅니다. 버스가 터미널을 빠져나가는 것을 끝까지
지켜보던 성길이 매표소를 향해 발을 옮깁니다. 그런데 선미가
성길을 따라오지 않고 그 자리에 서 있습니다.

"왜 그래? 얼른 안 따라오구?"

"너, 서울 가서 학원 다니는 거, 쫌만 나중으로 미루면 안
돼?"

"응? 갑자기 그게 무슨 소리야?"

선미가 성길을 끌고 매표소와 반대 방향으로 갑니다.

"어어? 갑자기 왜 이래? 내가 말했잖아, 춘천에 가봐야 된다
구."

"글쎄, 나두 알아. 근데, 절루 가서 잠깐만 내 말 좀 들어봐."

성길을 끌고 온 선미는 주위를 두리번거리더니 벽에 붙은
포스터를 가리킵니다.

'수상하면 살펴보고 의심나면 신고하자'

'반공 방첩'

동네 어디서나 흔히 눈에 띄는 간첩 신고 계도용(啓導用) 포스터입니다.

"이게 뭐가 어때서?"

성길은 아직도 영문을 알 수가 없습니다.

"아이 참, 좀 똑똑히 들여다봐."

선미가 손가락을 들어 성길이 똑똑히 들여다보아야 할 곳을 가리킵니다.

'포상금 간첩 1인당 300만원. 간첩선 2,000만원'

"포상금은 원래 다 나라에서 주는 거야. 우리도 그거 받았잖아?"

"바보야, 그게 아니구, 잘 보란 말이야. 간첩은 한 마리 잡아도 300만 원밖에 안 주는데, 간첩선은 자그마치 이천만 원이라잖아, 이천만 원!"

성길의 둔한 머리가 웽 소리가 날 만큼 빠르게 회전합니다.

"맞다! 힘들여서 간첩 쫓아댕기구 프라이팬으로 때려잡아봐야 겨우 삼백만 원인데, 간첩선은 신고만 해도 이천…… 우와, 그게 몇 배야?"

"우리는 벌써 간첩도 한 마리 잡아봤잖아. 너는 간첩이래믄 웬만한 방첩대 아저씨보다도 더 잘 아니깐 간첩선 잡는 것도 어렵지 않을 거 아냐. 글구 간첩선은 간첩보다 훨씬 더 크니까

265

눈에 더 잘 띄겠지."

"그래, 나라에서 이렇게 많은 돈을 준다는데, 그거 못 찾아먹으면 바보지…… 세상에 간첩이 십만 명도 넘는다는데, 간첩선은 또 얼마나 많겠어?"

성길은 벌써 간첩선 두어 척은 때려잡은 것처럼 신이 났습니다.

"근데, 간첩선은 어디 가야 있는 거지?"

"바부야, 바닷가로 가야지. 인제 같은 산골짜기엔 조무래기 간첩들이나 기껏해야 무장공비밖에 없다구."

"바닷가? 바닷가 어디?"

선미가 다시 손을 들어 승차홈에 들어와 있는 버스를 가리킵니다.

「속초행」!!!

한편, 서울행 버스 안입니다.

만성이 주섬주섬 보따리를 뒤져 삶은 계란을 꺼내 까려다 말고 인정상 옆자리에 앉은 사내에게도 한 개 권하려 돌아봅니다. 버스가 출발하기 전부터 모자를 푹 눌러 쓰고 라이방을 쓴 채 깊은 잠에 빠져 있던 사내는 깨어나는 기미가 없습니다. 별수 없이 혼자 하나를 까먹고 두 개째를 까다가 문득 무엇엔가 생각이 미친 듯, 만성은 옆 사내를 조심스레 유심히 살핍니다.

'……? ……? ……!'

버스가 검문소에 가까워지자 속도를 줄입니다. 잠시 후, 버스가 완전히 멈춰 서고 헌병 둘이 버스에 올라옵니다. 승객의 대부분인 휴가병들은 자세를 바로잡고, 주머니에서 휴가증을 꺼내느라 분주합니다. 만성의 옆자리에서 졸고 있던 사내는 고개를 약간 들어 주위를 살피는 듯하더니 무심히 다시 고개를 떨굽니다.

"통일! 죄송함다. 잠시 검문 있겠슴다!"

헌병 하나는 앞에총 자세로 입구를 지키고, 다른 헌병이 버스 맨 안쪽으로 가 뒷걸음으로 나오면서 차례대로 군인들이 펼쳐 든 휴가증을 훑어봅니다. 헌병이 만성의 자리까지 오자, 갑자기 만성이 벌떡 일어나 움켜쥐고 있던 사이다 병으로 옆자리 사내의 머리를 내려칩니다.

퍽!

졸지에 일격을 당한 사내는 '악!' 소리도 지르지 못하고 앉은 채로 의식불명입니다.

"간첩, 간첩이요! 방금 탈출한 순악질 간첩이에요. 이놈, 확실해요."

만성이 기절한 사내의 모자와 안경을 벗기고 얼굴을 들여다봅니다. 맞습니다. 얼마 전 진선미 미장원 앞에서 프라이팬으로 때려잡았던 바로 그놈입니다.

"만세! 만세! 또 맞았다! 더블 복권, 만세!"

(끝)

그 후로도 오랫동안

1969년 강원도 산골을 뜨겁게 달구었던, 그 소동의 주역들은 나중에 어떻게 되었을까요?

　다른 사람은 둘째 치고, 전 소령은 꽤 유명한 전국구 인사가 되었습니다. 불행히도 군복을 일찍 벗고 민간인이 되어야 했지만, 표창장 수여식에서 읽었던 격려사에서 다짐한 것처럼 국가와 민족의 안녕과 번영을 위한 헌신만은 그치지 않았답니다. 그 오랜 공직 생활에도 불구하고 얼마나 청렴했던지, 은퇴 후에는 겨우 십만 원짜리 석 장도 안 되는 돈 가지고 그럭저럭 옛날 부하들 떼거지로 불러들여 골프나 치고 연회나 벌이면서 말년을 조촐하게 꾸려간 얘기는 알 만한 사람은 다 아는 일이지요.

　아 참, 다 아는 얘기 말고 조금 덜 알려진 이야기가 있습니다. 인제 지역 방첩대장의 임무를 훌륭하게 수행한 전 소령은 다음 보직으로 속초 지역 방첩대장을 맡았습니다. 그런데 전 소령이 워낙 일복이 터진 사람인지, 전 소령이 부임해 가자마자 속초 지역에서는 하루에도 몇 차례씩 간첩선 신고가 들어오는 바람에 소화 불량, 수면 부족, 무좀에 노이로제까지, 그 지역 방첩대원들과 보병 부대원들이 피똥을 쌌다네요. 전 소령도 틈만 나면 옷을 벗어버리겠다고 이를 부득부득 갈았다니, 고생이 여간 심한 게 아니었던 모양입니다. 뭐, 그때 정말로 옷을 벗었다면, 나중에 유명해질 기회가 없었겠지만요.

곁다리 퀴즈 하나. 전 소령이 속초로 임지를 옮기고 나서 인제 지역 방첩대장 자리를 이어받은 사람은 누굴까요? 네, 충분히 짐작하고도 남지요. 전 소령의 영원한 딸랑이, 닭의 머리보다는 뱀 꼬리가 되기를 선택한 사나이, 노 소령입니다. 노 소령은 그 후로도 쭈욱 전 소령의 뒤꽁무니만 쫓아다녔다지요.

나까마 오 씨는 1970년대에 대한민국의 중앙정보부장이 평양에 다녀오고 적십자회담을 한답시고 20여 년 만에 남북으로 사람이 오가는 모습을 보며, 이제 금방이라도 고향에 가서 가족들을 만날 수 있으리라는 꿈에 부풀었답니다. 결국 그 꿈이 실현되기는커녕 휴전선이 더 굳게 닫히고 해마다 대통령이 나와서 '올해는 그 어느 때보다도 북괴의 남침 가능성이 높다'는 절망적인 말만 되풀이하는 바람에 가슴앓이를 하다가 술병이 났다고 합니다. 백발이 성성할 때까지도 강원도 일대의 군부대 지역을 다니면서 여인숙과 술집을 전전하는 모습이 사람들 눈에 띄었다는데, 말년을 어디서 어떻게 보냈는지는 아는 사람이 아무도 없습니다. 단, 사람들이 또렷이 기억하는 것은, 전에는 분신처럼 지니고 다니던 가죽 가방 같은 건 아예 들고 다니지 않았다는 겁니다.

소림반점 주인장 장 서방은 그 후로도 오랫동안 시장통에서 중국집을 했습니다. 말썽쟁이 배달 소년에게 질린 탓인지, 아니면 라면이다 빵이다 쏟아져 나온 간식거리 때문에 짜장면 인기가 떨어져서인지, 배달 사원을 별도로 고용하지 않고 직접 배달을 다녔다고 합니다. 혼자서 홀도 지키고 배달도 다니기는 결코 쉽지 않았을 듯한데, 장 서방은 큰 어려움 없이 두 가지 일을 거뜬히 해냈습니다. 남의 말 하기 좋아하는 사람들 말에 따르면, 장 서방이 배달을 나갈 때는 축지법을 썼다고도 하고 남의 집 지붕 위로 획획 날아다녔다고도 합니다만, 세 살짜리 아이가 아닌 다음에야 그거 믿을 사람이 어디 있겠습니까? 또 어떤 사람들은, 밤마다 불 꺼진 소림반점 홀에서 '이얍' 하는 기합 소리와 함께 우당탕탕 뭔가 넘어지고 부서지는 소리가 끊이지 않았다는데, 그야 식당에 흔히 있는 쥐새끼나 바퀴벌레 잡느라고 그랬겠지요, 호사가(好事家)들 말처럼 장 서방이 몰래 무술을 연마하거나 도전장을 내민 고수들을 대적하느라 그랬을 리가 없지요.

마지막으로 우리의 반공 소년, 의지의 한국인, 고성길의 뒷얘기가 궁금하시죠? 참, 고성길하고 연애하던 순자, 아니 선미는 또 어찌 되었을까요?

잠깐 이 책을 내려놓고 주위를 한 번 둘러보세요.

2018년 봄날 끝에

김현식

웃자니 슬픈 소극(笑劇), 마침내 낭만에 대하여

박제영/시인

춘천 서부시장 골목은 한때 니나노집으로 성황을 이뤘습니다. 지금은 낡은 니나노집만이 드문드문 남아 낡은 집만큼이나 추레한 작부들이 술 시중을 들 뿐, 옛날의 흥했던 시절은 찾기 어렵지요. 재작년 추석날이었던가. 어김없이 새벽 운동으로 동네 한 바퀴를 돌던 김현식 형은 서부시장 골목을 지나다가 귀성 대신 새벽까지 홍등을 밝히고 있는 누이들이, 붉은 립스틱 바르고 손님을 받고 있는 누이들이 그만 눈에 밟힌 모양입니다. 그때 심경을 형이 짧은 글로 남긴 것을 제가 베껴 시로 만들었는데, 그게 바로 「사루비아, 니나노 그리고 홍등」입니다.

"고운점박이푸른부전나비 / 가고 없는데 / 붉은 립스틱 짙게 바르고 / 니나노 / 니나노 / 불러도 오지 않을 이 / 무슨 미련이 남아 / 홍등을 밝히고 있느냐"(졸시, 「사루비아, 니나노 그리고

277

「홍등」부분)

김현식 형의 마음자리가 그러하고 마음씀이 그러합니다. 겉으로는 센 척하지만 마음은 약한 곳으로 기울고 마는 그런 게 바로 형의 속 모습입니다. 감추려 하지만 어쩔 수 없이 드러나는 측은지심(惻隱之心)과 불인지심(不忍之心)이 형의 심저(心底)에 자리하고 있습니다.

가끔 아니 자주 책과 문학에 관한 이야기를 형과 나누곤 합니다. 형은 출판사 사주이면서 월간 『태백』 발행인이고 저는 편집장이니, 형은 소설가이고 저는 시인이니 어찌 보면 책 얘기, 문학 얘기를 나누는 것은 사적(私的)이면서 공적(公的)인 일이기도 합니다. 어느 날 제가 백석이 사랑한 나타샤가 길상사를 기부한 자야(김영한)일까요 아니면 저 남쪽 통영여자 蘭(박경련)일까요 물었더니 형이 그러는 거였습니다. "그때는 말이야 러시아 작부들이 많았는데, 다 나타샤라고 불렀어. 백석이 기생 좋아했으니까 러시아 작부하고 하룻밤 지낸 얘기일 수도 있지 않겠어. 당나귀도 흰 당나귀라고 했잖냐. 그게 뭐겠니, 백마잖아. 이놈아, 시를 쓰려면 공부 좀 해라." 그날의 대화를 옮긴 것이 바로 졸시 「나와 나타샤와 현식이 형」입니다.

"형, 백석이 사랑한 나타샤가 누굴까요 / 나도 모르게 그만 한 마디 던진 것인데 / 그것도 모르냐고 / 그러고도 시인이냐고 / 러시아 작부랑 하룻밤 응응한 얘기잖아 그때 러시아 작부들이 많았는데 그냥 다 나타샤로 불렀어 다 나타샤였다니까! 당나귀도 흰 당나귀라잖아 그게 뭐야 백마잖아!"(졸시, 「나와 나타샤와 현식이 형」 부분)

김현식 형의 앎이 그러합니다. 문헌적·사료적·고증적·예술적 지식이 누구보다 해박합니다. 저로서는 따라갈 엄두조차 낼 수 없을 만큼 해박한 지식을 가지고 있습니다. 물론 이러한 지식은 형이 엄청난 다독가(多讀家, 조선의 책벌레 이덕무조차 혀를 내두르지 않을까요)이면서 엄청난 수집가이기 때문에 가능한 일이기도 합니다. 지금껏 듣도 보도 못한 백석의 시 「나와 나타샤와 흰 당나귀」에 대한 독특한 해석, 지금껏 듣도 보도 못한 독창적인 해석도 형의 그런 방대한 수집과 지식을 바탕으로 한 앎이 있어 가능한 일이겠지요.

소설 『북에서 왔시다』의 발문을 쓴다면서 김현식 형에 대한 사적인 이야기를 꺼낸 것은 실은 그것이 이번 소설을 읽는 데 있어 주요한 열쇠인 까닭입니다. 첫째, 이 소설은 1960년대를 살아낸 소시민들의 이야기입니다. 가진 자, 권력자, 지식인의 거국적 담론을 얘기하는 게 아니라 못 가진 자, 피지배자,

못 배운 자들의 미시적 삶을 얘기합니다. 형의 사적 기억 및 역사를 미시적인 에피소드로 엮어 동시대를 살아낸 소시민들의 삶 전체를 그려냄으로써 소시민들이 통과한 역사를 풍자적으로 보여줍니다. 그리고 그 근저에는 형의 마음씀 즉, 측은지심이 발동하고 있지요. 둘째, 이 소설은 1969년이라는 시간과 대한민국의 강원도 인제라는 공간을 아주 사실적으로 묘사합니다. 등장인물들의 대사 하나 하나, 공간을 구성하는 아주 작은 소품에 이르기까지 하나도 놓치지 않은 그야말로 그때 그 시절의 것들입니다. 마침 타임머신을 타고 그 시간, 그 공간으로 돌아간 듯합니다. 다독을 통한 앎, 수집을 통한 앎이 아니고서는 어려운 일입니다. 그러니까 이 소설은 이야기 자체의 재미도 재미려니와 1969년으로 돌아가 그래 그때는 그랬었지! 그때는 그랬었나? 하게 만드는, 독자로 하여금 그때를 회상하게 만드는, 숨어 있는 인물과 소품들을 찾아내는 재미도 쏠쏠하다는 얘기입니다.

한편, 이번 소설의 가장 큰 특징을 꼽으라면 저는 이 소설이 시나리오를 기반으로 했다는 것을 꼽습니다. 가령, 소설 속 화자가 마치 과거 무성영화의 변사(辯士) 같습니다. 독특한 억양으로 극의 진행을 알려주고 등장인물들의 대사를 과장된 어투로 들려주던 추억의 변사 말입니다. 소설을 읽다보면 어느새 변사의 목소리에 빠져들고 활자가 아닌 소리에 몰입하게 되는 자신을 발견하게 됩니다. 책을 읽고 있었는데 어느 순간 한편의 무성영화 변사극을 보고 있는 듯한 착각에 빠지게 되지요. 등장인물들의 과장된 연기에 한바탕 웃고, 변사의 어눌한 억양에 또 한바탕 웃고, 그렇게 웃다보면 어느새 엔딩 크레딧이 흐릅니다. 그야말로 웃자니 슬픈, 슬픈데 웃긴, 한 편의 소극(笑劇)을 관람한 느낌으로 책을 덮게 됩니다.

아, 마지막으로 이 얘기를 하지 않을 수 없겠네요. 소설을 읽다 보면 중간중간 어떤 노래를 흥얼거릴지도 모릅니다. 김추자의 '월남에서 돌아온 김상사'라든지 펄 시스터즈의 '봄비'라든지 말입니다. 그리고 책을 덮고 나면 이번에는 분명히 최백호의 어떤 노래를 흥얼거리게 될 겁니다. 네. 맞습니다. 최백호가 부른 '낭만에 대하여'입니다.

"궂은 비 내리는 날 ♬ / 그야말로 옛날식 다방에 앉아 ♬ / 도라지 위스키 한 잔에다 ♬ / 짙은 색소폰 소릴 들어보렴 ♬ // 새빨간 립스틱에 ♬ / 나름대로 멋을 부린 마담에게 ♬ / 실없이 던지는 농담 사이로 ♬ / 짙은 색소폰 소릴 들어보렴 ♬ // 이제와 새삼 이 나이에 ♬ / 실연의 달콤함이야 있겠냐만은 ♬ / 왠지 한 곳이 비어 있는 ♬ / 내 가슴이 잃어버린 것에 대

하여 ♬"(최백호, 「낭만에 대하여」 부분)

그래요. 이런저런 이야기를 길게 늘어놓았지만, 결국 이 책은, 이 소설은 우리가 잃어버린, 우리 가슴이 잃어버린, 어떤 낭만에 대한 이야기가 아닐까 싶습니다. 1969년에서 2018년. 그 긴 세월을 살아내면서 우리가 잃어버린 낭만은 과연 무엇일까요.

북에서 왔시다

1판 1쇄 발행 2018년 6월 30일
1판 2쇄 발행 2019년 3월 12일

지은이 김현식
발행인 윤미소
발행처 (주)달아실출판사

책임편집 박제영
디자인 박상순
마케팅 배상휘

주소 강원도 춘천시 춘천로 17번길 37. 1층
전화 033-241-7661
팩스 033-241-7662
이메일 dalasilmoongo@naver.com
출판등록 2016년 12월 30일 제494호

ⓒ 김현식, 2018

ISBN 979-11-88710-13-3 03810

이 도서의 국립중앙도서관 출판예정도서목록(CIP)은 서지정보유통지원시스템 홈페이지(http://
seoji.nl.go.kr)와 국가자료공동목록시스템(http://www.nl.go.kr/kolisnet)에서 이용하실 수 있습니
다.(CIP제어번호: CIP: CIP2018017284)